LEONORA AGENT DU DOGE

LOREDAN

Leonora agent du doge

Les mystères de Venise *

FAYARD

ISBN : 978-2-253-12973-8 – 1re publication LGF

Il n'y a jamais eu, à Venise, qu'un seul canal, une seule place, un seul palais et un seul noble titré.

Les grandes demeures se nommaient *ca'* ; seul le Palais ducal, siège du pouvoir, avait droit au nom de palais. Hormis Saint-Marc, toutes les places étaient appelées *campo*. Les cent soixante-seize artères marines qui se faufilent entre les îles sont des *rio*, par opposition au Grand Canal. Pour ne pas compromettre l'idéal républicain d'égalité, les Vénitiens devaient s'abstenir d'arborer des titres nobiliaires. Le doge (« duc » en dialecte de Vénétie) était donc le seul noble titré de la Sérénissime République.

Sur les pas de Leonora

1. Ca' Civran
2. Église Santo-Stefano
3. Incurabili (hôpital)
4. Paroisse de San Paternian (résidence des avocats)
5. Paroisse de San Trovaso (ateliers de réparation des bateaux)
6. Paroisse San Giustinian (locanda de la signora Pauli)
7. Procuratie (administration de Venise)
8. Quai des Esclavons
9. Théâtre de San Benedetto (la Fenice)

dans la Venise d'aujourd'hui

PERSONNAGES CITÉS

Nobiluomo ser Cesare dalla Frascada, *maître des Eaux*
Nobildonna Soranza dalla Frascada, *sa femme*
N. H. (Nobiluomo) ser Zermanico dalla Frascada, *leur fils cadet*
N. H. ser Alvise Mocenigo, *sénateur*
N. H. ser Lunardo Mocenigo, *fils du sénateur*
N. H. ser Francesco Loredan, *doge*
N. H. ser Lazaro Corner, *chef du service des restaurations*
Madre Silvana, *supérieure des ursulines de Vicence*
Padre Diodati, *abbé*
Sior Flaminio dell'Oio, *courtisan vénitien*
Sior Bardese, *anatomiste*
Sior Gotti, *hydrologiste spécialisé dans les courants de la lagune*
Sior Massario, *architecte des bâtiments de la lagune*
Sior dotor Robolino Robolini, *avocat de Cesare dalla Frascada*
Sior Brolo, *loueur de barques de commerce*
Siora Abbondanza Cancanigo, *aide officieuse au Palais ducal*
Signor Émile de Rofiniac, *maître de maintien français*

Signora Pauli, *logeuse*
Loreta, *servante des dalla Frascada*
Leonora Agnela Immacolata, *dite* « Pucci »

« Nobiluomo ser » désigne les gentilshommes vénitiens. « Sior », les citoyens de Venise non nobles dûment enregistrés depuis maintes générations. « Signor », les étrangers à Venise, nobles ou non.

LES CLOCHES DU CAMPANILE de Saint-Marc sonnèrent minuit. Seuls les angles des rues étaient signalés par les lanternes de l'éclairage public. Le reste du campo était plongé dans l'obscurité lorsque des silhouettes informes le traversèrent en direction de la grande église de briques, dont la forme gigantesque se profilait sous la lumière pâle de la lune. Deux personnes encapuchonnées grattèrent doucement contre la haute porte, sans cesser de jeter des regards inquiets autour d'elles.

Dès que le bedeau leur eut ouvert, les deux ombres se faufilèrent à l'intérieur. L'immense nef aux colonnes était elle aussi plongée dans le noir, hormis la petite zone autour de la chandelle que tenait leur guide.

– Vous verrez que je ne vous ai pas menti, chuchota-t-il. Votre compagnon n'est pas avec vous ?

Il était introuvable. Le bedeau toussa.

– J'espère qu'il ne lui est rien arrivé. Ces gens sont capables de tout. Venez, c'est par ici.

Il les mena jusqu'à une chapelle proche de l'abside. Les visiteurs eurent à peine le temps de le voir palper quelque chose sur le mur ; une trappe se décoinça dans la muraille, dégageant un interstice oblong.

– C'est diablerie ! s'écria l'un d'eux.

– Non, c'est du XIIe siècle, rectifia le bedeau. Monsieur le curé dit que ce passage a été pratiqué par les Venier pour accéder à leur tombeau, au Moyen Âge. Personne n'y vient plus. Sauf depuis quelques jours, hélas !

Il tira sur la cloison pour agrandir l'ouverture. Ce simple effort le fit tousser de nouveau. Ils discernèrent les premières marches d'un escalier qui descendait.

– Nous pouvons y aller. Ils ne se présentent jamais aussi tard.

La crypte des Venier était constituée de petites chambres sépulcrales couvertes de fresques. À la lueur de la bougie, ils aperçurent les contours d'un cercueil sculpté et une grande stèle funéraire scellée dans le sol. La seconde pièce, qui sentait fort l'humidité, était une salle toute simple au toit voûté. Les moulages en stuc bien conservés dont elle était couverte figuraient des arabesques délicates, aussi fraîches que si l'échafaudage du plâtrier avait été démonté la veille.

– Ce sont les coffres dont je vous ai parlé, dit le bedeau en soulevant un couvercle. Regardez un peu !

Ils n'en crurent pas leurs yeux.

– Jamais je n'en ai vu autant en une seule fois !

– Ils ont voulu m'acheter. Mais, avec ma mauvaise toux, je préfère me mettre en règle avec le bon Dieu plutôt que toucher de l'argent maudit dont je n'aurais que faire.

– Monseigneur l'évêque va être édifié ! dit l'autre visiteur. Trafiquer des marchandises interdites dans un lieu saint !

Ils n'eurent pas le temps de voir les masses qui s'abattaient sur eux. Le bedeau s'effondra le premier. Sa chandelle, tombée à terre, éclaira la scène d'une lueur fantomatique. À peine le dernier eut-il le temps d'implorer grâce. Un instant plus tard, leurs trois corps gisaient sur le dallage. Leurs couvre-chefs avaient roulé au sol, dévoilant leurs crânes tonsurés.

– Ça ne te fait pas peur, à toi, de tuer des moines ? dit l'un des assassins avec un fort accent d'Istrie.

Son complice, un grand gaillard de six pieds au moins, cracha sur le sol.

– Pas plus que de tuer des femmes. J'ai fait bien pire que ça, crois-moi !

Il entreprit de les déshabiller.

– Tu as raison, reprit son compère. Leurs frusques pourraient les faire reconnaître.

– C'est pour les revendre au prêteur, répliqua son compagnon. C'est de la bonne toile de Trévise. Ils ne se refusent rien, les tondus ! Pour le reste, fais-moi confiance : on n'est pas près de les revoir !

À l'aide de son couteau encore taché de sang, il coupa quelques longueurs de corde qui servirent à les ficeler ensemble. Il lesta le tout avec une pierre descellée du mur. Les meurtriers se donnèrent du mal pour traîner leurs victimes à travers un boyau qui s'achevait sur une grille. L'un d'eux tira une clé de sa poche et ouvrit. De l'autre côté, le tunnel donnait sur le vide. Ils y poussèrent les cadavres à coups de pied. Ceux-ci basculèrent et disparurent avec un bruit de plongeon qui résonna en écho comme à l'intérieur d'une cave.

L'eau noire de Venise engloutit les trois malheureux et devint leur lamentable sépulcre. Mal arrimée, la pierre de la crypte glissa hors des liens distendus par l'humidité. Une heure plus tard, venu de l'Adriatique, un fort courant marin, en avance sur la saison en raison d'une température clémente en cet hiver de 1762, commença de pousser lentement les dépouilles vers le nord de la cité, à travers les canaux à l'opacité impénétrable, les rives de briques et les piquets de bois imputrescible.

I

DEPUIS UN SIÈCLE ET DEMI, les ursulines de Vicence recevaient des petites filles qu'elles élevaient jusqu'à l'âge où leurs tuteurs, si elles en avaient, croyaient bon de les retirer de cette institution. On les appelait les « orphelines bleues », d'après la couleur de leur vêtement, bien que la plupart aient encore père et mère au moment de leur arrivée. Les gens de Vicence feignaient de croire qu'il s'agissait de demoiselles nobles et démunies que de riches Vénitiens faisaient éduquer par charité. De fait, le lion de saint Marc aux ailes déployées qui surmontait le porche proclamait l'attention accordée à cet établissement par la Sérénissime République. Nul n'ignorait qu'elles étaient issues en réalité, pour la plupart, d'adultères ou de frasques scandaleuses, et qu'on les envoyait là au seul motif que les patriciens avaient trop d'orgueil pour jeter leur progéniture, même bâtarde, dans les orphelinats publics de leur cité, où leur chair et leur sang de haute lignée auraient côtoyé une engeance qu'ils jugeaient indigne de conduire leur gondole. Les pensions régulièrement versées, tant pour l'entretien de ces demoiselles que pour la conservation d'un secret qu'on devinait honteux, permettaient aux religieuses, qui n'étaient pas toutes là par vocation, de subsister dans un certain confort.

Afin d'alléger le poids du péché dont on se délestait sur elles, ces dames recueillaient en outre les bébés de sexe féminin que des mains anonymes déposaient quatre à cinq fois l'an sur le seuil de leur maison. Il s'établissait ainsi une hiérarchie du malheur entre les pensionnaires, depuis celles qui se vantaient de connaître le nom de leur géniteur, quoiqu'il les ait exilées, jusqu'à celles qui, n'ayant pour toute origine qu'un couffin de paille tressée garni de lin grossier, subissaient le mépris de toutes les autres. Entre ces deux extrêmes, on trouvait toutes celles qui, privées d'indice, s'abandonnaient aux plus flatteuses supputations.

Leonora Agnela Immacolata, que tout le monde surnommait Pucci, appartenait à cette dernière catégorie, position inconfortable qui aurait dû la faire dédaigner des unes parce qu'elle ignorait son véritable nom et envier des autres parce que le rêve lui était encore possible. Ce rang lui avait néanmoins permis de lier des amitiés dans les deux autres groupes, selon qu'on lui prêtait des ancêtres prestigieux ou tout le contraire. Son intelligence aiguisée avait conduit certaines de ses camarades à l'admettre parmi elles, tandis que la simplicité de ses manières la faisait apprécier de celles qui n'avaient rien à prétendre.

Les bonnes dames de Vicence avaient pour mission de leur inculquer les mêmes connaissances qu'aux véritables demoiselles de la noblesse. Elles enseignaient à leurs pupilles tout ce qu'une personne de la bonne société devait connaître, à savoir la façon de tenir une maison honorable, ce qui comprenait la couture, la cuisine et la religion, l'art de distraire son mari, c'est-à-dire la musique, le dessin, le chant et la récitation, mais aussi un peu de latin, de français, de lettres et de mathématiques, auxquels des maîtres chenus venaient les initier une fois la semaine. Les ursulines gardaient fortement ancré à l'esprit que leurs élèves auraient besoin, plus que les autres, de disposer d'une tête bien faite pour parvenir à quelque chose. De plus, certaines risquaient de ne jamais quitter le cloître, et mieux valait avoir pour compagnes des nonnes instruites plutôt qu'ignorantes. Il était patent que les plus jolies risquaient de renforcer un jour les rangs du bataillon de prostituées de haut vol qui peuplaient la Cité des Doges, ce qui n'était pas non plus d'un moindre intérêt pour la communauté. Les grandes courtisanes évoluaient dans les milieux influents, elles avaient l'oreille des puissants, elles représentaient des alliées de choix pour celles qui avaient supervisé leur éducation. C'était une excellente réclame pour les ursulines que telle ou telle égérie en vue soit passée entre leurs mains. Or, l'intelligence et la culture étaient les seuls points susceptibles d'établir une différence entre deux belles femmes aux mœurs légères, l'une destinée à s'étioler dans une maison de rendez-vous en attendant que le temps lui ait ôté ses derniers charmes, l'autre rayonnant encore dans les salons huppés à l'âge où les matrones honnêtes s'enfouissaient dans une bigoterie sans éclat.

Un matin du mois de mars 1762, sœur Marie-des-Anges, sacristaine de la communauté, poussa un cri en découvrant la salle du trésor attenante à la chapelle. Elle traversa en toute hâte le couvent pour aller frapper une multitude de coups à porte de la cellule de l'abbesse. La petite femme rondelette d'une quarantaine d'années qui lui ouvrit n'avait pas pris le temps de cacher ses cheveux sous sa coiffe, certaine de devoir organiser de toute urgence une évacuation pour cause d'incendie.

Quelques instants plus tard, les principales officières contemplaient un spectacle affreux. Dans les armoires béantes, les beaux reliquaires, pour la plupart en or et en argent rehaussés de pierres semi-précieuses, étaient à leur place, alignés sur les étagères. En revanche, certaines de leurs capsules manquaient, les trappes avaient été forcées, et les présentoirs, vidés.

– Faisons le compte ! dit mère Silvana, soucieuse d'estimer l'étendue du désastre.

Les sœurs examinèrent de près chacun des objets.

– L'épine sacrée rapportée de Terre sainte en 1352 ! s'écria la réfectorière d'une voix mourante. Par saint Thomas ! Elle était en lieu sûr depuis cinq siècles ! Nous sommes la honte de notre compagnie !

Figée par l'horreur, la cellérière ne recouvra l'usage de ses membres que pour agripper le bras de l'abbesse :

– Ma mère ! Il y a pire !

Elle désignait une somptueuse boîte ornementale au centre de laquelle trônait une mèche de cheveux d'une teinte délavée.

– Les voleurs nous ont laissé la chevelure d'Angèle de Brescia, la fondatrice de notre ordre !

Une telle omission, c'était double injure.

– Quel affront ! s'écria la camérière. Qu'a-t-elle de moins que les autres, notre bonne Angèle ?

Tout en haut de l'armoire, le grand reliquaire de sainte Ursule, où l'on pouvait admirer un ongle de pied de chacune des onze mille vierges, était intact, lui aussi. Le doute n'était plus permis : leurs cambrioleurs étaient atteints de misogynie. L'oreille de sainte Lucie n'avait pas non plus trouvé grâce à leurs yeux.

– C'est un miracle ! dit la prieure avec un signe de croix.

La bibliothécaire était d'une opinion plus nuancée :

– Vous savez bien, ma sœur, que notre oreille est contestée… Nos bandits auront eu vent de ces fâcheuses rumeurs. C'est terrible comme la médisance peut faire de tort aux choses les plus saintes !

L'abbesse poussa un soupir d'exaspération. Il ne suffisait plus aux voleurs de voler ; où allait le monde s'ils se mêlaient de controverse religieuse ?

Le bilan fut bientôt établi. On leur avait dérobé quatre reliques parmi les plus précieuses, toutes masculines. Les nonnes désespéraient de jamais les revoir.

– Nous pourrions prier le bon père de Padoue, mais je crains qu'il ne soit pas bien disposé à notre égard, dit l'hôtelière en pointant du doigt un reliquaire en forme d'os, ouvert et vide.

Les responsables de l'institution étaient désemparées. Qui pouvait s'être intéressé à ces vieux restes au point de commettre pareil sacrilège ?

– Le diable, peut-être ? risqua la sacristaine.

La mère supérieure commençait à s'énerver :

– Ne dites pas de bêtises, sœur Marie-des-Anges ! Vous ne nous aidez pas ! Que voulez-vous qu'il en fasse ?

Si elles ne mettaient pas la main sur les malfrats dans les deux heures, la procédure serait simple et implacable. L'abbesse devrait se rendre chez monseigneur l'évêque, où elle se ferait tancer comme jamais. Il faudrait alerter les autorités laïques de Vicence, à commencer par le procurateur de la Sérénissime, un paltoquet plein de mauvais esprit. Tout ce petit monde mettrait moins d'enthousiasme à poursuivre les bandits qu'à blâmer les religieuses. Le scandale serait immense, on se moquerait d'elles à qui mieux mieux, elles seraient discréditées pour les dix prochaines années. Jamais elles n'avaient eu à ce point besoin d'une intervention divine.

– J'aurais bien une idée, dit la bibliothécaire.

Ses compagnes l'écoutèrent avec une attention désespérée. Plusieurs fois, elle avait surpris les élèves à délaisser leurs traductions latines pour relater les exploits de la jeune Pucci, qui s'était brillamment illustrée dans la résolution d'énigmes *a priori* insolubles :

– Cette enfant semble être guidée par le Padovan* en personne. Elle a déjà récupéré nombre de babioles perdues ou « empruntées » par ses camarades. Nous devrions l'essayer !

L'hôtelière s'éleva fermement contre cette idée :

– Jamais je n'ai eu une si mauvaise élève en couture. Pourquoi nous en remettre à une gamine incapable de recoudre un bouton ?

– Parce que nous n'avons rien de mieux sous le coude ! répliqua l'abbesse, qui connaissait, elle aussi, la réputation de cette Pucci. Ce n'est pas d'une couturière que nous avons besoin. Faites-la venir.

Au bout de quelques minutes d'accablement et de lamentations à demi étouffées, la bibliothécaire leur amena une jeune fille brune dont la tenue bleue semblait avoir été assortie à ses iris clairs. Elle était mince, pas très grande, et possédait un visage aux traits réguliers, à défaut d'être une beauté. La supérieure se dit qu'elle devait être folle de faire appel à une jeunesse sans la moindre expérience de la vie.

– Mon enfant, tu dois te demander pourquoi nous t'enlevons à tes chères études, à cette heure incongrue.

Leonora jeta un coup d'œil circulaire. Les portes des armoires avaient été soigneusement refermées sur la cause de leur désespoir. Les religieuses avaient l'air réunies pour une messe basse sans curé.

– Je vous promets de vous aider de mon mieux à retrouver nos reliques, ma mère, répondit la jeune fille.

Il y eut des exclamations. On pouvait lire dans les yeux de l'hôtelière qu'elle avait identifié la coupable. La bibliothécaire précéda l'accusation d'avoir répandu la nouvelle sans permission et jura qu'elle n'avait rien dit. La prieure somma Pucci de s'expliquer.

– Quand j'ai entendu sœur Marie-des-Anges traverser le bâtiment en poussant des cris de souris entre les griffes d'un chat, j'ai cru que quelqu'un était mort. Je vous vois toutes rassemblées ici au lieu de surveiller l'étude : j'en déduis que c'est plus grave et que ce sont les morts eux-mêmes qui nous ont quittées. Et puis… vous avez oublié les clés dans les serrures, ce qui veut dire que vous avez cherché quelque chose dans ces placards.

La bibliothécaire eut un geste de triomphe qui signifiait : « Que vous avais-je dit ? »

Leonora demanda pour qui la sacristaine ouvrait cette pièce habituellement. Il y avait, en premier lieu, le prêtre qui venait célébrer les offices. Le regard de la jeune fille se fit insistant.

– Pas lui ! Sûrement pas ! s'offusqua sœur Marie-des-Anges. Don Fernandino est au-dessus de tout soupçon ! Voudriez-vous qu'il se condamne lui-même aux tourments éternels ? Et pourquoi donc ?

Le silence de la demoiselle était limpide. Les sœurs se remémorèrent quelques méchantes affaires qui avaient défrayé la chronique, ces dernières années. Les cas de mauvais curés jetés dans de pressants besoins d'argent par une vie dissolue étaient légion. Puisqu'on en était à donner dans le pragmatisme, la supérieure avait un argument rédhibitoire :

– Je ne me prononcerai pas sur la moralité de Don Fernandino, mais, s'il se mettait à dérober des objets du culte dans les chapelles où il officie, cela se verrait très vite. Je pense que tu peux l'éliminer en attendant qu'un vol semblable ait été relevé dans les autres lieux qu'il fréquente.

Venaient ensuite les dames de sainte Ursule, dont la sacristaine, qui avait la charge de cet endroit. La mère abbesse conservait l'expression impénétrable d'un sphinx.

– Tu nous feras la grâce de ne pas nous soupçonner tant qu'il y aura quelqu'un d'autre sur ta liste, mon enfant.

Restaient les pensionnaires. Leurs effets allaient être fouillés, bien entendu, comme l'ensemble du bâtiment. Il faudrait être complètement folle pour s'approprier des reliques qu'on n'avait aucun moyen de faire sortir de l'institution.

– À moins de les jeter à un complice par-dessus le mur d'enceinte, objecta Pucci.

– Par tous les anges du ciel ! s'écria la cellérière. Le tibia de saint Antoine, par-dessus le mur !

– Rassurez-vous, sœur Prudence, dit l'hôtelière. Nous avons trop bien éduqué nos demoiselles pour qu'elles se livrent à ces voies de fait. Il faut une imagination perverse pour seulement l'évoquer.

– Voilà tout, conclut la sacristaine. La liste est close.

La jeune fille n'en était pas certaine.

– J'ai ouï dire que des hommes ont travaillé chez nous, ces derniers jours.

– Ouï dire ? demanda la prieure, qui avait pris grand soin qu'ils ne croisent à aucun moment les orphelines.

Elle leur avait organisé un chemin tout tracé, depuis la porte du jardin jusqu'à celle de l'abside, et avait mis sur pied un tour de garde afin de ne pas les quitter des yeux. On entendait trop souvent la tragique histoire de filles naïves séduites par des personnages sans scrupules, et rien ne semblait émoustiller les appétits bestiaux comme les communautés féminines. Leurs pupilles vivaient à l'abri du monde, dont elles ignoraient les dangers ; le moindre ouvrier stupide, grossier et illettré représentait un péril non négligeable.

Force lui fut d'admettre qu'un petit groupe de maçons était bien venu restaurer le mur nord de la chapelle, rendu gravement poreux par trois siècles d'intempéries.

– En aucun cas ils n'ont eu accès à la salle du trésor, vous pensez bien ! s'insurgea la sacristaine en agitant son impressionnant trousseau de clés.

La pièce restait fermée en dehors des offices et du ménage. Les allées et venues des étrangers avaient été surveillées avec la circonspection qu'aurait eue une cane conduisant ses poussins sur l'étang pour la première fois.

– Il y a bien un moment où vous l'ouvrez, pourtant, dit Pucci.

– Pour les messes, oui. Mais alors Don Fernandino entre et sort sans cesse. Il n'y a vraiment aucun risque !

Quelque chose paraissait ennuyer Leonora. Elle lança à l'abbesse un coup d'œil interrogatif.

– Parle, mon enfant, l'encouragea la supérieure. Ne crains pas de dire ce que tu veux : ce n'est pas la politesse qui nous sauvera.

La jeune fille se jeta à l'eau.

– Pardonnez-moi de vous contredire, ma sœur, mais bien des gens peuvent accéder à cet endroit. Vous oubliez d'abord les enfants de chœur qui assistent Don Fernandino pendant l'office.

La sacristaine leva les bras au ciel : l'idée que des gamins en aube blanche aient pu commettre pareil larcin n'était pas compatible avec sa foi en l'humanité.

– Il y a aussi mes camarades Tonina et Zita, dont vous vous faites assister pour le ménage, ajouta Leonora, plus bas.

– Vraiment ? dit la prieure, qui n'avait pas été mise au courant de ces petits arrangements.

– Elles sont insoupçonnables ! s'empressa d'affirmer la sacristaine. Ce sont de très braves filles, très heureuses de m'aider à passer la serpillière dans la chapelle. Ça me donne mal aux reins !

Elle s'abstint de préciser qu'elle rétribuait ces bienheureuses sous la forme de sucreries importées clandestinement sous le nez de ses compagnes.

– Pouvez-vous nous assurer que jamais cette salle n'est restée ouverte pendant que vos élèves accomplissaient votre travail à votre place ? demanda l'abbesse d'une voix sévère.

Les dénégations peu convaincantes de la sacristaine donnèrent à penser que tout le monde y avait eu accès, y compris d'éventuels maçons mal intentionnés. La seule certitude, c'était que les voleurs avaient eu moins de mal à s'emparer des reliques qu'à leur faire quitter les lieux. Les ouvriers, s'il s'agissait d'eux, avaient pu, à la rigueur, profiter d'un instant d'inattention pour s'attaquer aux armoires. Mais la sortie ne s'ouvrait que par le bon vouloir de la tourière, qui n'avait pas quitté ses clés, elle. Par ailleurs, l'éventualité d'un jet de saintes reliques par-dessus le mur était difficilement envisageable : pourquoi prendre le risque d'enlever une capsule pleine du sang non coagulé de saint Fosco, si c'était pour la briser en la lançant à dix pieds de hauteur ?

La prieure avait elle aussi son argument pour innocenter ces ouvriers, qu'elle avait choisis elle-même : c'étaient tous d'excellents chrétiens. Leur moralité avait été le principal critère de recrutement. Sœur Regina leur avait infligé, un par un, un examen de foi impitoyable avant de les laisser mettre le pied dans leur institution. Tous ceux qui avaient fait trois fautes dans le *Pater noster*, qui ne priaient pas avant d'aller dormir ou qui manquaient la messe le dimanche étaient restés à la porte.

– Je peux vous assurer qu'ils sont de familles bien pieuses, qu'ils craignent tous le cornu, les sorcières et les chats noirs, qu'ils ont un fer à cheval cloué sur leur porte et qu'on ne leur fera pas enfiler un vêtement vert le Vendredi saint !

– Mais cela, c'est de la superstition, ma sœur, dit la bibliothécaire, accablée.

– Peu importe ! s'écria sœur Regina, les yeux exorbités et les joues rouges. Ce qu'il faut, c'est craindre Dieu ! Ces malheureux n'oseraient pas désobliger des servantes du Seigneur, ça je vous le promets !

Si elle les avait gratifiés d'une mine semblable, on pouvait le croire, en effet. Leonora restait songeuse. Elle parvint bientôt à la conclusion logique de ce qu'elle venait d'entendre :

– Il faut nous rendre à l'évidence, mes sœurs. Si ces reliques n'ont pas pu quitter le couvent, c'est donc qu'on ne vous a rien volé !

– Merci de cette conclusion intéressante, ma petite Pucci, déclara l'abbesse. Tu me copieras cent fois le Symbole de Nicée pour nous avoir fait perdre un temps précieux.

– Je me suis mal exprimée, ma mère. Je voulais dire que, si elles ne sont pas parties, c'est qu'elles sont toujours ici.

Les nonnes étaient ébahies.

– Pourquoi des voleurs sortiraient-ils les reliques de leurs réceptacles s'ils ne peuvent les emporter ? protesta la cellérière.

– Pour revenir les prendre quand ils auront trouvé un moyen, dit la jeune fille. Le gros du travail est déjà fait. Ils n'ont plus qu'à attendre que l'émotion retombe et que votre attention se relâche. Dans un mois, la surveillance sera réduite, puisqu'il n'y aura plus rien à surveiller. Vos maçons se doutent qu'ils vont être les premiers accusés ; mais vous serez obligées de reconnaître leur innocence, puisqu'ils n'ont rien pris ! C'est malin, conclut-elle, cherchant déjà comment adapter cette magnifique supercherie aux vicissitudes de la vie de pensionnat.

Tout cela était bien beau, bien surprenant, mais ne leur rendait pas leur trésor. Les religieuses levèrent le nez pour examiner la pièce, à la recherche d'une cachette. Les murs étaient recouverts de boiseries sombres, mais aucun élément ne pivota pour révéler un tiroir secret, un trou ou une fente quelconque. La supérieure s'abstint de se joindre aux chercheuses. Pourquoi se fatiguer, quand elles disposaient d'une sorte de sibylle omnisciente ? Elle se contenta de contempler la devineresse en attendant de recueillir la solution de leur problème. Leonora, pour sa part, semblait un peu lasse de réfléchir pour le groupe tout entier.

– Voyons, finit-elle par dire lorsque le regard de l'abbesse se fut fait impérieux. Qu'avez-vous dit que ces hommes sont venus faire chez nous, ma sœur ? demanda-t-elle à la prieure.

On aurait pu croire que l'Esprit-Saint venait d'apparaître avec son halo de lumière. Les nonnes se ruèrent dans la chapelle. Le mur nord, dont les ornements venaient d'être remis en place, se dressait devant elles dans sa blancheur retrouvée.

– Au moins, ils n'ont pas volé les tableaux ! constata la prieure.

Les stations du chemin de croix et le cycle de la vie de sainte Ursule par un petit maître de la région étaient à leur place.

– Et pour cause, dit Leonora.

Elle approcha l'une des chaises qui permettaient aux religieuses les plus âgées de suivre les offices et grimpa dessus pour soulever un premier tableau. Lorsqu'elle eut regardé derrière le « Songe », où l'on voyait un ange annoncer à la sainte l'imminence de son martyre, elle réclama de l'aide pour décrocher le panneau de bois.

La surprise de ces dames atteignit son comble lorsqu'elles découvrirent un défaut caché par la peinture. On avait ôté une pierre, de manière à pratiquer une petite niche. Sur un confortable coussin de paille reposaient l'étui à l'épine, le bout de tibia incrusté d'or et deux grandes capsules à moitié pleines d'un épais liquide rouge.

Les unes crièrent au miracle, d'autres estimèrent que le miracle consistait à avoir eu cette Pucci parmi elles, et l'hôtelière persista à penser qu'il y avait du louche dans le fait qu'une si piètre couturière puisse résoudre des problèmes si complexes. Seule Leonora était perplexe. Elle se pencha sur les trésors que les religieuses venaient d'extraire avec précaution de leur cachette.

– Mieux vaut oublier cette vilaine action, dit la supérieure, peu désireuse de voir le scandale étalé sur la voie publique. Réjouissons-nous de cette heureuse issue et prions Dieu d'accorder Son indulgence à ces maudits quand ils se présenteront devant Lui.

Comme les nonnes replaçaient les précieux fragments dans leurs reliquaires d'origine, Leonora s'étonna que seuls des restes masculins aient excité la convoitise des cambrioleurs.

– As-tu une idée en tête ? interrogea l'abbesse, de nouveau méfiante.

Si les voleurs avaient dédaigné les restes de leur fondatrice, c'était qu'ils ne s'intéressaient pas à Angèle Merici. Cela avait tout l'air d'une commande. Il y avait donc des commanditaires qui étaient les vrais coupables et qui risquaient de réitérer leur tentative. Il ne serait plus possible de faire pénétrer le moindre fournisseur sans craindre une nouvelle disparition.

Les religieuses étaient atterrées. La logique de ce raisonnement était incontestable. Hélas, comment obtenir la paix sans alerter les autorités ?

– J'ai mon idée, dit la mère supérieure, le nez en l'air.

Elle contemplait, au-dessus d'elle, une tache d'humidité qui maculait le plafond du transept droit.

L'après-midi même, les nonnes recevaient le maître d'œuvre en grand comité, flanquées de Pucci, qui avait été autorisée à assister à la conclusion de cette affaire en guise de récompense. Le maçon avait été convoqué sous prétexte de restaurer le plafond du transept. Après avoir jaugé l'étendue des dégâts d'un œil circonspect, il suggéra de refaire aussi les stucs de la corniche, qui s'émiettaient. Bien sûr, il y aurait un supplément de trois cents sequins.

– C'est bien cher, observa la cellérière, qui tenait les cordons de la bourse.

– Dame ! Tout se paye, de nos jours ! rétorqua l'entrepreneur, peu décidé à s'en laisser compter par une bonne sœur près de ses sous.

– Et pour nous voler nos reliques, combien vous paye-t-on ? demanda l'abbesse d'une voix glaciale.

Elle pointa son doigt noueux sur le « Songe d'Ursule ». Deux religieuses décrochèrent le panneau de son clou pour dévoiler la cache pratiquée dans le mur.

– Vous n'oserez pas nous mentir devant Lui, reprit la supérieure en désignant cette fois le grand crucifix suspendu dans le chœur.

– À genoux ! Non : à plat ventre ! ordonna la prieure, furieuse d'avoir été trompée en dépit de ses efforts pour recruter de bons chrétiens, pauvres et superstitieux.

Il apparut que c'était justement ce détail qui avait permis l'entourloupe. Le maçon s'exécuta, la figure contrite. Une fois qu'il eut le visage contre le dallage, il renonça à se défendre. Peu après s'être engagé à effectuer la réfection du mur nord « pour un prix dicté par sa piété », il avait été approché par les pères de Saint-Barnabé. Ils avaient besoin de reliques pour attirer du monde dans les nouvelles églises de leur ordre en pleine expansion, et avaient une idée de l'endroit où se les procurer. Comme il ne s'agissait nullement de dérober les récipients en argent ou quelque autre bien d'une valeur matérielle, le pauvre homme n'y avait pas trop vu d'objection. Après tout, ces restes ne feraient que passer d'un sanctuaire à un autre. Ces bonnes dames en possédaient tellement ! Ne fallait-il pas répartir les richesses en faveur de ceux qui n'ont rien ?

– Vous voulez une gifle ? demanda l'hôtelière, que ces arguties scandalisaient.

– Ils auraient dû nous les demander, dit suavement l'abbesse. Nous les leur aurions donnés de bonne grâce.

– Vraiment, ma mère ? s'étonna l'artisan.

Mère Silvana ne daigna pas répondre. Pour lui, en tout cas, l'expiation n'allait pas être gratuite. Elle lui annonça qu'il aurait à refaire le plafond, avec le supplément de corniche, mais à ses frais.

– Vous l'avez dit vous-même : tout se paye, de nos jours, conclut la cellérière.

Elle s'approcha du pénitent pour lui poser la question qui lui brûlait les lèvres :

– Combien vous en donnait-on, de nos abattis ?

Les fragments d'os de saint Antoine étaient très demandés. La cote allait à mille sequins les vingt onces.

– Tant que ça ! Voilà qui aurait comblé quelques trous dans nos livres de comptes et dans notre toit, laissa-t-elle échapper.

Il assura cependant qu'il n'aurait jamais accepté le moindre sou : il s'était livré à cette manipulation pour rien.

– En échange d'indulgences, de messes, et ainsi de suite, je suppose ? dit la sacristaine sur un ton plein d'ironie.

Les motivations du pauvre homme étaient en réalité un peu plus prosaïques. Les pères de Saint-Barnabé avaient promis d'éduquer gracieusement le cadet de ses huit enfants. Le garçon était vif et possédait une bonne mémoire, son père avait nourri l'espoir de le voir s'élever au-dessus de leur condition. Comment assumer de tels frais quand on travaille de ses mains et qu'on a tant de bouches à nourrir ?

Les nonnes échangèrent un regard entendu. Elles avaient trop de respect envers le savoir pour priver un jeune garçon de l'enseignement qu'il méritait. Puisque les barnabites convoitaient leurs reliques, ils les auraient. Pour la mèche de cheveux, on s'adresserait à une bigote de leur connaissance, qui se les colorait en blond avec un succès mitigé ; ils passeraient aisément pour ceux d'un cadavre vieux de trois siècles. Sœur Prudence, qui s'occupait des enterrements, fut chargée d'aller négocier un tibia auprès du fossoyeur. L'âme du défunt ne serait pas offusquée de voir un petit morceau de sa jambe enchâssé à grands frais par les bons pères, plutôt que de continuer sa dissolution dans la terre humide de Vénétie. Pour éviter tout sacrilège, elles se feraient un devoir de révéler la supercherie dès que leur protégé aurait obtenu son diplôme, d'ici sept ou huit ans. Restait le problème posé par les capsules de sang non coagulé.

– Oh, il y a mille manières d'en fabriquer, dit la bibliothécaire. La moins onéreuse consiste à diluer un peu d'oxyde de fer dans de l'alcool. Bien malin qui verra la différence !

Ses compagnes la dévisagèrent avec stupéfaction.

– Je l'ai lu dans un livre consacré à la certification des vraies reliques ! ajouta-t-elle pour couper court aux remarques.

– N'y a-t-il pas un péché à tromper de saintes gens ? s'interrogea l'artisan.

C'était plus que l'abbesse ne pouvait tolérer.

– Baisez le bas de ma robe et remerciez-nous de pouvoir faire éduquer votre fils sans perdre votre âme ! gronda-t-elle.

On ne pouvait nier qu'il s'en tirait à bon compte. Après qu'il eut obéi, elles lui promirent les substituts pour le démarrage du chantier et le reconduisirent jusqu'au vestibule. Une idée tourmentait la sacristaine. Elle avait ignoré jusqu'alors qu'il existait un marché pour les choses saintes. Or, certaines manquaient cruellement à leur collection. Elle poussa un profond soupir.

– Nous avons le tibia de saint Antoine. Quel bonheur si nous pouvions acquérir le pied qui va au-dessous !

La prieure avait eu la même pensée :

– Nous nous sommes laissées dire que les pères de Saint-Barnabé possédaient un lot complet d'orteils. Leur église n'a-t-elle pas besoin de réparations ?

Le maçon saisit l'allusion. Il avait la méthode. Ce serait sa pénitence. Elles le poussèrent dehors et le portail de la communauté se referma derrière lui avec un bruit sec.

Leonora avait donné aux sœurs une leçon de déduction. La leçon d'honnêteté qu'elle recevait en retour était d'une portée plus modérée.

– La vie n'est pas un champ de roses, ma fille ! dit la cellérière avec un geste digne de saint Georges assommant son dragon à coups de massue.

La demoiselle avait eu maintes occasions de remarquer à quel point l'éducation prodiguée par les bonnes dames de Vicence pouvait se révéler surprenante.

II

LES ORPHELINES BLEUES étaient à leur première leçon du jeudi, en cette fin d'hiver de 1762, lorsque le destin de Leonora Agnela Immacolata s'infléchit dans une direction inattendue et sans retour. Les ursulines avaient eu la bonne idée de combiner les travaux de broderie, un apprentissage qui permettrait toujours à leurs protégées de subsister quoi qu'il arrive, avec la lecture des textes classiques qu'une femme n'ayant pas besoin de broder se devait de connaître. Tandis qu'elles s'exerçaient à tracer des arabesques sur des mouchoirs de batiste, on leur lisait ce matin-là *L'Enfer* de Dante, œuvre d'une haute portée morale par ses descriptions des tourments promis aux pécheurs - une fois qu'on l'avait expurgée de ses allusions à la sensualité et à la licence. La sœur lectrice venait donc de sauter la merveilleuse tirade de Françoise de Rimini, éternelle prisonnière du cercle des luxurieux, lorsque Cornelia, l'amie intime de Leonora, reprit sa place après s'être absentée un moment. Ses yeux pétillaient d'excitation. Elle posa son ouvrage sur ses genoux, mais fut incapable d'y piquer son aiguille.

– Je viens d'apprendre une nouvelle incroyable, Pucci, murmura-t-elle à l'oreille de sa voisine.

– Ça t'est arrivé aux latrines ? repartit celle-ci sans lever le nez du lion qu'elle s'efforçait de créer sur l'étoffe, bien que cet art ne fût pas celui dans lequel elle était le plus douée.

– Non, répondit Cornelia, gênée. Dans le corridor des offices. Mère Silvana avait un visiteur.

– Et comme tu passais justement par là, elle s'est fait un devoir de t'informer du sujet de leur conversation, afin de recueillir ton avis éclairé, la railla Leonora, amusée de voir que l'indiscrétion de sa camarade ne se démentait jamais.

Celle-ci rougit un peu.

– Oui, bon... La porte était entrouverte. Je n'ai pas plaqué l'oreille !

– Quel est ce grand secret que la mère sup' avait l'espoir de garder pour elle ?

L'expression de Cornelia se fit mystérieuse.

– Oh, mais elle n'avait pas du tout l'intention de le garder pour elle. Il y a une personne ici avec qui elle compte le partager très bientôt.

– Qui est cette chanceuse ? demanda Leonora en tâchant de dessiner au lion un œil bien rond au fil bleu.

– C'est toi, Pucci, répondit Cornelia, triomphante. Cet homme est là pour toi. Ta mère t'envoie chercher !

Leonora sursauta, s'enfonça l'aiguille dans le doigt, et l'œil bleu du lion se teinta de rouge, comme celui d'un lapin albinos.

– Ma mère m'envoie chercher ? répéta-t-elle sans plus songer à parler bas.

Sa voix avait couvert les mots sublimes de Dante. Toutes les mains se suspendirent en même temps au-dessus de leurs broderies. Les regards convergèrent vers celle qui venait de parler. La lectrice elle-même s'interrompit au milieu du vers décasyllabique, sans égard pour la poésie subtile du Florentin. Chacune de ces jeunes filles rêvait d'entendre un jour cette phrase. Leonora ne vit plus autour d'elle que des paires d'yeux écarquillés. L'instant d'après, elle était submergée par un flot de questions, de commentaires et d'hypothèses sans fin générés par trois douzaines d'esprits surexcités. Qui était cette dame ? Où vivait-elle ? Avait-elle fait le déplacement depuis Venise ? Leonora était d'autant plus embarrassée qu'elle n'en avait aucune idée. Quant à Cornelia, elle gardait un silence contraint afin d'éviter la punition qui ne manquerait pas de s'abattre sur elle si l'on apprenait qu'elle avait de nouveau écouté aux portes.

Par bonheur, une nonne surgit bientôt. Comme nulle ne lui prêtait attention, elle s'empara d'un écran à broderie dont elle assena de grands coups sur une table. Lorsqu'on se fut un peu calmé, elle demanda à Leonora de la suivre. La jeune fille posa son ouvrage et laissa derrière elle ses camarades rongées par l'envie et la curiosité.

Elle franchit les trois longs couloirs glacés et gravit les deux escaliers qui menaient à l'étage des offices, guidée par l'ample robe noire qui la précédait. La porte du cabinet était entrouverte, ainsi que l'avait dit Cornelia. La sœur frappa pour la forme. L'instant d'après, Leonora pénétrait dans la petite pièce aux murs couverts de bibliothèques, la tête humblement baissée, ainsi qu'il était de rigueur. Les pensionnaires n'étaient guère convoquées en ces lieux que pour y être réprimandées, aussi avaient-elles pour habitude de se tenir dans l'attitude de modestie qui, seule, leur permettrait de plaider leur cause.

– Je vous prie de saluer monsieur l'abbé, qui est venu vous chercher pour vous conduire auprès de votre mère, annonça la supérieure, dont l'expression dénotait une indéniable contrariété.

Leonora, qui s'attendait à contempler enfin, au bout de dix-huit ans, les traits de celle qui lui avait donné le jour, atteignit le summum du désarroi en découvrant le personnage d'âge mûr qui se tordit sur son fauteuil pour l'apercevoir. C'était un homme d'église en costume laïc qui lui sembla très vieux et ne devait pas avoir cinquante ans. Elle faillit rester muette de surprise et dut faire un effort pour rompre le silence d'un « Bonjour, monsieur l'abbé » accompagné d'une révérence.

– Je sais que vous ne connaissez pas monsieur, et nous non plus, ajouta la supérieure, irritée par cette visite inattendue. Le père Diodati nous a présenté une lettre de votre mère, qui réclame votre retour à Venise dès aujourd'hui. Elle l'a chargé de vous escorter jusqu'à elle.

– Nous prendrons la diligence de Padoue, qui part tout à l'heure, confirma l'abbé en consultant sa montre de gousset.

Dix-huit années de vie entre ces murs allaient devoir se conclure en quelques minutes.

– Je trouve pour ma part ce départ fort précipité. Mais enfin, la volonté de votre mère ne peut pas être discutée.

La jeune fille devina que le ressentiment de la supérieure n'était pas dû au seul désagrément de se séparer d'elle d'une manière aussi brusque. Leonora était l'une de leurs élèves les plus brillantes, si l'on exceptait les travaux manuels. Les religieuses s'étaient faites à l'idée qu'elle resterait parmi elles, où elle serait devenue une compagne agréable. L'abbesse songeait déjà à l'inscrire sur la liste d'attente des demoiselles pauvres dont la Sérénissime dotait la prise de voile. Ces projets étaient d'un autre temps. La petite Pucci avait désormais d'autres soucis en tête :

– Puis-je demander qui est ma mère ?

– Il ne vous appartient pas de poser des questions ! répondit sèchement la supérieure.

L'abbé sourit.

– C'est une curiosité très naturelle. Bien que je ne sois pas autorisé à la satisfaire, je puis vous rassurer : il s'agit d'une personne de la première distinction, à qui ses occupations n'ont pas permis de vous garder auprès d'elle, mais qui vous aime et qui tient à faire votre bonheur. Vous avez tout à espérer de ses bontés, je m'en porte garant.

L'abbé ne se départait pas de ce sourire amusé derrière lequel Leonora ne parvenait pas à découvrir le moindre indice. Elle reporta son regard sur la supérieure, de plus en plus excédée, et se demanda par quel mystère ce discours aggravait la mauvaise humeur de la religieuse.

Deux nonnes apportèrent la tenue toute simple que les pensionnaires revêtaient pour leurs sorties en ville. Après que l'abbé se fut détourné vers les livres alignés dans les bibliothèques, on ôta à Leonora sa blouse bleue d'orpheline pour lui en faire enfiler une de lin pastel, une capeline noire et des souliers vernis.

– Nous espérons que vous vous comporterez avec la dignité qui sied à une personne élevée par nos soins. Souvenez-vous toujours de vos devoirs.

Le message était limpide : on lui demandait surtout de se souvenir de ce qu'elle leur devait. Au lieu de monter à l'étage des dortoirs, ils descendirent jusqu'au vestibule. Ses paquets avaient été noués pendant leur conversation. Ses camarades l'attendaient en rang pour lui dire adieu et lui souhaiter bonne chance. Cornelia était en larmes.

– Ne m'oublie pas ! lui souffla-t-elle en l'embrassant.

Les deux jeunes filles s'étaient fait le serment de s'entraider, au cas où l'une d'elles parviendrait à une position avantageuse. Les bonnes dames l'embrassèrent à leur tour, y compris la mère supérieure. Comme leurs joues se touchaient, celle-ci lui murmura quelques mots :

– Un grand destin vous attend. Si toutefois les choses devaient tourner différemment, souvenez-vous que vous avez ici votre véritable famille.

En prononçant ces paroles, l'abbesse lui serra les bras jusqu'à lui faire mal. Lorsqu'elle relâcha son étreinte, Leonora vit que ses yeux étaient embués. C'était, en dix-huit ans, la première fois qu'elle la voyait aussi émue.

– Adieu, mon enfant. Portez-vous bien. Faites-nous honneur.

L'abbé, qui venait de jeter à sa montre un coup d'œil impatient, mit fin à ces épanchements, lança un dernier remerciement à la supérieure pour ses bontés, l'unique récompense de tant d'années d'efforts, et arracha la pensionnaire aux mains qui l'agrippaient encore.

La jeune fille franchit le porche dans un brouillard. Lorsque la marche à pied dans les rues de Vicence lui eut rendu ses esprits, elle eut la certitude que cette myriade d'allusions et de non-dits ne pouvait mener qu'à une seule conclusion : le sort qu'on lui réservait était soit le plus brillant, soit le pire qu'elle puisse imaginer.

III

La vie de Leonora subit une accélération extraordinaire dès qu'elle eut franchi le porche au lion ailé. L'abbé Diodati, pour commencer, l'entraîna sur les pavés de Vicence comme si la ville avait été la proie des flammes. Ils dévalèrent la rue qui descendait vers le centre et parcoururent de même toutes celles qui les séparaient du relais de poste. Les places étaient réservées et payées. L'abbé la jeta dans la diligence et s'y engouffra derrière elle quelques instants à peine avant que le postillon ne lance ses chevaux sur la route de Padoue. Leonora quittait les lieux où elle avait passé toute sa vie, la seule cité qu'elle connaissait un peu, pour en traverser une autre toute différente au bout d'une heure de chevauchée ; encore dut-elle fuir celle-ci aussi vite qu'elle avait laissé la première. L'abbé la fit courir sur le quai de pierre qui longeait la Brenta et remit à l'un des bateliers le sequin qui représentait le prix de leur passage. Elle eut à peine le temps d'apercevoir l'étrange navire qu'elle se trouvait déjà à l'intérieur, dans les adieux des voyageurs et les cris des matelots qui dénouaient les câbles.

Ils étaient à bord du *burchiello*, sorte de longue maison flottante rectangulaire de style rococo. Ce coche d'eau était principalement constitué d'une salle aux parois percées de fenêtres vitrées, avec, aux deux bouts, un cabinet particulier. Le tout était remorqué par de solides chevaux. Padoue était situé à une trentaine de kilomètres de la lagune, que le *burchiello* permettait de rallier en neuf heures grâce à un service quotidien dans les deux sens.

Au lieu de se diriger vers les cabinets des extrémités, ainsi que le faisaient les passagers fortunés, ils s'installèrent sur les banquettes de la salle commune. Force fut à Leonora de constater que l'abbé avait loué des places de seconde catégorie, loin des divans couverts de coussins où les plus chanceux faisaient passer le temps en consommant les victuailles apportées par leurs serviteurs. Ce détail l'inquiéta d'autant plus qu'il s'ajoutait au fait qu'ils avaient couru la poste depuis Vicence, plutôt que d'user d'une voiture particulière, comme les personnes de qualité. Le doute commençait à poindre quant au rang exact de celle qui l'envoyait chercher, ou, en tout cas, quant à l'attention que cette dame portait à sa chère progéniture, qu'elle arrachait au couvent après l'y avoir abandonnée toute son enfance.

Le paysage défilait lentement derrière les croisées. Leonora remarqua bientôt des bâtisses telles qu'elle n'en avait jamais vu, bien plus belles et plus colorées que tout ce qui existait à Vicence. Là-bas, les habitations étaient serrées les unes contre les autres, les façades les plus ornées étaient dépourvues de la moindre esplanade qui aurait permis de les admirer. Les villas qu'elle apercevait étaient au contraire entourées de splendides jardins, précédées d'escaliers de marbre aux statues immaculées, cernées de colonnades, ou se miraient dans des bassins abritant nymphes et tritons.

Au bout d'un moment, la curiosité fut la plus forte. Elle se tourna vers l'abbé, qui contemplait lui aussi le panorama, et lui demanda si l'une de ces maisons appartenait à sa mère ou à sa famille. Le père Diodati eut une fois encore ce sourire énigmatique dont Leonora ne savait si elle devait le juger rassurant ou s'en inquiéter.

– Elle y vient quelquefois, mon enfant, soyez-en sûre. Votre mère est une personne très considérée. Vous ne devez pas vous faire de souci à ce sujet.

Il fit rouler la conversation sur sa vie au couvent. Elle supposa qu'il ne s'intéresserait guère aux leçons en tout genre dont on les gratifiait, aussi choisit-elle de lui relater quelques énigmes qu'elle avait résolues. Il écouta pendant près de deux heures de palpitantes histoires de bracelets égarés et de serments trahis, se hasardant parfois à deviner la solution :

– Le coupable était le jardinier, je suppose ?

Elle lui donnait alors le nom du véritable fautif, avec le plaisir du chasseur victorieux. Le père Diodati avait du mal à croire qu'il voyageait en compagnie d'une sorte de boussole vivante dont l'aiguille indiquait invariablement la solution de tout problème.

– Vous possédez beaucoup d'imagination et l'art de conter. Ce sont deux avantages qui pourront vous être utiles, si vous restez dans notre ville.

Si ses rêves ne l'avaient pas aveuglée, elle aurait compris qu'il entrevoyait pour elle un avenir de gouvernante ou quelque chose de semblable.

Elle s'abîma dans la contemplation du paysage, se demandant à chaque nouvelle villa si c'était là que vivait, l'été, le patricien dont elle était sans aucun doute la fille.

Toute à sa découverte du monde, elle n'avait pas encore commencé à trouver le temps long lorsque vint le moment où les deux navires identiques se croisèrent, au mitan du voyage. Matelots et voyageurs se saluèrent d'une barque à l'autre. Tout en agitant la main en direction d'inconnus, Leonora eut l'impression de dire adieu à sa vie sur la terre ferme.

Bien que le trajet en *burchiello* soit plus confortable que celui en voiture attelée, la température se fit très fraîche en fin de journée, à cause du vent d'hiver qui fouettait l'eau. Ils quittèrent la rivière à Chioggia et abordèrent la lagune à la nuit tombée, aux flambeaux. Lorsqu'ils se furent engagés sur la mer, l'abbé invita la jeune fille à sortir de la salle pour découvrir les lumières lointaines et l'ombre sépulcrale des îles plantées de cyprès. La brise était devenue glaciale. On voyait passer de petites embarcations à rames signalées par une lanterne.

Le navire atteignit enfin le bassin de Saint-Marc. On n'apercevait, de chaque côté, que les fenêtres éclairées des maisons aux couleurs effacées par la nuit. Il lui sembla que leur véhicule était une sorte d'immense carrosse doré glissant au milieu d'une avenue triomphale.

On accosta à un embarcadère de bois perpendiculaire à la *riva degli Schiavoni*, parmi d'innombrables vaisseaux de commerce venus d'Orient. La hâte semblait être chez le père Diodati une seconde nature. Il pressa Leonora de rejoindre le quai où attendaient les gondoles de louage. La longue passerelle était bordée de loin en loin par de vagues lampions. En guise de premier contact avec la ville de ses ancêtres, Leonora, égarée par la foule, manqua de tomber à l'eau. Elle fut rattrapée juste à temps par un marin, qui la conduisit en lieu sûr, où l'abbé l'attendait en trépignant.

Il disputa l'une des barques à quelques voyageurs tout aussi pressés que lui, tendit le paquet de la jeune fille au gondolier et la poussa littéralement à bord, ce qui fut pour elle une nouvelle expérience périlleuse. Une fois assise en sûreté, elle l'entendit indiquer l'adresse :

– *Ca' Civran, a San-Polo, alla volta del canale.*

Elle le vit ensuite discuter le prix et se dit qu'on rabiotait décidément sur les frais de transport. La malheureuse, qui n'avait cessé de revoir ses ambitions à la baisse, s'attendait maintenant à être traitée en fille de cuisine. Elle ignorait que son cicérone avait reçu une somme forfaitaire, et que le moindre sou qu'il parvenait à économiser était pour lui.

Ils sinuèrent à travers plusieurs *rii* étroits et sombres. On n'apercevait guère, de temps à autre, que de petits carreaux translucides derrière lesquels brûlait une bougie. Leonora n'était jamais montée sur un bateau avant ce jour. Si le *burchiello* avait encore les allures rassurantes d'une maison flottante, la gondole était une autre affaire. La moindre vague les ballottait. L'étroitesse de la *felze*, l'habitacle, les obligeait à se serrer l'un contre l'autre. À chaque coup que donnait le *barcarol* pour rectifier la direction, il lui semblait que le choc, pourtant léger, allait les faire verser à l'eau. Les odeurs de la lagune, elles aussi, lui étaient inconnues. Cette entrée en matière n'avait rien d'une illumination. Elle avait perdu tous ses repères et se sentait engloutie par un univers inconnu dont elle ne posséderait jamais la clé.

– Nous y voilà, annonça l'abbé en désignant la proue.

Tout d'un coup, sans prévenir, la gondole émergea du *rio* pour rejoindre la grande artère de Venise, ce large chenal qui la traversait de bout en bout. Le paysage se modifia radicalement. Les murs de briques décrépis qui lui avaient paru noirs dans la pénombre firent place au spectacle grandiose des façades brillamment éclairées. On devinait partout les lustres en verre coloré à travers les longues ouvertures en ogives.

– C'est ici que nous allons ! confirma l'abbé à l'intention du batelier.

Ils étaient mille fois plus secoués que sur les voies latérales, mais Leonora n'en avait cure. Le bâtiment qui se dressait devant eux était un palais surgi de la mer. Son porche majestueux, aux marches de marbre blanc, était précédé de piquets bleus et gris où s'arrimaient plusieurs gondoles. Les habitants du Grand Canal appartenaient à la classe la plus prestigieuse de Venise. Ils hésitaient d'autant moins à éclairer leurs demeures qu'ils étaient soumis à une exigence de représentation. Leonora ne se souvenait pas d'avoir jamais rien vu de plus beau que cette interminable succession de dentelles de pierre, derrière lesquelles resplendissaient de complexes architectures en verre soufflé.

Plus ils approchaient, plus la maison Civran ressemblait à un cube de glace flottant sur une eau noire. Sa façade très blanche était dans le goût du siècle. L'entrée d'honneur monumentale semblait conçue pour accueillir des géants. Un balcon courait sur toute la largeur de l'étage noble, bordant d'immenses fenêtres à travers lesquelles on apercevait des bribes de plafonds ornés de fresques à dominante bleue et rose.

Son enthousiasme, qui lui rendait l'immobilité presque intenable, décrut subitement quand elle vit qu'on évitait le perron pour se diriger vers l'embouchure du *rio* le plus proche. L'abbé lança quelques indications au gondolier, qui fit glisser son embarcation sous un petit pont de briques et rallia le quai. Il noua une corde à un anneau et leur donna la main jusqu'à ce qu'ils aient les deux pieds sur le sol.

L'instant d'après, Leonora, son balluchon à la main, se tenait devant une petite porte à côté de laquelle pendait la chaîne d'une cloche. L'abbé sonna deux ou trois fois, le battant s'ouvrit en grinçant, et une jeune femme en tablier de service les fit pénétrer dans un jardin qui paraissait de belle taille, quoiqu'il ait été impossible d'en définir les limites à cause de l'obscurité.

– Bonsoir, monsieur l'abbé, dit la servante.

– Bonsoir, Loreta. Voici la personne qu'on m'a envoyé chercher. Je vous la confie.

Il prit à peine le temps de prononcer un mot d'adieu à l'intention de celle qu'il avait convoyée toute la journée et s'esquiva. Leonora voulut bredouiller quelques phrases au sujet de sa gratitude, mais son guide disparut avant qu'elle ait fini son compliment.

Tandis qu'elle suivait Loreta à l'intérieur, elles croisèrent un valet chargé d'un plateau en argent, qui leur lança un regard interrogatif.

– Ce n'est rien, dit la jeune femme. C'est la nouvelle demoiselle.

La répartie parut satisfaire le serviteur, qui disparut dans les communs sans davantage s'intéresser à la visiteuse. Elles empruntèrent un escalier de service exigu qui les mena à un étage bas, puis à l'étage de réception, au plafond presque deux fois plus haut, puis au niveau où devaient se trouver les chambres des maîtres et, enfin, sous les combles. La servante lui indiqua un réduit à peine plus grand qu'un placard, dont l'espace était presque entièrement occupé par une paillasse. Lorsque Leonora eut fini d'explorer les lieux, ce qui prit peu de temps, elle s'aperçut que la domestique était partie. Elle n'avait rien à manger, disposait d'une minuscule bougie en guise d'éclairage, et n'avait pas d'eau pour la toilette. On entendait à proximité le ronflement d'un dormeur qui devait occuper l'une des loges attenantes. Leonora ôta ses vêtements de voyage et se laissa tomber sur le grabat sans prendre la peine de quitter son jupon ni sa chemise. L'énumération de ses sujets de désillusion s'interrompit heureusement quand elle s'endormit, vaincue par la fatigue et par ses émotions.

Lorsqu'elle rouvrit les yeux, le lendemain matin, elle trouva sur le dallage de terre cuite un broc et une bassine pour ses ablutions. Le jour filtrait par la lucarne, à travers laquelle on pouvait voir les toits de tuiles du quartier de San-Polo. Il faisait beau. Tout était tranquille. Seuls quelques clapotis lointains et des chants d'oiseaux agrémentaient la paix générale.

Quelqu'un avait aussi déposé près de la porte une écuelle remplie d'un brouet à peu près tiède et odorant. C'était un *risi e verze,* plat de saison roboratif avec lequel les serviteurs se calaient l'estomac pour entamer leur journée. La préparation de ce risotto au chou frisé n'était ni longue ni compliquée, et on pouvait le tenir au chaud jusqu'à ce que tout le monde se soit servi.

Soucieuse de faire bonne impression, bien qu'elle ne sache pas trop sur qui il convenait de la faire, Leonora jugea opportun d'enfiler ses vêtements les moins usés. Puis elle partit à la recherche de quelqu'un qui puisse lui dire ce qu'elle faisait là.

Elle descendit vers les chambres sans rencontrer personne, parcourut le corridor et emprunta le grand escalier de marbre jusqu'au rez-de-chaussée, qui était plutôt en l'occurrence un « rez-de-canal ». Le vaste vestibule, ou *entrada,* ouvrait d'un côté sur le jardin, de l'autre sur le perron en pierre prévu pour l'accostage. Il était extraordinaire de se trouver à l'intérieur d'une maison et de voir l'eau lécher le porche entre les poteaux bicolores. Elle se rendit compte soudain qu'on pourrait se formaliser de la voir errer dans la demeure et décida de regagner sa chambrette. Elle approchait du deuxième étage quand un bruit de conversation lui parvint.

Une femme d'environ quarante-cinq ou cinquante ans - Leonora n'aurait pu le dire à cause d'un maquillage très étudié - s'engagea dans l'escalier sans la voir. Elle était habillée, avec une simplicité toute vénitienne, de tissus magnifiques, mélange de satin et de damas surpiqué de dentelles. Juste après elle venait un homme de trente ans peut-être, qui parut à la jeune fille de la première élégance. Tous deux portaient les cheveux poudrés à blanc. La dame avait une cape sur les épaules, lui était chaussé de bottines et avait les mains gantées : ils étaient habillés pour sortir.

Ce ne fut qu'une fois à sa hauteur que les deux inconnus remarquèrent sa présence.

– Vous cherchez quelque chose, ma fille ? demanda la dame sur un ton qui ne laissait subsister aucun doute sur la place qu'elle occupait dans la maison.

Leonora en déduisit qu'elle se trouvait en présence de celle qui l'avait retirée du couvent après l'y avoir déposée bien des années plus tôt. Elle se força à ne pas dévisager la femme qui lui avait donné le jour et tâcha d'accomplir une révérence que les marches rendirent fort délicate.

– Je suis arrivée hier de Vicence, *Illustrissima*.

Comme elle conservait les yeux baissés, elle ne put voir la légère crispation qui figea les traits de la dame tandis que celle-ci la jaugeait.

– Ah, c'est vous.

Un silence embarrassé suivit ces mots. Leonora releva la tête. Jamais elle n'aurait imaginé que sa première entrevue avec sa mère aurait lieu dans le coude d'un escalier d'apparat. Elle mit la fraîcheur des retrouvailles sur le compte de l'émotion, saisit la main de la riche matrone et l'embrassa.

– Je suis pénétrée de joie à l'idée de rencontrer enfin ma mère.

L'homme aux gants étouffa un petit rire aigu.

- N'allez pas trop vite, dit la dame d'une voix sèche en retirant sa main. Je n'ai pas encore donné mon accord.

Le personnage poudré et botté était enchanté :

- Eh bien, nous nous préparions à aller nous divertir sur le Rialto, mais il semble que nous ayons trouvé un sujet d'amusement bien plus piquant !

Ils tournèrent les talons et remontèrent vers l'étage noble. D'un petit signe de la main, la dame l'engagea à les suivre. Leonora les rejoignit sans plus savoir si on l'avait fait venir en tant que demoiselle de la maison ou comme lingère. Elle nota dans leur sillage un subtil effluve de violette, le parfum en vogue cette année-là parce qu'on disait que la maîtresse du roi de France en raffolait.

Ils entrèrent dans la première pièce, un salon aux murs recouverts de ce papier peint à la mode qui tendait à remplacer les coûteuses fresques murales. Posé sur la cheminée de couleur crème, un grand miroir de Murano réfléchissait l'ensemble du décor. Cette paisible harmonie de tons rose et or ne parvenait pas à compenser la nervosité qui régnait entre eux.

L'homme aux bottes débarrassa la matrone de sa cape. Ils s'assirent dans les jolis fauteuils aux pieds arqués, tapissés d'une étoffe dont le motif rappelait celui du papier peint, tandis qu'elle-même restait debout. La dame lui demanda comment elle s'appelait.

- Je me nomme Leonora Agnela Immacolata, répondit la jeune fille, fort surprise que sa mère ignore ce détail. Mes amies me surnomment Pucci.

– Les prénoms de maman ! s'écria la dame en levant les mains au ciel. Bien entendu ! J'aurais dû m'y attendre ! Rien ne me sera épargné !

L'atmosphère étant rien moins que chaleureuse, Leonora voulut faire assaut d'amabilités :

– Je n'ai jamais connu plus beau jour que celui où il m'est donné de faire enfin la connaissance de ma mère et de monsieur... mon frère ? hésita-t-elle en désignant l'individu poudré qui touchait au comble de la gaieté.

La dame, en revanche, se raidit un peu plus, s'il était possible.

– Votre frère. Pas du tout. Monsieur est mon sigisbée. Je vous trouve bien impertinente de me supposer l'âge d'être sa mère.

– C'est plutôt *donna* Soranza qui pourrait sans peine être ma sœur, reprit d'une voix mielleuse le sigisbée, à qui, d'évidence, toute occasion était bonne pour faire sa cour.

Il baisa le bout des doigts de sa protectrice offusquée. Leonora marqua une pause, puis s'excusa de sa méprise, bien qu'elle n'ait eu aucune idée de ce que pouvait être un sigisbée. Au moins savait-elle à présent qu'elle était bien en présence de la maîtresse de maison.

On lui demanda ce qu'elle savait faire. Elle évoqua la broderie et autres travaux ménagers, qu'on lui avait toujours présentés comme des domaines primordiaux pour une jeune fille de bonne famille.

– Ce serait parfait pour une chambrière, conclut le sigisbée, qui prenait grand plaisir à cette confrontation.

– Je n'ai pas besoin de personnel supplémentaire, trancha *donna* Soranza.

Leonora ajouta qu'elle avait aussi des notions de mathématiques, de latin et de français, qu'elle connaissait les grands textes, l'histoire de leur brillante nation et la liste de ses possessions en Méditerranée.

– Mes fils ont passé l'âge d'avoir une gouvernante, malheureusement, dit la matrone. Non, vraiment, je n'ai pas d'emploi pour vous, ma chère. Mon mari a bien d'autres idées pour votre avenir, mais je crois qu'il se méprend sur vos capacités.

– Qu'en ferons-nous ? demanda le sigisbée.

Les espoirs de Leonora s'effondrèrent lorsqu'elle entendit celle dont dépendait son sort conclure qu'il fallait la renvoyer à son couvent au plus tôt.

Des pas résonnèrent sur le parquet ciré. Un homme grand, d'une cinquantaine d'années, doté d'une indéniable prestance, pénétra dans le salon. Il portait un pourpoint de soie brodée, un long gilet et des manches garnies d'un flot de dentelles. Un large sourire se dessina sur ses lèvres lorsqu'il découvrit la jeune personne désemparée qui se tenait debout face à son épouse. Le sigisbée se leva poliment comme le maître de maison passait devant lui pour rejoindre la demoiselle.

– Ma fille ! Venez là que je vous embrasse ! s'exclama-t-il en la saisissant par les épaules.

Il déposa deux gros baisers sonores sur les joues de la visiteuse, qui comprenait de moins en moins quelle comédie cruelle se jouait à ses dépens.

– Elle est jolie et bien formée, ne trouvez-vous pas ? demanda-t-il à sa femme, aussi froide qu'une crème glacée de chez Ganavuzzi, le traiteur des *Procuratie Vecchie.*

On aurait pu jurer qu'il attendait un verdict.

– Nous avons à causer, répondit-elle d'une voix qui n'annonçait rien de bon.

Leonora comprit qu'elle n'échapperait pas au retour à Vicence, où elle n'aurait d'autre choix que de prendre le voile pour le reste de ses jours. Cette perspective la désespéra.

– Je vois bien que nul ne veut de moi ici, s'écria-t-elle. Madame souhaite me renvoyer, et elle a bien raison. Ce n'était seulement pas la peine de m'enlever du cloître pour détruire d'un coup tous mes espoirs. J'étais fort bien là-bas, il fallait m'y laisser en paix.

Le patricien dalla Frascada, *nobiluomo* de la République, qui toute sa vie avait occupé des charges prestigieuses et vu tout un chacun s'incliner devant lui avec respect, la regarda comme si elle venait de jeter de la boue sur ses bas de soie :

– On ne m'avait pas informé que les ursulines changeaient leurs pensionnaires en furies, répliqua-t-il vertement. Je vous prierai de changer de manières, ma fille. Vous demeurerez ici si je le veux et ferez ce que je vous dirai, un point c'est tout.

Perdue pour perdue, Leonora n'avait nulle intention de s'humilier devant des gens qu'elle ne connaissait pas, qui se disaient ses parents mais la traitaient en intruse et s'apprêtaient à briser sans scrupules les rêves qu'ils venaient de faire naître en elle. Elle lança sa repartie d'une voix encore plus vive que celle de son père :

– C'est vous, monsieur, qui êtes la cause de mon malheur. Je ne saurais déranger plus longtemps votre maisonnée. Vous me ferez plaisir en prenant des dispositions pour me faire raccompagner au plus vite là d'où je viens et d'où vous n'auriez jamais dû me retirer. Je fais le vœu de n'entendre plus jamais parler de vous, comme vous n'entendrez plus parler de moi !

Dalla Frascada rougit et éructa à plusieurs reprises sans parvenir à émettre une parole audible. Le discours eut sur sa femme l'effet exactement inverse. Elle venait de découvrir chez l'étrangère un talent insoupçonné, le seul qui lui importait : celui de contrarier son mari, à qui personne dans cette maison, pas même elle, n'aurait osé s'adresser sur ce ton. Le sigisbée roulait des yeux effarés sans trouver où se cacher. Alors que le patricien paraissait sur le point de jeter la jeune fille dans le canal la tête la première, son épouse quitta son fauteuil, la mine radieuse, et lui ouvrit largement les bras :

– Embrassez-moi, ma fille ! Je crois que nous ferons quelque chose de vous, après tout !

Comme Leonora s'exécutait sans comprendre, la dame lui glissa à l'oreille :

– Soyez toujours ainsi et je vous promets longue vie dans cette maison.

Le *pater familias* contempla la scène d'un air ébahi, sans réussir à déterminer s'il devait se réjouir d'être parvenu à ses fins ou s'inquiéter d'avoir introduit un scorpion dans son foyer.

IV

De retour dans sa chambre des combles, Leonora ne put résister plus longtemps au flot d'émotions qui déferlait sur elle. La servante venue l'aider à transporter ses affaires la trouva en larmes sur son lit. Le contenu de son bagage jonchait les tomettes.

– Eh bien, qu'y a-t-il donc ? Si je ne me trompe, vous venez de rencontrer vos parents, qui sont des personnes du premier rang. Vous devriez être contente !

Leonora s'arracha à son oreiller pour tourner vers elle son nez rouge et ses yeux humides.

– J'ai bien compris que *donna* Soranza n'était pas ma mère. Comment pourrais-je être contente ?

Son père se comportait en homme qui vient de faire une bonne acquisition. Elle sentait qu'on attendait d'elle quelque chose, mais ignorait absolument ce que cela pouvait être. La servante écouta ses récriminations d'une oreille distraite tout en ramassant les vêtements épars.

– Vous ne savez pas qui vous êtes ? Je veux bien vous le dire, si vous promettez de ne pas révéler de qui vous le tenez.

Ayant obtenu satisfaction, elle lui apprit sans ménagement qu'elle était une fille adultérine que le maître avait eue d'on ne savait qui. Elle avait trois demi-frères un peu plus âgés, qui, eux, étaient bien de *donna* Soranza.

Leonora nota que la domestique était beaucoup plus complaisante que la veille. Elle attribua cette amélioration au fait qu'elle-même avait changé de statut. Si Loreta n'avait que faire de prendre soin d'une étrangère de passage, elle jugeait à propos d'entrer dans les bonnes grâces d'une demoiselle appelée à figurer parmi les maîtres. Elle la conduisit à l'étage inférieur, où l'attendait sa nouvelle chambre, plus grande et joliment meublée. Un lit à rideaux était posé contre le mur, entre des portraits de famille au pastel. La fenêtre ouvrait sur le jardin, encore dégarni à cette époque de l'année.

– Je crois qu'il y a là votre grand-mère maternelle, la *nobildonna* Leonora des Soranzo.

La jeune fille contempla les traits souriants et affables, à la vénitienne, de celle à qui elle devait son prénom. Loreta lui expliqua qu'elle avait remporté sans s'en douter une épreuve décisive : l'entretien qu'elle venait de subir avait pour but d'établir si madame accepterait de la prendre chez elle et de la marier comme si elle était sa fille. Leonora en déduisit surtout qu'on devait se méfier, ici comme au couvent, des indiscrets postés derrière les portes.

– Eh bien ! lança une voix dans leur dos. Que vois-je ? On papote à qui mieux mieux !

Le sigisbée se tenait sur le seuil. Soit que des souliers de soie eussent remplacé ses bottes, soit qu'il eût développé cette faculté dans le but d'espionner le monde, il pouvait se déplacer sur ces vieux parquets sans faire grincer la moindre latte. Leonora se demanda depuis combien de temps il les écoutait.

Madame l'envoyait chercher pour une affaire. Ils laissèrent Loreta ranger les vêtements et changer les draps, et passèrent dans le corridor.

– Si vous voulez un conseil, arrêtez donc de frayer avec les domestiques, lui recommanda-t-il. Cela fait mauvais genre.

Comme ils arrivaient à l'escalier, il la détailla de bas en haut.

– J'ai d'ailleurs certaines remarques à faire sur votre… façon d'être, dit-il avec un geste qui englobait tout ce qu'elle portait et sans doute aussi tout ce qu'elle était.

Elle le remercia de ses bonnes intentions et descendit les marches en se jurant bien de ne pas se laisser emprisonner comme lui par des artifices. Ses parents n'avaient hélas pas prévu de lui offrir le choix.

Roberto l'introduisit dans un boudoir où était assis un homme fluet à perruque blanche, au visage fripé accablé d'un long nez, qui devait avoir une soixantaine d'années. Il se leva à son entrée et lui indiqua un siège en face de lui.

– Je me nomme Émile de Rofiniac et je suis votre nouveau précepteur, mademoiselle, annonça-t-il en français en détachant bien les mots. Vous m'appellerez « mon-sieur É-mile ».

Il était patent qu'une raison mystérieuse poussait son père à hâter les choses. On avait souhaité lui prodiguer de toute urgence quelques leçons de maintien, afin de lui conférer l'apparence qui convenait à l'héritière d'un patricien. Or, le meilleur goût était, depuis un siècle, celui de France. Le sigisbée se retira, mais laissa la porte ouverte, car il n'était pas correct qu'une demoiselle s'entretienne avec un homme en tête à tête.

M. de Rofiniac lui demanda en italien ce qu'elle avait appris jusqu'à ce jour. Leonora évoqua les mathématiques, l'histoire et la géographie, les trois matières dont elle était la plus fière. Son précepteur poussa un soupir.

– Toute une éducation à refaire ! s'exclama-t-il à nouveau en français. Je ne vois rien là d'intéressant pour votre position. Ce que je vais vous enseigner est d'un intérêt bien supérieur : la danse, les cartes, l'art d'employer ses couverts, de paraître en société, le bon ton, et bien sûr la façon de se tenir, conclut-il en donnant un petit coup dans son dos pour l'obliger à se redresser.

Effarée par ce bouleversement des valeurs à l'honneur chez les ursulines, elle s'abstint de répondre. Comme elle le regardait avec des yeux ronds, il conçut l'horrible soupçon qu'elle ne parlait que le vénitien. Voilà qui risquait de compliquer sa tâche. Le bon goût, comme chacun le savait, s'exprimait uniquement dans la langue de Corneille.

– Parlez-vous français ? demanda-t-il très fort, comme s'il s'était adressé avec lassitude à une vieille dame un peu sourde.

– J'ai reçu des rudiments d'espagnol, d'allemand, d'anglais et de français, monsieur, lui répondit-elle dans une langue teintée d'un fort accent. Les sœurs nous ont fait donner peu de leçons dans chacune, mais j'ai de la mémoire.

« À la bonne heure », songea monsieur Émile en louant intérieurement le Ciel, convaincu que son travail aurait été plus facile si toutes les jeunes filles du beau monde avaient parlé sa langue aussi bien que celle-ci.

Il lui expliqua avec conviction que la connaissance du français était la base de toute véritable éducation. Tout ce qui valait la peine d'être appris était français. Il lui énuméra ces choses essentielles de sa voix aigrelette et pointue : la gavotte, le fleuret, l'art de la mouche, la galanterie, le badinage, et bien sûr la philosophie, qui déboulait curieusement au milieu de tout ça. Elle écouta, abasourdie, cette liste de futilités et se demanda s'il était venu lui inculquer les bonnes manières ou la convertir à l'adulation de la nation dont il était issu.

– Pouvez-vous me dire, dans ce cas, pour quelle raison vous avez quitté un pays si parfait ? demanda-t-elle sur le ton le moins insolent possible, quoique la question ait été tout à fait contraire aux règles dont il voulait l'instruire.

À sa grimace, on aurait pu croire qu'il ressentait une terrible crampe à l'estomac.

– Voilà exactement le genre de curiosité déplacée dans les bonnes compagnies, rétorqua-t-il en italien. Ma première leçon sera de vous enseigner l'art d'obtenir des réponses sans poser de questions. Imaginez ma réaction si j'avais été, par exemple, banni à la suite de quelque malentendu pour lequel j'aurais été condamné en justice ! Si j'avais été chassé ignominieusement de chez moi par la maréchaussée ! Si mes biens avaient été confisqués pour rembourser des créanciers a vie ne serait plus qu'un long exil forcé dont ns inavouables gâcheraient le plaisir de la conversation !

Elle approuva du menton. Il lui sembla qu'il venait précisément de répondre à ses interrogations. Il décrivit dans l'air une arabesque avec l'index.

– L'art de la conversation consiste à faire le tour du sujet sans jamais paraître l'aborder. Vous auriez dû me demander, par exemple, comment je trouvais le séjour d'Italie. Si les natifs de vos contrées marécageuses étaient très différents des gens de chez moi. Et ainsi, sans en avoir l'air, vous auriez fini par vous faire votre idée.

À dire le vrai, son idée était faite. Comme monsieur Émile attendait de la voir appliquer ses préceptes, elle réfléchit un instant et se lança :

– Sans doute y a-t-il longtemps que vous avez quitté ce beau pays qui doit tant vous manquer… dit-elle avec un grand sourire.

Elle fit dans la foulée trois ou quatre remarques du même genre, qu'il développa de bonne grâce. Un barrage se fissura dans son apparente bonhomie. Il commença par se plaindre du désagrément qu'il y avait à vivre coupé de sa nation d'origine et finit par lui relater comment il avait dû s'expatrier, vingt ans plus tôt, à la suite d'une mauvaise affaire où l'avaient compromis des médisants sans foi ni loi. Il s'enflamma tout seul au fil de son récit et s'interrompit au milieu d'une phrase, comme un homme qui s'aperçoit en place publique qu'il est sorti sans enfiler son haut-de-chausses. Il tira de sa poche un grand mouchoir et fit mine de se tamponner les lèvres pour masquer sa confusion.

– Règle numéro deux : faire semblant de n'avoir pas remarqué que votre interlocuteur vient de déroger à la règle numéro un, et, surtout, surtout, oublier sur-le-champ les confidences qu'il vient de vous faire, lui lança-t-il avec un regard non exempt de menace.

Loreta apporta un plateau sur lequel on avait disposé un service en porcelaine. La demi-heure suivante fut consacrée à « l'art sublime de prendre le thé ». Cela comportait plus de chapitres que Leonora ne l'aurait imaginé. Après les formules de politesse, il lui fallut apprendre à verser le liquide sans éclabousser ni faire le moindre bruit, à tendre une tasse bien horizontale sur sa coupelle, à tenir la sienne avec élégance sans garder les yeux rivés dessus, à tourner la cuiller ni trop vite ni trop lentement – « Ce n'est pas une soupière ! » – et même à ingurgiter la boisson sans s'être autorisée à souffler ni à goûter avec sa cuiller, si bien que, dans sa concentration, elle se brûla, avala de travers, postillonna et termina par une série de hoquets qui suscitèrent chez M. de Rofiniac une expression réprobatrice.

Curieuse de savoir s'il connaissait les petits secrets de son père, elle l'attaqua de biais, comme il venait de le lui apprendre :

– J'espère que *ser* dalla Frascada sera content de mes progrès. Le pauvre homme m'a paru fâché, tout à l'heure.

Il était un peu tôt pour appliquer à son maître les leçons qu'il venait de lui prodiguer. Monsieur Émile

t de suite où elle voulait en venir. Il hésita un
n… t et renonça à répondre.

– Il n'est pas de bon ton de cancaner dans le dos du maître de maison, lâcha-t-il en lui faisant signe de reprendre la distribution du thé.

Leonora en déduisit qu'il avait surtout peur de perdre sa place. Si la question embarrassait, elle était donc judicieuse. Elle se promit de la poser à quelqu'un qui craindrait moins de se faire une réputation de commère. Comme elle ignorait toujours ce qu'était un sigisbée, elle pria son précepteur de l'éclairer, certaine qu'il ne résisterait pas deux fois de suite. Il rougit un peu.

– C'est un homme pour accompagner madame quand monsieur n'y est pas, déclara-t-il en regardant ailleurs.

Il jeta un coup d'œil vers la porte ouverte et baissa la voix.

– Comme il n'est pas séant que les Vénitiennes sortent seules de chez elles ou reçoivent sans témoin, il est d'usage de leur donner un chevalier servant. Cela permet aux maris de se consacrer au service de la République.

– Mais… ne sont-ils pas jaloux ?

– Chez moi, en France, ils le seraient. Mais c'est ici un usage établi depuis des siècles et nul n'y prête attention. Il serait malvenu qu'une dame n'ait pas le sien, et souvent on précise le nom du sigisbée dans le contrat de mariage.

Il y avait encore à leur sujet un détail qu'il lui était impossible de mentionner à une demoiselle. Il laissa son élève dans la perplexité; la suite des choses la renseignerait sous peu. Soucieuse de le récompenser, Leonora lui proposa un sucre de la manière détournée qu'il lui avait enseignée. Il fut enfin content.

Hormis les heures dédiées à des leçons qui, soit dit en passant, lui semblaient un peu vaines, on ne se souciait guère de la surveiller. Aussi se promenait-elle librement à travers la grande demeure, qui n'aurait pas usurpé le nom de palais si ce mot n'avait été réservé à la résidence du doge. Un vieillard emmitouflé dans plusieurs couches de lainages somnolait la moitié du temps sur une chaise, dans un coin du *portego*, une gaffe à ses pieds. Elle supposa que c'était un serviteur âgé, chargé d'aider les gondoles à accoster, et qui passait le plus clair de sa journée les bras croisés, entre sieste et commérages. C'était tout à fait la personne qu'il lui fallait. Elle alla chercher une douceur à la cuisine et le réveilla sous prétexte de le faire profiter de l'aubaine :

– J'ai trouvé un reste de *zabayon*. Il m'a semblé que vous aviez besoin de boire quelque chose de revigorant.

Le vieil homme, peu habitué à pareilles marques de considération, se répandit en remerciements. Elle attendit qu'il se soit réchauffé et demanda s'il savait pour quelle raison on s'inquiétait tant de la rendre présentable.

– C'est que le doge est très malade, mademoiselle, répondit le vieux valet en s'essuyant la bouche sur la manche de son paletot.

Par un curieux phénomène, depuis qu'elle était dans cette maison, plus elle posait de questions, moins elle comprenait quoi que ce soit. La logique s'était inversée, rien n'avait de sens, tout allait à l'envers. Déboussolée par ce concours d'absurdités, elle n'aurait pas été surprise de voir quelque Vénitien s'envoler devant leurs fenêtres et avait l'impression de plus en plus marquée de se trouver dans ce pays austral, de l'autre côté de la terre, là où l'on disait que les hommes marchaient sur la tête.

Comme elle lui demandait ce qui occupait tant son père, le vieux haussa les épaules avec le fatalisme de celui qui a trop longtemps observé la sottise de ses contemporains pour s'en formaliser.

– C'est que l'Illustrissime n'a jamais eu, de sa vie, qu'un grand but : élever sa *casada* à la dignité suprême.

Elle ne semblait pas saisir un traître mot de ce qu'il disait, aussi s'empressa-t-il d'avaler trois nouvelles cuillérées du breuvage sucré avant d'entamer les explications nécessaires.

– Voyez-vous, à Venise, le premier rang appartient aux familles ducales, c'est-à-dire celles qui ont un jour donné un doge à la République.

Il lui fit un rapide exposé de ce que tout le monde savait à part elle. Les nobles, qui composaient environ trois pour cent de la population, étaient eux-mêmes répartis en trois classes. La première réunissait les familles qui avaient élu les premiers doges, bien avant l'an mille. La deuxième était pour les familles qui siégeaient déjà au Grand Conseil à la clôture du Livre d'or, en 1297. La troisième était formée par les trente familles élevées au patriciat quatre-vingt-dix ans après les autres, pour avoir financé une guerre que la Sérénissime avait eu grand peur de perdre. De cette dernière catégorie, seules trois familles étaient parvenues à avoir un doge : les Cicogna, les Vendramin et les Renier. Bien que le portier ne se soit pas permis de le préciser, Leonora devina que les dalla Frascada appartenaient à cette troisième sorte, celle frustrée de doge.

– Cette élévation est l'affaire de toute sa vie et de ses ancêtres avant lui. Son père perdit l'élection au vingtième tour devant Pietro Grimani, son grand-père dut céder la préséance à Alvise Mocenigo II, et son arrière-grand-tante, Frascada Faliera, essaya toute sa vie d'imposer son frère face au protégé de la Barbarina, une fameuse intrigante de ce temps-là.

Cette allusion aux collatéraux lui rappela qu'elle n'avait pas encore rencontré ses demi-frères. Le portier hocha la tête avec gravité.

– Ces messieurs ont d'importantes occupations qui les empêchent d'être chez leurs parents. L'aîné fait carrière au sein de l'État, à l'exemple de son père. Le Grand Conseil l'a envoyé dans le Frioul se faire les crocs dans l'administration d'une petite ville.

Le système politique de Venise était sans doute unique au monde : comme les patriciens craignaient le népotisme, un homme avait de meilleures chances d'être élu doge s'il n'avait pas d'enfant. Aussi les grandes familles, dans le cas où elles avaient plusieurs fils, avaient-elles pris l'habitude d'en réserver un à la seule ambition ducale. Cela permettait en outre de ne pas éparpiller le capital. Leonora en conclut que, pour son père, avoir des fils était plutôt une gêne. Il lui restait à comprendre en quoi le fait d'avoir une fille était un avantage.

– Le cadet pousse son pion dans l'Église, poursuivit le portier. Il est en ce moment à Rome, où il tente de se faire accorder un évêché.

Leonora se réjouit d'avoir bientôt un demi-frère évêque. Les religieuses de Vicence seraient ravies d'apprendre la nouvelle. Elle demanda quelle était l'importante occupation du troisième fils, celui sur qui reposait la perpétuation du nom familial.

– Dépenser au jeu et chez les petites femmes la pension que lui fait votre père, répondit le portier.

La jeune fille s'émerveilla de découvrir ce système parfait, où chacun se voyait attribuer dès la naissance une place bien définie. Elle espéra qu'on avait prévu pour elle quelque chose d'aussi avantageux et ne cessa plus de s'interroger sur ce que cela pouvait être.

V

LE LENDEMAIN MATIN, Leonora fut réveillée par le bruit d'une foule de gens qui martelaient les parquets de leurs souliers. La porte de sa chambre s'ouvrit sans avertissement. Elle passa sa tête coiffée d'un bonnet de nuit par l'échancrure du rideau qui fermait le lit et eut la surprise de voir surgir son père, suivi d'une bonne partie des serviteurs, les bras chargés de vêtements, de chaussures et de colifichets de toutes sortes.

– Il est temps de mettre en pratique les théories qui vous ont été prodiguées depuis que vous êtes ici, annonça-t-il avec l'enthousiasme d'un conquérant sur le point de débarquer aux Amériques.

Les servantes la firent changer de chemise et l'aidèrent à enfiler une robe à large panier, gonflée et soutenue par une carcasse compliquée de cannes et de baleines. On n'avait pas regardé à la dépense. On recouvrit tout cela de lustrin, sorte de soie satinée venue d'Orient. Lorsqu'elle fut habillée, on la remit aux mains du perruquier de madame, un Allemand pomponné qui la considéra d'un œil appréciateur.

– *Molto bella fräulein* ! jugea-t-il dans un baragouin prononcé à la teutonne.

Il la boucla au fer chaud, la poudra et piqua dans son chignon quelques fleurs en tissu assorties à la robe. Donna Soranza survint avec sa camériste, qui apportait des écrins en cuir de Cordoue. La matrone y choisit une parure de pierreries tout à fait splendide qu'elle accrocha elle-même au cou de la jeune fille. Quand elle se vit dans le miroir qu'on lui tendait, Leonora s'estima décorée comme un reposoir de la procession pascale. Un simple rang de perles lui aurait convenu bien davantage.

– Ces bijoux seraient mieux mis en valeur sur vous, se risqua-t-elle à dire de la façon détournée enseignée par monsieur Émile.

La *nobildonna* dalla Frascada poussa un profond soupir.

– Mon enfant, voilà plus de vingt-cinq ans qu'ils n'ont pas quitté cette boîte.

Il était mal vu, pour l'épouse d'un patricien, de s'afficher avec des parures étincelantes ou vêtue de couleurs vives après la première année de son mariage.

Résignée à avoir l'air d'une châsse à relique exhibée pour la Fête-Dieu, Leonora crut que rien ne la menaçait plus, lorsqu'elle se vit environnée d'un nuage de musc, parfum tiré de la sécrétion glandulaire d'un cousin du chevreuil, que des mains virevoltantes faisaient impitoyablement jaillir d'un flacon à l'aide d'une poire. On n'aurait pas agi différemment si elle avait chu dans quelque *rio* boueux dont il fallait effacer l'odeur pénétrante.

– Nous sortons ? dit-elle tandis qu'on l'entraînait vers le vestibule.

On lui expliqua en deux mots qu'une représentation exceptionnelle allait avoir lieu au théâtre de San Benedetto en l'honneur de Son Altesse Sérénissime le doge Loredan. Pour quelque raison mystérieuse, il fallait absolument qu'elle y assiste, ou plutôt qu'on l'y voie. Elle se coinça à l'intérieur d'une des gondoles qui attendaient devant le perron, entre donna Soranza et son mari, dont les importantes obligations semblaient s'être effacées devant cet événement.

– Nous allons donc voir le doge ?

– Pas du tout. Il est mourant. Le Palais ducal fait tout pour le cacher, mais j'ai mes sources.

L'ancienne pensionnaire des ursulines se dit qu'il aurait été plus opportun de lui offrir des messes plutôt que des opéras. Sans doute était-ce ainsi que les choses se traitaient, à Venise : mieux valait pour le salut d'un doge une cérémonie pleine de sopranistes emplumés qu'une célébration religieuse menée par d'ennuyeux archidiacres.

Au terme d'un petit parcours en gondole, ils débarquèrent sur le quai le plus proche du théâtre San Benedetto, où se pressait déjà une foule de gens. Tout l'art consista dès lors à serrer Leonora de près pour éviter qu'un malheur n'arrive aux pierreries, qui formaient une part non négligeable du patrimoine familial. Il fallait néanmoins la laisser voir du plus grand nombre, ce qui n'était pas un petit paradoxe. Elle traversa donc la petite place à l'intérieur d'un cercle de valets et de secrétaires qui ne quittaient pas les diamants des yeux. Sur un geste de leur patron, ils s'écartaient pour laisser approcher tel ou tel personnage admis à venir admirer de plus près l'objet de tant d'attentions. *Ser* dalla Frascada les accueillait tous avec son habituelle bonhomie et leur présentait sa fille, fraîchement sortie du couvent. Leonora recevait des compliments dont elle ne savait s'ils s'adressaient à son père ou à ses bijoux. Elle supposa qu'on la promenait ainsi pour montrer l'opulence des dalla Frascada en vue de l'élection ducale, et se trompait complètement.

Si dalla Frascada s'était montré affable vis-à-vis de ses amis, il se fit dithyrambique lorsque le sénateur Alvise Mocenigo rompit à son tour le cercle des gardiens du trésor. C'était un homme de soixante ans au visage taillé à la serpe, dont les petits yeux noisette renfoncés dans leurs orbites pétillaient d'intelligence. Il était accompagné de son épouse, Pisana Corner, dont le nom signalait qu'elle était issue de deux des plus grandes familles de Venise. Le sénateur salua la jeune fille avec un intérêt évident. Elle se sentit jaugée par un acheteur de volailles. Cela dura jusqu'à ce que *donna* Pisana entraîne son mari à l'intérieur au prétexte qu'elle ne voulait pas manquer l'ouverture, en réalité parce qu'elle avait d'autres personnes à saluer avant que la musique ne fasse concurrence aux conversations.

– Qui est ce monsieur qui m'a observée de si près ? glissa Leonora à l'oreille de son père, comme ils prenaient place dans leur loge.

– Un ambitieux qui voulait me disputer mon trône de doge, répondit-il tout bas sans se départir de son sourire de hyène. Mais j'ai trouvé un biais pour l'écarter, tout va pour le mieux.

Elle se demanda quel pouvait être ce biais et aurait été bien étonnée si elle avait su que c'était elle.

Ser dalla Frascada fit un petit geste d'amitié aux Mocenigo, qui occupaient une loge au même étage. Six jeunes hommes s'inclinèrent vers eux dans un bel ensemble.

- Il a six fils, le pauvre, expliqua dalla Frascada.

Ce disant, il recula sa chaise de manière à ne pas risquer de cacher la beauté rutilante assise à ses côtés. Les chanteurs investirent la scène pour entamer le premier acte.

- Ah, voici la partie la moins intéressante de la représentation, dit-il d'une voix où perçait déjà l'ennui.

En réalité, les instruments et les arias ne dérangeaient guère les occupants des loges. La plupart du temps, ils laissaient altos et ténors s'époumoner et babillaient de leur côté. Certains mangeaient, d'autres jouaient aux cartes pour passer le temps en attendant l'entracte. Les spectacles étaient longs. On s'y rendait pour rencontrer ses amis, non pour écouter avec recueillement une œuvre de bout en bout. Leonora vit même des spectateurs qui somnolaient sans que les bruyantes vocalises parviennent à les déranger.

Scène après scène, force lui fut de constater qu'il n'y avait absolument aucune femme dans la distribution. Les rôles féminins étaient tenus par des castrats aux voix aiguës. À Venise, comme dans la plupart des villes italiennes, on interdisait aux chanteuses de monter sur les planches. Cela lui parut d'une grande hypocrisie, car on ne se gênait pas pour attirer l'attention du public sur des jeunes filles dont ce n'était pas le métier et qui auraient préféré passer inaperçues.

« Enfin ! » laissa échapper son père lorsque le rideau tomba sur le premier acte. L'heure était venue d'envoyer leur réclame ambulante prendre un rafraîchissement au foyer. Leonora y dégusta une crème glacée, assise entre deux rangs de cerbères. Leur maître, quant à lui, demeura debout, aux aguets. Du plus loin qu'il apercevait l'un de ses pairs du Grand Conseil, il le harponnait pour lui présenter le coffret à bijoux qu'il était venu exhiber sous les lambris.

Ils regagnèrent Ca' Civran en début d'après-midi. Donna Soranza semblait lasse et désabusée.

– Tout a-t-il été selon vos désirs ? demanda-t-elle à son mari lorsqu'ils eurent quitté les embarcations pour pénétrer dans le *portego*.

– Absolument.

– Êtes-vous content ?

– Je le suis.

Elle conclut qu'elle l'était donc aussi et monta dans ses appartements ôter ses souliers neufs, qui lui serraient les pieds depuis des heures.

Quand Leonora, une fois changée, regagna le salon, dalla Frascada était au balcon, en train de faire des signes à quelqu'un. Elle discerna, à l'une des fenêtres de l'immense palais gothique qui leur faisait face, sur l'autre rive, la perruque et le pourpoint d'un personnage dont elle ne pouvait reconnaître les traits. Son père la tira dehors et l'invita à saluer cette silhouette ainsi qu'il le faisait lui-même.

– Quel est ce jeune homme ?

– Votre mari.

Elle se souvint que le sénateur Mocenigo habitait là et qu'il avait une nombreuse progéniture.

– Lequel est-ce, parmi les six ?

Le patricien haussa les épaules.

– Je n'en sais trop rien. J'ai laissé ce détail à leur appréciation. Aucun n'est atteint d'une tare irrémédiable, à ma connaissance. Ma tendre moitié s'entend plutôt bien avec la Pisana, il n'y a donc pas d'incompatibilité.

Leonora continua d'agiter la main en tâchant de voir à quoi ressemblait son promis.

– Le plus dur a été de convaincre la maman, poursuivit son père. Vous n'imaginez pas à quel point cette femme-là avait envie de devenir dogaresse ! Comment peut-on s'obstiner à convoiter un but inaccessible, cela m'échappe !

Avec cette union, il s'assurait du soutien de la *casada* Mocenigo, déjà nombreuse, mais aussi des Badoer, la famille maternelle du patricien, ainsi que des Pisani et des Corner. Avec de telles garanties, seul le diable pouvait encore lui barrer la voie du Palais ducal. À présent que la famille du prétendu avait eu l'occasion de la voir à son avantage, rien ne s'opposait plus au bonheur des fiancés.

Les dalla Frascada étaient au salon, à la fin de ce même après-midi, pour écouter la maîtresse de maison interpréter au clavecin, avec emphase, les dernières compositions en vogue dans la cité marine. Roberto, son sigisbée, tournait les pages. Leonora parcourait un traité sur les mille manières de nouer un chignon, à la française, à l'allemande, à la turque, qu'on lui avait dit être essentiel à son éducation. *Ser* dalla Frascada trompait son ennui en observant le va-et-vient des gondoles sur le Grand Canal. Il se pencha subitement pour observer quelque chose.

– Un laquais des Mocenigo est en train de traverser, déclara-t-il sans égard pour les arpèges de son épouse. Je crois qu'il vient ici !

Le serviteur aborda en effet leur perron. Curieuse d'apprendre ce qu'on leur voulait, *donna* Soranza envoya Roberto aux nouvelles. Il s'agissait d'un nouveau contretemps. Les Mocenigo demandaient à revoir la « fille ». C'était, aux yeux du patricien, la moitié d'une insulte :

– Quelle idée ! En voilà des manières ! Nous la leur avons montrée autant qu'il est permis !

Donna Soranza, plus fine, subodora tout de suite un obstacle. Tout cela donnait à croire qu'il y avait une concurrente sur les rangs. Ces parvenus de Gritti avaient dû leur offrir l'un de leurs laiderons, armé d'une meilleure dot. *Ser* Cesare ne tenait plus en place. Bien que l'idée de voir s'envoler le fruit de ses efforts lui soit insupportable, la requête était problématique, car elle dérogeait à la bienséance : il n'était pas d'usage que les jeunes gens se fréquentent avant la signature du contrat. Dalla Frascada eut la conviction que ce renard d'Alvise testait l'ingéniosité du futur doge.

Le patricien n'était pas homme à reculer devant un défi. Il lança ses secrétaires à travers Venise, sur différentes pistes auxquelles son imagination fertile lui avait fait songer. Une heure plus tard, on montait en gondole pour aller écouter une messe à San Pietro, de l'autre côté de la ville. Leonora voulut croire qu'il s'agissait d'aller mériter la grâce du Ciel par un renfort de dévotions, bien qu'elle ait commencé à comprendre que son père avait des façons de faire toutes différentes. Ses doutes se vérifièrent quand elle vit *donna* Soranza décliner l'invitation d'un « Non merci, très peu pour moi » sans appel. Leonora eut la conviction que ce n'était pas la messe qui la repoussait, mais un autre événement qu'elle prévoyait.

Le soleil déclinait doucement au-dessus de la Cité des Doges, colorant d'une teinte orangée la brique des *rii*.

– La lumière est parfaite, nota dalla Frascada avec satisfaction. Nous n'aurions pu choisir meilleur moment.

Leonora, assise face à lui, sentait ses appréhensions augmenter de minute en minute. Son père avait choisi une embarcation découverte qui permettait d'admirer le paysage mi-citadin, mi-lacustre, dans lequel ils évoluaient avec lenteur.

Un heurt violent les bouscula. Les gondoliers se mirent à s'interpeller dans leur patois de Pellestrina. Hasard étonnant, leur véhicule venait d'éperonner celui des Mocenigo, où se tenaient le patricien et plusieurs de ses fils ! Après que l'on se fut confondu en excuses de part et d'autre, il apparut qu'ils se rendaient à la même église San Pietro, où l'un de leurs cousins, qui venait d'entrer dans les ordres, devait prononcer son premier prêche.

Dalla Frascada engagea la conversation avec son voisin, ami et bientôt allié. Leonora surprit un signe discret au *barcarol*, qui tourna l'embarcation de façon qu'elle se trouve face au futur beau-père et à sa progéniture.

Ce qui la mit le plus mal à l'aise fut le regard d'Alvise Mocenigo, qui la dévisageait avec plus d'intérêt encore qu'à San Benedetto. Il écoutait d'une oreille distraite les platitudes débitées par son compère, mais ne cessait de contempler la jeune fille avec un sourire non exempt de tristesse, qui rendait son expression étrangement énigmatique. Elle s'efforça de regarder ailleurs et reporta son attention sur celui de cette fratrie que les autres poussaient du coude. L'intéressé ne semblait pas éprouver pour elle la moindre curiosité, si bien qu'elle put le détailler à loisir.

Il ne lui plut pas. Quelque chose en lui la repoussait ; peut-être était-ce seulement que rien en lui ne l'attirait. Elle entrevit soudain une suite d'années interminables dans la proximité de cet homme, dans son ombre, ou, pire, en épouse délaissée, engloutie par un océan de solitude. Pourrait-elle devenir une matrone de Venise, pourrait-elle vivre ainsi que les autres dames de la noblesse ? Parviendrait-elle à se faire des amies fidèles, à trouver des occupations pour meubler son ennui ? Elle n'avait vu que la surface de cette existence ; le reste ne lui serait révélé qu'après le mariage. Aussi se lamentait-elle par avance à l'idée d'une situation peut-être moins pénible qu'elle le croyait.

Juste avant que les gondoles ne s'éloignent l'une de l'autre, Alvise Mocenigo lança à dalla Frascada une invitation à venir le voir le lendemain avec son épouse. Le père de famille ne pouvait s'y tromper : on venait de lui signifier l'acceptation de la promise.

Dès que les Mocenigo eurent disparu à l'angle d'un *rio*, *ser* Cesare donna l'ordre de rentrer. Le prêche du cousin ne présentait plus le moindre intérêt. Tout le long du trajet, malgré la réussite de sa manœuvre, le patricien ne cessa de bougonner qu'il n'avait jamais vu des gens aussi pointilleux sur le physique des fiancées :

– Depuis quand regarde-t-on les filles à marier de plus près que la dot qu'elles apportent ? Il doit s'agir d'une de ces modes nouvelles venues de Londres ou de Paris. Tout fiche le camp depuis qu'on a ôté des fenêtres les grilles qui empêchaient les femmes de se montrer. La duplicité est partout.

Leonora songea qu'il n'en était pas le moindre exemple.

De retour à Ca' Civran, où les lanternes du porche venaient d'être allumées, il s'élança dans les escaliers pour rallier son cabinet de travail. Sa fille traversa le large vestibule comme une somnambule et passa dans le jardin, où les derniers rayons du soleil permettaient encore de se repérer. Elle s'assit sur un banc de granit gris adossé à la muraille. Elle fut prise d'un hoquet, cacha son visage entre ses mains gantées, ses épaules se soulevèrent dans un mouvement convulsif ; quiconque se serait trouvé là aurait cru qu'elle pleurait.

Monsieur Émile la rejoignit avec une lampe. Alors seulement elle s'aperçut qu'il faisait tout à fait noir.

– Nous avions une leçon, dit-il. Comme on m'a assuré que vous alliez rentrer, je vous ai attendue.

Vu l'état dans lequel se trouvait son élève, il mit de côté les conseils de maintien pour s'intéresser au problème qui obsédait la jeune fille : comment rompre des fiançailles ? Devait-elle révéler au sénateur les circonstances de sa naissance ? Son précepteur lui assura que c'était peine perdue. Épouser une fille naturelle se pratiquait couramment dans la noblesse vénitienne. En revanche, une alliance avec une roturière, même fortunée, rendait presque impossible l'inscription des enfants au Livre d'or. La descendance perdait tous ses droits héréditaires, elle était mise au ban de la petite société très fermée qui dirigeait cette ville. Mieux valait convoler avec la bâtarde d'un noble qu'avec la fille légitime d'un commerçant !

Leonora ne comprenait pas comment ce Mocenigo pouvait donner l'un de ses fils à une demoiselle dont il ignorait qui lui avait donné le jour.

– Soyez tranquille, la contredit le vieux Français : il le sait.

Peu de gens, à Venise, pouvaient garder un secret. Le sénateur occupait une haute charge qui lui permettait de s'informer mieux que quiconque. Leonora constata qu'elle était à peu près la seule à ne pas être dans la confidence.

Puisqu'on persistait à lui cacher l'identité de sa mère, il ne lui restait plus qu'à se tourner vers celle qui avait accepté de jouer ce rôle pour la galerie. Elle gagna le salon rose et pria *donna* Soranza d'éloigner son sigisbée afin qu'elle puisse l'entretenir d'un sujet qui lui tenait à cœur.

– Je n'ai pas de secret pour Roberto, répliqua la matrone. C'est d'ailleurs pour tout entendre qu'il est là.

Malgré l'humiliation, Leonora trouva la force d'exposer un sujet si intime devant un étranger. Dès qu'ils eurent compris qu'elle rechignait à se marier, la dame et son chevalier servant éclatèrent d'un rire inextinguible. Les premiers mots de la matrone, quand elle eut recouvré l'usage de la parole, furent pour la lapider :

– Vous avez reçu trop de leçons de maintien et pas assez sur l'usage du monde, ma fille ! articula-t-elle en se tamponnant les yeux.

– Ma parole, elle veut retourner au couvent ! couina le sigisbée.

Au bout de quelques instants, *donna* Soranza eut assez pitié d'elle pour tenter de lui faire comprendre sa situation :

– Croyez-moi : ce mariage est ce qui peut vous arriver de mieux. Si votre mari est toujours absent, ce qui risque fort d'advenir, on vous donnera un sigisbée. Je vous prêterai Roberto, si vous voulez ! conclut-elle avec un coup d'éventail sur le gilet du malheureux.

Voyant qu'on le cédait sur le marché aux esclaves, Roberto fit une grimace qui dissuada la jeune fille d'accepter le cadeau, pour autant qu'elle en ait eu envie. Sa mère d'emprunt eut la bonté de lui dépeindre l'existence idyllique qu'elle menait elle-même depuis ses noces. Leonora la connaissait déjà assez pour savoir que la présentation était très enjolivée. Elle venait, cependant, de saisir la nature du problème : il n'existait pas d'alternative. Elle n'avait que deux maris possibles : le fils Mocenigo ou Jésus-Christ. Pour avoir longtemps fréquenté le second chez les sœurs, elle tâcha de se convaincre qu'il fallait essayer le premier.

Alvise Mocenigo et sa femme traversèrent le canal pour venir prendre le thé chez les dalla Frascada. Ces messieurs laissèrent les dames au salon pour s'enfermer une heure durant dans le cabinet du patricien, où ils se firent servir un valpolicella *spumante* aussi introuvable à Venise qu'un bourgogne à Pondichéry. Nul ne pouvait douter du motif de l'entretien : ils étaient en train d'établir les conditions de cette union voulue par le Ciel.

Il sembla à Leonora que les deux épouses ne s'aimaient pas avec autant de passion que l'avait suggéré son père. *Donna* Pisana, pour commencer, la dévisagea longuement avec des yeux de louve.

- Vous ne m'aviez pas dit que vous aviez une fille, ma chère.

- C'est qu'elle a toujours été élevée loin de nous, chez les ursulines, ma chère, répondit *donna* Soranza sans moins d'onctuosité, quoique l'allusion à une apparition providentielle ne lui ait nullement échappé.

Elle était mal à l'aise. L'imposture à laquelle la contraignait son mari n'avait rien d'agréable.

- Ah, oui, répliqua la sénatrice. Vous aviez oublié jusqu'à son existence, je suppose. Il est heureux que vous vous en soyez souvenue pour lui faire épouser mon petit Lunardo. C'est ce qui me vaut le plaisir de marier mon fils à une fille issue d'un illustrissime… couvent.

Par bonheur, madame dalla Frascada savait à quoi s'en tenir quant aux frasques personnelles de la visiteuse.

– On dit que votre petit Lunardo tient beaucoup de votre côté de la famille… Il est très Pisani, n'est-ce pas ?

De fâcheuses rumeurs avaient couru sur le compte de la Pisana, vingt ans plus tôt. Un cousin qui lui servait de sigisbée avait été chassé avec perte et fracas. La figure de la mère attentionnée s'allongea comme une guimauve de chez Franceschini.

– Je trouve décidément votre fille charmante, articula-t-elle d'un ton pincé.

– Ils seront parfaitement assortis, conclut *donna* Soranza en croisant les mains sur son ventre avec satisfaction.

Consternée par ce duel à lames nues, Leonora usa d'un prétexte pour quitter la pièce. Loreta rôdait dans le corridor, plus excitée qu'elle-même. La future fiancée se demanda si la meilleure chose à faire n'était pas d'aller écouter à la porte du cabinet.

– Mademoiselle n'y songe pas ! s'offusqua la servante. Votre condition vous interdit d'espionner notre maître ! C'est à moi que cette charge incombe !

Loreta ôta ses souliers pour aller plaquer son oreille au battant. Elle revint au bout d'un quart d'heure avec un aperçu des conventions sur lesquelles les deux hommes venaient de s'accorder. Pour la dot, on ferait peu de frais, les jeunes mariés habiteraient la maison Mocenigo, qui était très vaste. Le capital était constitué de bijoux, ceux-là mêmes qu'il lui serait interdit de porter une fois la première année écoulée, plus cinq robes et des dentelles. Il était évident que la véritable dot reposait dans les services que dalla Frascada, élu doge, aurait l'obligeance de rendre à la famille de son gendre. Pour la jeune fille, ce n'était pas Byzance.

– Vous avez de la chance, conclut la servante : fut un temps, il était de coutume, dans la lagune, de marier les femmes aux enchères.

Dès que les invités furent partis, le patricien reçut la fiancée en tête à tête pour lui annoncer une grande nouvelle. Il lui présenta le document par lequel il la reconnaissait officiellement pour sa fille. Elle en déduisit qu'elle n'avait été, jusque-là, qu'à l'essai, comme une sorte de parente pauvre qu'on se réservait le droit de renvoyer à tout moment. Encore ignorait-elle que l'acte de légitimation avait été exigé par le sénateur : les pères n'étaient pas tenus d'accorder la moindre dot à leurs filles bâtardes tant qu'ils ne leur avaient pas donné leur nom. Grâce à ce mariage, elle devenait enfin une dalla Frascada, juste avant de perdre ce glorieux patronyme pour celui, plus glorieux encore, de son époux.

– Je me réjouis d'avoir bientôt grâce à vous un mari qui prendra soin de moi et vous ôtera ma charge, répondit Leonora.

Son père se rendit subitement compte que la malheureuse se faisait des idées. Il était charitable de lui ôter ses illusions.

– Je vois qu'on ne t'a rien dit des réalités du mariage, au couvent.

À présent qu'elle était légalement sa fille, il la tutoyait.

– Vous voulez dire… à propos de… la chose ? se hasarda-t-elle à supposer.

Certes, les sœurs ne leur en avaient pas dit un traître mot, mais certaines pensionnaires faisaient des séjours au-dehors de l'institution; elles en revenaient avec des anecdotes, et les rumeurs allaient bon train dans les dortoirs. Dalla Frascada fit le geste d'éloigner une mouche.

– Non! À propos de ce qui arrive à l'épousée *après* qu'elle a connu la chose. La chose est, dans le mariage, ce qui te gênera le moins. Tout le reste est problème.

Ainsi apprit-elle qu'il était de bon ton, chez les jeunes gens de Venise, d'entretenir des maîtresses, auxquelles ils consacraient la plus grande part de leur revenu. Elle ne devait pas espérer que son mari s'occuperait de son bien-être. Lunardo Mocenigo réservait d'ores et déjà ses faveurs à un petit bout de Milanaise qui lui coûtait le gros de sa cassette et occupait tout son temps libre. Leonora constata avec quel art son père savait noircir un tableau dont elle n'aurait pas cru qu'il pouvait être plus sombre.

– Ta seule chance est d'admettre qu'il t'épouse par devoir, tout comme il épouserait n'importe quelle autre fille désignée par ce vieux renard d'Alvise. Si tu refuses ce principe, tu ne trouveras jamais le bonheur.

Parvenir au bonheur en acceptant ce principe parut non moins problématique à la jeune fille. Son père estima de son devoir de lui faire part aussi des portes de sortie qui existaient. On n'en parlait jamais, mais on en faisait grand usage.

– Nul doute qu'en cas de malheur…

– Si je ne m'entends pas avec mon époux? s'égara Leonora.

– Si je devais échouer à l'élection ducale ! rectifia-t-il. Tu pourrais alors demander l'annulation de ton mariage. Les Mocenigo risqueraient de le faire, de toute façon. Si notre petit accord tombait à l'eau, notre bonne entente boirait le bouillon !

Il lui révéla le grand secret qui permettait de mettre fin aux unions mal assorties : la loi vénitienne autorisait les séparations et même parfois les annulations. Le Conseil des Dix enregistrait près de quatre-vingts demandes par an, dont une vingtaine dans les seules familles nobles.

– La liste des motifs est assez longue. Si un tel événement devait se produire, je te conseillerais. Dans ton cas, le dégoût physique me semble tout indiqué. Cela vaudra toujours mieux que d'entendre le petit Lunardo t'accuser de mondanités, de dépenses excessives ou d'un manque d'intérêt pour les questions domestiques. Ce ne sont pas des choses qu'une famille aimante a envie de voir exposer en public !

Il avait par ailleurs des amis à la Seigneurie, le cabinet du doge, de même qu'Alvise Mocenigo. Leonora vit que tout avait été prévu. Ce projet avait de plus en plus l'allure d'une transaction commerciale avec clause résolutoire dans les petites lignes. Le seul élément qu'on n'avait pas pris en compte, c'était elle, ses sentiments, son honneur, son amour-propre. Elle ne put s'empêcher de trouver qu'on lui faisait payer bien cher son entrée dans cette merveilleuse société vénitienne.

VI

QUELLE QU'AIT ÉTÉ SA RÉPUGNANCE envers ce mariage forcé, il fut impossible à Leonora d'interrompre le cours des préparatifs, principalement parce qu'ils se déroulaient sans elle. Il était de tradition, afin de donner à tout cela l'apparence de l'amour, d'envoyer le jeune homme passer et repasser, à des heures convenues, sous les fenêtres de sa fiancée. L'emplacement de Ca' Civran obligeant Lunardo Mocenigo à effectuer sa tournée en gondole, dans sa cape noire et la mine ennuyée – on aurait dit un requin guettant un banc de sardines. C'était tout à fait l'impression que ressentait Leonora lorsqu'on la poussait sur le balcon du second pour rendre son salut au prétendant de manière à être aperçue de tous.

Au jour dit, on lui fit enfiler la tenue simple et modeste qui convenait à une fille sur le point d'être présentée à l'ensemble de sa belle-famille, à son fiancé, et mariée par la même occasion. En un mot, on l'avait déguisée, à grand renfort de soie beige, de fanfreluches et de mantille ajourée.

Elle faisait une telle figure d'enterrement que personne n'eut le courage de lui tenir compagnie en attendant l'arrivée des invités. Confrontée à ses regrets,

Leonora reprit ses habitudes du couvent : elle s'agenouilla devant le crucifix suspendu près du lit et se mit à prier Jésus qu'il veuille bien écarter d'elle cette coupe, avec l'espoir qu'il oublierait la répugnance qu'elle avait éprouvée à l'idée de retourner chez les ursulines pour y devenir l'une de ses épouses.

Elle entendit grincer la large grille du canal. On gratta à sa porte, et deux valets choisis parmi les plus costauds pénétrèrent dans sa chambre. La précaution ne fut pas inutile, il fallut presque la traîner jusqu'au salon : ses jambes refusaient de la porter. Elle avait beau savoir que c'était là ce qu'elle pouvait obtenir de mieux, elle ne parvenait pas à étouffer la voix qui lui criait de fuir ces lieux.

On avait fait grand étalage de tout ce qui pouvait exprimer le faste, l'opulence, la bénédiction divine dont jouissait la famille patricienne. Les porcelaines de Chine, les cristaux de Bohême, les tapis d'Orient, les figurines de Saxe, tout était exhibé comme dans une vente à la chandelle. Les Mocenigo étaient venus au grand complet, tous les huit, plus quelques vieux parents priés comme témoins. Les dames étaient enrobées de satin noir rehaussé de dentelles, avec quantité de perles et autres joyaux qu'il était permis et même recommandé d'arborer dans ce genre de cérémonies privées.

Par contraste, Lunardo, son fiancé, était transparent. Elle se demanda s'il comptait les minutes qui le séparaient du moment où on lui permettrait enfin de lâcher une épouse falote pour aller s'amuser avec sa Milanaise. Sur les tables, dans des carafes multicolores, attendait un assortiment de vins de toutes les régions d'Italie.

Le lendemain, le jeune homme se rendrait au Palais ducal pour publier le contrat. Il inviterait ses proches chez son beau-père pour leur présenter la mariée, après quoi celle-ci irait en gondole annoncer la nouvelle à ses cousines dans les couvents alentour – dalla Frascada était très satisfait de lui en avoir déniché quelques-unes qui acceptaient de la recevoir, bien qu'elles ne se soient bien sûr jamais vues. Le déplacement se ferait à la tête d'un cortège d'embarcations, de la manière la moins discrète possible, comme toute bonne représentation.

Chacun semblait aux anges. Seuls les promis faisaient grise mine, ce que les pères et mères s'empressèrent de mettre au compte de la timidité.

– La bague ! La bague ! scanda la parentèle avec entrain.

Le fiancé ouvrit un écrin où reposait le *ricordino*, « petit souvenir », un diamant monté en solitaire, qu'il était d'usage d'offrir en gage d'amour éternel. Dans quelques jours, avant la bénédiction nuptiale, *donna* Pisana lui apporterait les perles fines qu'elle serait priée de porter au cou tout au long de la première année. Leonora aurait alors la certitude de ressembler à ces toutous de luxe dont les gens se plaisaient à agrémenter leur intérieur.

Dalla Frascada écrivit son nom au bas du parchemin qui allait lier sa fille pour la vie, ou du moins pour quelques années, à l'inconnu d'en face. Puis il tendit aimablement la plume au sénateur. Soucieux de savourer l'instant où se nouait une si précieuse alliance, celui-ci la replaça dans l'encrier, fit remplir une nouvelle fois sa coupe de ce délicieux vin sirupeux *Soave liquoroso* et se racla la gorge pour prononcer un discours de circonstance. L'assistance était suspendue à ses gestes, notamment la domesticité réunie près de la porte, prête à applaudir à cet événement inattendu : le mariage d'une demoiselle de la maison dont on ignorait encore l'existence deux semaines auparavant.

Des coups violents résonnèrent au rez-de-chaussée. Un malotru frappait du poing contre la grille du canal, qu'on avait verrouillée pour être tranquilles. Un pressentiment irraisonné assaillit le père de la mariée.

– Ne faites pas attention, dit-il au sénateur. C'est sûrement une erreur. Signez là.

Comme les coups redoublaient, un malaise s'insinua dans la compagnie. Il fallut bien envoyer un valet voir ce qu'on voulait. Des bottes ferrées martelèrent les marches du grand escalier. Les convives échangeaient des regards perplexes lorsque trois sbires firent irruption dans la pièce.

– Illustrissime *ser* Cesare dalla Frascada, déclara leur commandant, j'ai ici un mandat de la Seigneurie pour vous mettre en état d'arrestation. Par égard pour votre haute position, les Puits vous seront épargnés. Une chambre vous attend au Palais.

Tandis que la moitié des convives restait paralysée et que l'autre poussait des exclamations scandalisées, Leonora crut voir l'archange saint Michel jaillir des cieux, l'épée à la main, pour l'arracher à ses périls.

Dalla Frascada était assommé. Son épouse, au contraire, se rebiffa :

– Vous ne concevez pas l'outrage que vous faites à la maison des dalla Frascada, sans parler de celle des Soranzo dont je suis issue ! Les Mocenigo, ici présents, sont témoins de vos violences !

Ceux-ci n'avaient pas tant l'air outrés par les brutalités policières. Le sénateur s'entretint un moment en aparté avec l'officier pour voir s'il était possible d'arranger la chose.

– Tout va bien ! annonça-t-il au malheureux, effondré dans un fauteuil. Je vous ai obtenu de quitter la maison en toute discrétion, dans votre propre gondole, qui suivra celle de monsieur.

Dalla Frascada supplia qu'on diffère au moins l'arrestation le temps de conclure la cérémonie. Il saisit d'une main fébrile la plume, qu'il voulut placer entre les doigts d'Alvise Mocenigo. Celui-ci ne fit aucun geste pour la saisir.

– Je ne doute pas que vous sortirez bientôt du Palais, blanchi de toute accusation, dit-il d'une voix qui se voulait amicale. Il sera temps, alors, de reprendre les choses où nous les aurons laissées, et de nous réjouir ensemble du bonheur de nos enfants. Je veux, pour l'instant, me consacrer à vous tirer de cette contrariété.

Malgré son désappointement, dalla Frascada fit un immense effort pour le remercier de son soutien. Il embrassa sa femme, plus pétrifiée que saint Théodore sur sa colonne de la Piazzetta, salua le reste de la compagnie, et quitta la pièce d'un pas à peu près naturel, suivi des sbires. Dès qu'ils eurent disparu, *donna* Soranza se laissa tomber dans une bergère, où son sigisbée lui fit de l'air à grands coups d'éventail.

– N'oubliez pas que vous avez des amis fidèles, lui assura la Pisana sur un ton d'enterrement, tandis que ses six fils se goinfraient de gâteaux en prévision de leur départ.

Ils quittèrent les lieux sans tarder, le sénateur ayant prétexté la nécessité d'aller organiser la défense de son cher « ami et allié ». L'épouse du détenu était atterrée.

– Les dalla Frascada sont maudits : plus ils croient approcher de la dignité suprême, plus ils s'en éloignent. Qu'allons-nous faire, Dieu tout-puissant ?

Le sigisbée avait la réponse à cette question.

– Aller au concert ! dit-il en tâchant de se remémorer les horaires des spectacles.

– Pardon ?

Roberto lui expliqua que la meilleure attitude, à son avis, consistait à faire bonne figure, pour couper l'herbe sous le pied de ceux qui prophétiseraient la chute de leur *casada*. Il convenait même de se montrer davantage qu'auparavant. On donnait justement ce soir-là une académie de violon chez les Vendramin.

Si ses arguments relevaient du bon sens, la lueur qui brillait dans ses yeux disait tout autre chose. Sa patronne et lui auraient eu bien du mal à convaincre le maître de les laisser s'amuser à leur guise s'il avait été là. Donna Soranza saisit parfaitement le sous-entendu. Son chagrin perdit de sa violence.

– Vous avez raison, Roberto, dit-elle avec un profond soupir de résignation : allons faire taire les mauvaises langues !

Elle résolut de faire face avec courage à cette épreuve et s'en fut enfiler une robe plus voyante et plus gaie.

Le reste de la maisonnée n'avait pas de part dans cette intéressante tactique. Avant de quitter les lieux dans sa gondole personnelle, la maîtresse déclara que tout le personnel était consigné. On devait fermer les volets et barrer la porte. Les secrétaires rédigèrent trois lettres à l'intention des fils absents. Ils les adressèrent à Rome pour le futur évêque, dans le Frioul pour le haut fonctionnaire de la République, et confièrent la troisième à un valet très au fait des mauvais lieux à la mode.

Le temps passa sans autre incident, mais avec une lenteur insupportable. Nul ne savait ce qu'il devait faire : retourner à ses occupations habituelles ou partager ostensiblement l'affliction générale. La plupart des domestiques restaient assis sur des chaises, ici et là, à attendre on ne savait quoi. Le soir venant, les flambeaux donnèrent à leur assemblée l'allure d'une veillée funèbre.

La cloche du jardin fit sursauter tout le monde. Qui pouvait arriver par la rue, à cette heure ? Désignée pour aller ouvrir, Loreta s'empara d'une bougie et traversa le jardinet, tandis que la cloche tintait à nouveau.

Leonora entendit la voix pâteuse du visiteur expliquer qu'il avait dû parcourir tout le chemin à pied depuis le Rialto, n'ayant plus un sou en poche pour payer son passage. Il avait eu beau assurer les gondoliers qu'on les réglerait à l'arrivée, aucun n'avait voulu le prendre. Son timbre aviné disait assez pourquoi. Loreta leva les yeux au ciel. Sans doute les parents du jeune homme auraient-ils été ravis d'apprendre qu'il avait désigné leur maison à la moitié des *barcaroli* du Grand Canal comme un lieu de réunion pour pochards.

Lorsqu'il pénétra dans le vestibule, Leonora devina sans peine qui elle avait en face d'elle : c'était Zermanico, le fils prodigue, le seul des trois à avoir déjà reçu la lettre qui lui annonçait la catastrophe. Il était débraillé. Surpris à quelque fête galante, il avait mal boutonné sa chemise, son gilet était de travers, des mèches de cheveux poudrés s'échappaient de son catogan. Il sentait l'alcool.

– C'est fort aimable à vous d'être accouru si vite pour soutenir notre malheureux père, dit-elle avec une révérence.

Zermanico posa sur elle un regard interloqué et parut chercher dans sa mémoire qui pouvait être cette inconnue.

– Je suis votre sœur. C'est mon contrat de mariage qu'on était sur le point de signer lorsque l'événement s'est produit.

La moue dédaigneuse qui déforma la bouche de l'ivrogne lui indiqua clairement pour quelle raison il s'était abstenu d'assister à cette signature.

– Je vois ce mariage fort compromis, tout comme cette qualité de sœur dont vous vous prévalez, parvint-il à prononcer. Ravi de vous avoir rencontrée, bon retour à Vicence !

Il se tourna vers un laquais pour demander où sa mère avait caché les alcools, cette fois-ci. Leonora comprit que ce n'était pas sur lui qu'on devait compter pour aider à la libération du *pater familias*.

Comme il n'y avait plus qu'elle pour organiser la vie commune, elle résolut de prendre les choses en mains, ainsi qu'elle le faisait, chez les ursulines, quand on la rendait responsable d'une tâche collective. Elle renvoya les cuisinières dans les communs préparer la soupe. Elle désigna un serviteur solide pour surveiller le pochetron, l'empêcher de se rendre malade dans le salon de madame, dont les tapisseries étaient délicates, et le mettre au lit dès qu'il serait assez noir pour se laisser conduire. Elle en choisit un autre pour guetter l'irruption des curieux sur le perron et donna pour consigne d'affirmer que rien n'était changé. En revanche, elle fit préparer la maison comme pour un deuil : on ferma les salons de réception et on posa des housses sur les meubles.

Sa prise de pouvoir fut comme le résultat d'une évolution naturelle. Lorsqu'elle retourna dans sa chambre, un voile s'était déchiré. Il venait de se produire dans son existence un bouleversement encore plus important que le mariage manqué. Incapable de trouver le sommeil, elle demeura immobile dans son lit, tandis que la chandelle se consumait sur la table de chevet.

Deux heures du matin venaient de sonner à la grande horloge du premier quand des clapotis et des éclats de voix signalèrent le retour de *donna* Soranza. Malgré sa douleur, elle avait eu la force de se montrer dans plusieurs salons huppés et de s'y amuser comme si de rien n'était. Pour mieux donner le change, elle avait misé et perdu aux cartes une bonne part de ce qu'elle avait emprunté à la cassette du prisonnier – c'était là un investissement indispensable à leur dignité. Elle avait si bien joué la comédie que Leonora l'entendit s'esclaffer à l'intérieur de sa gondole fermée que le *barcarol* arrimait à l'embarcadère. Elle l'entendit encore dire adieu à quelqu'un, monter l'escalier en chantonnant un air entraînant sur lequel elle avait dû s'obliger à danser en retenant ses larmes. Puis la malheureuse pénétra dans sa chambre, où, vaincue par l'inquiétude, elle s'endormit tout habillée et se mit à ronfler sur-le-champ.

Le matin suivant, mère et fils appelèrent l'un et l'autre pour se faire concocter des remèdes de leur connaissance, propres à soigner les conséquences des excès de boisson. Lorsqu'ils quittèrent enfin leurs appartements respectifs, à l'heure du déjeuner, ils arboraient les sinistres figures qui convenaient à la situation.

Leonora, debout dès l'aube, comme au couvent, leur annonça le menu établi avec les cuisinières : pas de plats compliqués, des soles sans fioritures, pour se sustenter sans déroger à leur peine. Comme la jeune fille faisait signe de servir son demi-frère, *donna* Soranza émergea de son hébétude migraineuse pour se réjouir de les voir s'entendre si bien. Zermanico émit la seule réponse que lui permettait la vis obstinée qui lui vrillait le crâne : un murmure inintelligible assorti d'une grimace accablée.

Du jour de son malheur, *donna* Soranza n'éprouva plus aucun intérêt pour les questions domestiques. Ses efforts de représentation sociale absorbaient tout le temps qu'elle ne passait pas à en soigner les conséquences douloureuses. Leonora fut donc tacitement confirmée dans son statut de gouvernante. C'était, après tout, la position la plus confortable qu'elle pouvait espérer. Elle avait évité le double écueil du couvent et de l'hymen. Certes, son nouvel état tenait un peu des deux : d'un côté elle supervisait les tâches ménagères, de l'autre elle semblait destinée à un long célibat, plus personne n'ayant en tête de prévoir son avenir à sa place. Au reste, elle commençait à deviner que les choses, à Venise, changeaient trop vite pour que quiconque prenne la peine de s'inquiéter d'un inconvénient momentané.

Elle était en train d'apprendre aux servantes à déplisser une robe à la manière des ursulines, lorsque arriva un envoyé de la Seigneurie. Il apportait à madame un billet fermé par une ficelle, que les employés se passèrent de main en main jusqu'à celles de Leonora, du sigisbée, puis de Zermanico, qui le remit enfin à sa destinatrice.

– C'est de mon mari ! s'exclama celle-ci après avoir arraché la fermeture.

Toute la maisonnée était groupée dans le corridor pour guetter, comme s'il s'était agi d'un nouveau verset des Évangiles dont quelque vérité suprême devait sortir.

Dalla Frascada expliquait qu'il avait été conduit au Palais ducal avec tous les égards dus à son rang. Une fois dans les salons de la Sérénissime, il avait été reçu par le doge en personne, qui lui avait prodigué les amabilités les plus flatteuses avant de le faire conduire à ses appartements, une pièce fort confortable, où le bref séjour qu'il prévoyait n'aurait rien de déplaisant. On aurait pu croire qu'il était en visite de courtoisie chez un ami de longue date. Parvenue au passage où il évoquait en quelques mots l'accusation qui pesait tout de même sur lui, *donna* Soranza poursuivit en silence. Ses traits se décomposèrent peu à peu.

– C'est impossible, dit-elle au bout de quelques instants, avant d'abandonner le papier à son fils.

Elle réclama un grand mouchoir, dans lequel elle enfouit son visage. Après avoir été lu par Zermanico, le message revint au sigisbée, qui le parcourut à son tour. Quand il eut fini, la maîtresse de maison était sur le point de s'évanouir. Roberto et Leonora coururent chercher des sels et du vin, ce qui permit à la jeune fille de s'enquérir discrètement des nouvelles.

– *Ser* Cesare est soupçonné de trafics dans l'exercice des hautes responsabilités confiées par le Grand Conseil, répondit le sigisbée, inquiet lui aussi, car il se demandait s'il n'allait pas devoir se trouver une autre dame à accompagner.

– Et c'est grave, ça ? s'étonna Leonora, qui s'était attendue à quelque complot contre l'État ou à quelque assassinat sordide.

Roberto lui lança ce regard qui lui donnait chaque fois l'impression d'avoir l'esprit lent.

– C'est un cas pendable ! Si par hasard il s'en tire, il passera pour le plus habile homme de Venise. Il sera alors perdu de réputation, tout le monde se méfiera de son adresse. Le grand art consiste à pousser son pion sans se faire remarquer. Il advient à votre père la pire aventure qui soit : de la publicité.

Elle demanda en quoi consistaient ces hautes responsabilités dont ses pairs l'avaient chargé. Il gérait le curetage des canaux envasés.

– Il ramasse la bouillasse, si vous préférez, précisa Roberto, comme elle restait bouche bée. Les dragueurs sont en ce moment à Cannaregio. Vous auriez vu leurs installations si vous y étiez passée.

Les patriciens de Venise se partageaient toutes les fonctions administratives. Si celle-ci pouvait prêter à rire à première vue, elle était en réalité essentielle à la survie de la cité. Elle donnait à son responsable la haute main sur tout un tas d'activités annexes qui représentaient nombre d'emplois en même temps que de grosses sommes. Pour l'heure, Leonora s'arrêta à l'idée que son père, le *nobiluomo ser* Cesare dalla Frascada, était une sorte d'éboueur en chef.

Elle décida de se rendre sur les lieux pour voir en quoi consistait cette opération si importante, qui valait à son directeur un séjour forcé chez le doge. L'émotion générale causée par la lettre n'était pas encore retombée. Elle calcula qu'elle disposait d'une bonne heure avant qu'on ait de nouveau besoin de ses services.

Bien que peu au fait des usages en vigueur à l'extérieur d'une institution pour jeunes filles, elle savait que les demoiselles de la bonne société ne déambulaient guère dans les rues sans chaperon. Le Français venait justement d'accoster au perron. Elle se hâta de le rejoindre sur le seuil du *portego* avant qu'il ne renvoie son gondolier.

– Nous allons étudier aujourd'hui la bonne façon de recevoir les visiteurs qui viendront vous complimenter pour vos noces, annonça-t-il en posant le pied sur le marbre humide léché par les vaguelettes.

Elle lui expliqua en deux mots que le mariage n'était plus d'actualité.

– C'est bien fâcheux... dit le précepteur, qui voyait s'envoler ses gages.

Elle lui proposa de laisser pour un autre temps la préparation des noces et lui suggéra de l'initier plutôt au maintien que devait adopter une jeune fille hors du foyer paternel.

M. de Rofiniac réfléchit un instant. Comme il ne s'opposait pas à cette idée, elle fit mine de monter dans la barque. Au lieu de l'aider, le gondolier la contempla avec stupéfaction, sans lâcher sa godille. Monsieur Émile, quant à lui, n'aurait pas été plus stupéfait si elle avait été toute nue.

– Pas si vite, mon enfant ! Il vous faut des gants, un éventail, une *cinda* !

Il la saisit par la main, l'arracha à la gondole et l'entraîna à l'intérieur de la maison. Il choisit les objets qui se présentèrent au fil de leur parcours. L'éventail fut arraché des mains de Loreta, qui s'éventait, assise sur une chaise, au lieu de penser à sa lessive. Une paire de gants blancs traînait sur une console où madame l'avait jetée en rentrant. Restait le problème de la coiffe. Monsieur Émile avisa, sous un vase, un petit napperon en dentelle. Il ôta le récipient et posa le napperon sur la tête de son élève.

– Cela passera. Dans le cas contraire, vous aurez lancé une mode.

Il ne convenait pas à une personne de qualité de paraître tête nue, et le couvre-chef de dentelle était l'apanage des dames nobles.

Une fois dans la *felze,* Leonora exprima le souhait d'aller du côté de Cannaregio, qu'on lui avait recommandé de visiter.

– Très bon choix, approuva monsieur Émile. C'est l'endroit de Venise le plus tranquille. On n'y va jamais qu'on n'ait à y voir quelqu'un. Et comme les gens bien n'y habitent guère, on y met donc rarement les pieds. Nous ne serons pas dérangés.

Ils passèrent sous le pont du Rialto et bifurquèrent vers le quartier nord. Leur gondole y fit des détours sans but, tandis que Leonora écoutait monsieur Émile égrener des conseils dont il semblait posséder une réserve inépuisable. Toute à son envie de voir enfin ce qu'elle cherchait, elle ne prêtait qu'une oreille distraite à son professeur, dont le discours faisait comme un ronron par-dessus le clapotis de l'eau. Son maître avait raison : il n'y avait vraiment rien de spécial, à Cannaregio, si l'on estime qu'une partie de Venise, quelle qu'elle soit, puisse ne pas être spéciale. Des maisons plutôt dépouillées, anciennes pour la plupart, se dressaient de part et d'autre de canaux rectilignes, rythmés par de petits ponts en pierre et en brique. Il n'y avait aucune agitation. Ce n'était pas l'effervescence de marchands et de pêcheurs qu'on pouvait voir à San Polo, le va-et-vient continuel d'ouvriers à l'arsenal de Castello, ou la foule soucieuse de se montrer qui se pressait à San Marco. Le *sestiere* de Cannaregio n'était que beau, paisible, harmonieux, habité par des citadins sans prétention. Ce qui ennuyait Leonora, peu encline à se laisser gagner par la poésie des lieux, c'était l'absence de la moindre installation de curetage. Elle interrogea le *barcarol* :

– N'est-ce pas ici que l'on nettoie les canaux, en ce moment ?

– Si fait, mademoiselle. J'ai pris soin de rester à l'écart : la machine nous aurait barré le passage.

Elle le pria au contraire de les mener de ce côté. Monsieur Émile interrompit sa litanie :

– C'est curieux. Les personnes de votre âge aiment qu'on les mène au spectacle. Vous, vous voulez voir ramasser les ordures. C'est ce genre de particularité que je souhaite vivement réformer chez vous.

Quelques canaux plus loin, un radeau surmonté d'un étrange assemblage bouchait en effet la voie. Leonora sortit pour mieux voir, mais on ne pouvait guère qu'entendre le bruit assez désagréable des chaînes et du raclement. Le gondolier fit un signe d'impuissance :

– J'avais prévenu la demoiselle : on ne peut pas passer.

– Faites donc demi-tour, ordonna monsieur Émile, le sourcil froncé : ce tintamarre, dit-il en employant le mot français, est horripilant !

À peine eut-il parlé que son élève sautait sur le quai.

– Une jeune fille comme il faut ne quitte pas son embarcation comme une marchande de poissons ! entendit-elle clamer dans son dos alors qu'elle s'approchait de l'engin.

Il était surmonté d'une très longue perche articulée, au bout de laquelle apparaissait par moments une boîte fermée que l'on vidait dans une barge. Tout cela requérait quelques éclaircissements.

– Brave homme ! lança-t-elle en faisant signe à celui qui avait l'air d'être le chef parce qu'il ne faisait rien.

Monsieur Émile s'était extrait de la gondole. Il n'était pas content.

– Une jeune fille comme il faut ne hèle pas les gens dans la rue. Surtout, elle n'adresse pas la parole à des égoutiers. Vous souvenez-vous de ma leçon sur les catégories sociales ? Voilà où vous êtes, dit-il en montant sa main le plus haut possible, et eux, hein ! conclut-il en la baissant au genou.

Comme seuls ces hommes étaient en mesure de lui détailler le fonctionnement de la machine, et non le professeur emperruqué qu'elle traînait après elle, le choix de bousculer les conventions sociales fut bientôt fait.

– Ne dites pas votre nom ! lui souffla le précepteur alors qu'elle s'avançait vers le contremaître.

– Je suis la fille du *nobiluomo ser* dalla Frascada ! annonça-t-elle.

L'homme ôta son bonnet et lui souhaita la bienvenue.

– On nous a dit que le patron avait un problème avec la Seigneurie ?

Monsieur Émile faillit déclarer qu'un ouvrier n'interrogeait pas une jeune fille de la noblesse, mais se retint.

– Rien de grave, ne vous inquiétez pas, déclara Leonora.

Elle exprima son admiration pour la machine et le pria de lui en expliquer le principe. Le contremaître, peu habitué à voir les gens s'intéresser à son engin plutôt qu'aux mosaïques de la basilique, lui en fit volontiers la description. Le balancier était mû, à une extrémité, par une vis reliée à un cabestan. En tournant, ce cabestan, élevait ou abaissait l'autre bout du balancier, auquel était attachée une boîte en fer. Lorsque celle-ci touchait le fond du *rio*, elle raclait la vase et se refermait par un clapet, une fois pleine. On relevait le balancier grâce à la vis, et on ouvrait la boîte au-dessus de la barge pour y faire tomber la boue. Le contremaître expliqua que les Vénitiens, grâce à des travaux cyclopéens qui leur donnaient depuis toujours la maîtrise des eaux, avaient détourné les rivières qui se jetaient trop près de la cité, afin d'empêcher le développement des algues et des roseaux qui encombraient la lagune. On s'était hélas aperçu que c'était le courant de ces rivières qui drainait le sable. Aussi fallait-il, depuis lors, faire à la main ce qui se faisait auparavant de façon naturelle.

- On n'y a donc pas gagné grand-chose, si je comprends bien, conclut Leonora, frappée par l'idée qu'un bien produisait toujours un mal, et inversement.

Monsieur Émile ne tenait pas en place.

- Je crois que vous ne vous rendez pas compte de ce que vous faites, lui murmura-t-il à l'oreille.

On aurait dit qu'il avait devant lui une pauvre fille séduite, abandonnée, irrémédiablement perdue de réputation. Il jeta un coup d'œil circulaire. Heureusement, le quartier était aussi peu passant qu'il l'avait dit, et le vacarme causé par ces opérations éloignait les badauds. Avec un peu de chance, cet épouvantable écart de conduite n'aurait pas de suites.

Deux bateaux suivaient l'engin : l'un pour l'enlèvement de la vase, l'autre pour le transport des outils et le stockage des objets retirés des fonds marins. Leonora demanda à voir tout cela.

– Une jeune fille comme il faut n'entre pas dans un local malpropre, glapit M. de Rofiniac, comme elle donnait la main au contremaître pour monter sur la barque aux outils.

Il y avait là plusieurs caisses où les nettoyeurs jetaient leurs trouvailles après les avoir sommairement triées. Ce tri consistait seulement à séparer du rebut ce qui pouvait valoir quelque chose, dont ils se partageaient ensuite le produit.

– Ça sent affreusement mauvais, se plaignit monsieur Émile, un mouchoir sur le nez.

– Dame, le limon ! rétorqua le chef avec un haussement d'épaules.

Leonora se pencha sur les caisses. Dans la première gisaient de vieux ustensiles de cuisine et une cassette pleine de boucles de chaussures, dont certaines pouvaient être en argent. La deuxième contenait de vieilles bottes moisies et autres saletés vouées à la décharge. Le maître de maintien frémit en voyant son élève saisir un objet crasseux.

– Et ces ossements ? demanda-t-elle.

– Des reliefs de boucherie, dit le contremaître. Il faut payer une taxe pour l'enlèvement des carcasses. Les mauvais sujets se débarrassent des os de porc n'importe où.

– Vraiment ? dit-elle en exhibant une mâchoire inférieure qui n'avait rien de porcin. À Venise, les cochons se font donc poser des dents en or ?

Le chef examina la mâchoire de plus près. En époussetant la denture, Leonora avait révélé une prémolaire brillante qui leur avait échappé à cause de la boue.

L'homme parut fâché, non de cette information, mais de ce que la négligence de ses subordonnés ait failli leur faire manquer un petit bénéfice.

– Ces vestiges ne nécessitent-ils pas une étude de la part de la personne en charge ? s'enquit la jeune fille.

Elle eut la conviction, vu la gêne du contremaître, que l'étude aurait été fort brève si elle n'était pas venue mettre son grain de sel dans leur travail.

– Cela se produirait, assurément, si la personne en charge n'était aujourd'hui dans une position qui la rend plutôt elle-même le sujet d'une enquête, répondit le bonhomme avec aigreur.

En l'absence de directeur, la question des ossements allait suivre la voie hiérarchique et passer par tous les bureaux dont dépendait ce genre de découverte : celui du nettoiement, puisque les nettoyeurs étaient les auteurs de cette pêche, mais aussi celui de la gestion des eaux, la brigade de sûreté maritime, la marine militaire, le conseil du *sestiere* de Cannaregio, le prieur de la congrégation dont le mur jouxtait le *rio*, et, bien sûr, la police, en dernier lieu, d'ici quelques mois, si tout allait bon train.

– Il ne doit pas se résoudre souvent d'énigmes criminelles, dans cette ville, nota la jeune fille.

– C'est aussi qu'il s'y commet très peu de crimes, répondit le contremaître. Tout le monde se connaît, ici. Les étrangers fauteurs de troubles ne passent pas inaperçus, et il est impossible à un bandit de s'enfuir facilement, à cause de l'eau. Grâce à son isolement, Venise est la cité la plus tranquille du monde.

« Une cité tranquille où l'on exhume un ossuaire digne des catacombes romaines », se dit Leonora.

– Qui cela pouvait-il bien être ? demanda-t-elle en observant un nouveau morceau grisâtre.

– Quelque crapule à qui ses comparses auront fait subir un mauvais sort, supposa le chef des nettoyeurs, que cette question ne préoccupait guère au-delà du cours de l'or chez les changeurs du Rialto.

Leonora continuait de répertorier les reliques.

– Plusieurs crapules malchanceuses, dans ce cas. Je ne connais personne qui s'appuie sur trois fémurs, dit-elle en brandissant trois os boueux de belle longueur.

Elle les plaça contre la jambe de son précepteur pour se faire une idée de la taille des défunts. Monsieur Émile fit un bond en arrière.

– Une jeune fille comme il faut ne manipule pas des saletés non identifiées ! Ce qu'il y a de bien dans cette visite, c'est que vous aurez vu *a contrario* tout ce dont il faudra absolument vous abstenir dorénavant.

Lorsqu'elle accepta de s'en aller, il ouvrit sa bourse pour distribuer quelques *piccole* aux ouvriers :

– Vous ne nous avez pas vus, nous ne sommes jamais venus, vous ne nous connaissez pas…

– Bien sûr, *signor* Rofiniac. Les désirs de la *signorina* Frascadina sont des ordres, répondit l'un d'eux, que le précepteur aurait volontiers noyé dans son *rio* malsain.

Le Français profita de l'occasion pour montrer à son élève la bonne façon de monter en gondole. Il lui tint la main tout en lui indiquant qu'elle devait relever légèrement sa robe de l'autre, en prenant garde que nul ne voie plus haut que sa cheville, exercice périlleux qui manqua de la faire tomber à l'eau. Une fois installés sur la banquette, maître et pupille s'accordèrent sur un point : le véritable enseignement de cette aventure était que Leonora ne pouvait en aucun cas être considérée comme une jeune fille pareille aux autres.

– Je ne désespère pas, cependant, après un grand nombre de leçons, de vous faire ressembler à n'importe quelle demoiselle de votre monde, assura-t-il.

Son élève espérait précisément le contraire.

VII

PAR CHANCE, MONSIEUR ÉMILE bouda pendant tout le trajet du retour, ce qui permit à Leonora de réfléchir aux implications de ce qu'elle venait de découvrir. Était-il possible que son père ait été accusé sous un fallacieux prétexte, pour l'empêcher de déranger des assassins ? Il y avait là une énigme trop pressante pour l'abandonner aux arcanes de l'administration vénitienne. Il lui revenait, si elle voulait aider sa famille, de se mettre en cheville avec les personnes susceptibles de résoudre ce problème. Consciente que rien ne se ferait sans quelque argent, elle décida de récolter des fonds.

Le gondolier les ramena à Ca' Civran, où un grand nombre de gondoles privées étaient amarrées. Les bateliers attendaient leurs maîtres en se passant de barque en barque des *ossi da morto,* biscuits en forme d'os, que leur avaient distribués les domestiques. « On sera enfin venu soutenir ma mère dans son épreuve », songea Leonora, tandis que leur *barcarol* faisait écarter une ou deux embarcations qui bloquaient le porche.

Des sons inhabituels leur parvinrent dès qu'ils eurent posé le pied sur le seuil mouillé de la demeure. Des rires, des éclats de voix couvraient par intermittence les accents d'une musique dansante. Des personnes des deux sexes passèrent devant eux, une coupe à la main, comme en terrain conquis. Les serviteurs couraient en tous sens, les bras chargés de fiasques et de plateaux.

– Fêterait-elle son veuvage ? s'interrogea le Français avec une moue réprobatrice.

Leonora le laissa dans le *portego* et gravit les marches du grand escalier. Une fois à l'étage de réception, elle constata qu'on avait rouvert le grand salon et ôté les housses. Les musiciens avaient été installés dans le corridor central. De l'autre côté de la double porte béante, des gens pomponnés, très poudrés, dont les mouches savamment réparties exprimaient leur humeur du jour, discutaient gaiement autour de leur hôtesse, radieuse dans son désarroi. Dès qu'elle l'aperçut, elle désigna la jeune fille des deux mains à l'assemblée, comme si elles se revoyaient après un long voyage :

– Ah ! mon enfant !

Se tournant vers un gandin dont la perruque gonflée donnait l'impression qu'une oie nichait sur son crâne, elle ajouta :

– Je vous préviens qu'elle est à marier. Mon époux lui avait préparé un triste sort avec l'un des fâcheux d'en face, mais ces fiançailles sont rompues, grâce au Ciel ! Profitez-en, ma fille ! Choisissez ici quelque chevalier servant qui se fera un plaisir d'assurer votre bonheur !

Leonora ne doutait pas que sa mère en ait fait tout autant. Elle prit une profonde inspiration. Ce n'était pas le moment de céder à la timidité.

– Je venais vous informer, mère, que père a été lavé de toute accusation. Il vient de quitter le Palais ducal.

Les conversations s'éteignirent au fur et à mesure qu'on se répétait la bonne nouvelle. Quelques instants plus tard, les convives se retiraient après avoir brièvement salué leur amie comme à des funérailles. On n'entendit plus que les rires étouffés et les chuchotements de ceux qui faisaient la queue pour accéder à leur gondole. Zermanico ayant été emporté par le flot, il ne restait plus que le sigisbée, fort occupé à organiser avec le personnel la disparition des traces de leurs agapes. L'appréhension avait repris possession des traits de *donna* Soranza :

– Ah, mon Dieu ! Guettez à la fenêtre ! S'il arrivait maintenant, je serais perdue !

– Ne craignez rien, mère, dit Leonora. J'avais bien compris que ce rassemblement vous importunait. Aussi me suis-je livrée à ce petit stratagème afin d'écarter les fâcheux et de vous procurer le repos que vous méritez.

La colère de l'intéressée fut heureusement atténuée par son soulagement de n'avoir pas à s'expliquer devant son époux. Le délicieux vin de Tokay dont elle s'était enivrée l'empêchait par ailleurs d'avoir beaucoup de suite dans les idées. Elle se contenta de faire passer son agacement en assenant une série de petits coups d'éventail sur le bras de sa fille. Le sigisbée, quant à lui, se laissa tomber dans un fauteuil, d'où il pourfendit la menteuse d'un regard meurtrier. L'un et l'autre se firent servir à boire pour se remettre de leur émotion.

Leonora entreprit de démontrer à sa mère la précarité de sa situation.

– Quel que soit le courage dont vous faites preuve, les mauvaises langues finiront par vous prendre pour cible. Qu'en sera-t-il, alors, de votre réputation ? Si mon père reste longtemps absent, il pourrait se méprendre sur vos efforts. La populace ne vous épargnera pas.

Donna Soranza échangea un coup d'œil avec son sigisbée. Ils gloussèrent tous deux dans leurs manches de dentelle. Leonora tâcha de leur faire comprendre que cette parenthèse était appelée à s'achever d'une façon ou d'une autre. Il ne tenait qu'à eux qu'elle finisse bien. Pour faire taire les récriminations de son mari, elle devait se mettre en mesure de lui prouver qu'elle avait tout mis en œuvre pour le tirer d'ennui.

La proposition était assez machiavélique pour séduire les personnages assis en face d'elle. La lumière perça enfin les brumes éthyliques.

– Je vous avais mésestimée, mon enfant. Mon époux a fort bien fait de vous retirer de ce vilain couvent de terre ferme. Comment comptez-vous procéder ?

Leonora déclara qu'elle se conformerait mot pour mot aux ordres que lui donnerait sa chère mère.

– Je vous ordonne donc de faire tout ce que vous croirez possible pour nous ramener notre bon Cesare, qui nous manque tant.

Soucieuse de montrer qu'elle avait déjà une piste, Leonora lui parla de l'ossuaire. L'attention de sa mère et du sigisbée se ranima. C'était là une anecdote très originale, propre à passionner tous ceux à qui ils allaient la raconter. *Donna* Soranza lui fit promettre de lui relater sans faute chaque nouveau détail croustillant.

Le moment était venu de négocier quelques subsides. La maîtresse de maison les jugea tout à fait raisonnables, puisqu'ils n'excédaient pas ce qu'elle dépensait au pharaon en deux ou trois soirées. L'achat d'une bonne conscience lui parut étonnamment bon marché.

Quand Leonora se retira, chacun était satisfait. Seul le sigisbée restait songeur.

– Ne craignez-vous pas qu'elle ne vous ramène bientôt votre mari ? s'inquiéta-t-il.

– Cette petite fille ?

Ils éclatèrent de rire.

Installé dans un petit salon de l'entresol, monsieur Émile s'empiffrait des reliefs de l'orgie interrompue, qu'il invita Leonora à partager. Elle prit place en face de lui et picora dans les assiettes, de la manière affectée qu'il lui avait enseignée.

Il fallait bien se rendre à l'évidence. *Donna* Soranza, pour supporter sa détresse, s'étourdissait dans un tourbillon de frivolités. Son souci de faire bonne figure en société avait réussi à tel point qu'elle n'avait jamais semblé plus heureuse. Toute la charge des recherches reposait sur les épaules de la jeune fille. Nouvelle venue dans cette ville sans pareille, elle avait besoin d'un guide qui connaisse bien les Vénitiens. Elle informa son mentor de son désir d'enquêter sur les causes de l'incarcération.

Il s'étouffa avec ses friandises. Avant qu'il ne soit en mesure de rétorquer, Leonora lui rappela que, le mariage étant compromis, ses leçons n'avaient plus lieu d'être. Elle disposait en revanche d'une bourse bien remplie pour ses frais et lui montra comme elle était garnie. Le changement de visage du précepteur à la vue des pièces d'or fut sa meilleure leçon du jour sur la vie à Venise : on n'y trouvait pas de morale qui résiste au tintement des sequins. Il promit de l'aider tant que cela ne se saurait pas, car il avait, lui aussi, une réputation à préserver.

– Mais, tout d'abord, qui êtes-vous ? demanda-t-il en la fixant d'un œil inquisiteur.

Le sens de la question échappa à son élève.

– Sachez, reprit-il, qu'une demoiselle de la noblesse, fille célibataire d'un Illustrissime seigneur, ne peut traîner nulle part, accompagnée ou non.

Leonora déclara que, dans ce cas, elle renonçait à la noblesse, un honneur auquel elle n'avait guère eu le temps de s'attacher de toute manière. Monsieur Émile leva les mains au ciel.

– Ah, mais ça ne résout rien ! Comme fille de la classe citoyenne, on ne vous acceptera pas chez les nobles qui occupent les plus hautes fonctions ! Impossible d'obtenir une audience chez un procurateur ou un provéditeur ! Et moins encore auprès de leurs femmes !

Il saisit le premier napperon qui lui tomba sous la main, posta la jeune fille devant le miroir de la cheminée et lui posa la dentelle sur la tête.

– Voici la Frascadina, fille de l'éminent patricien Cesare dalla Frascada, demoiselle de condition admise chez les grands, où elle se rend en gondole, accompagnée de sa suite.

Il ôta le napperon.

– Et voici Leonora, orpheline de Vicence. Fille du peuple aux origines obscures, elle peut fureter ici et là, fréquenter la plèbe sans déroger à son rang, car elle n'en a pas. Ces deux personnes ne se connaissent pas, ne se sont jamais vues et ne se rencontreront jamais : elles ne vivent pas dans le même monde.

Leonora le regarda poser et escamoter plusieurs fois de suite la coiffe improvisée. Elle commençait à voir deux jeunes filles différentes se succéder dans le miroir. N'était-ce pas précisément ce qu'elle était : deux demoiselles étrangères l'une à l'autre, qui se partageaient un même corps ? Deux vies, deux destinées opposées, dont elle ignorait laquelle l'emporterait sur l'autre ?

– Mais saurez-vous jouer ce double rôle ? dit monsieur de Rofiniac, qui n'était plus si sûr de croire lui-même à son stratagème. Il est si difficile, pour la plupart des gens, de n'en jouer qu'un seul !

Il était temps de se souvenir qu'elle avait maintes fois interprété les pièces du répertoire religieux, chez les ursulines, à l'occasion des fêtes du calendrier. Elle avait été Jeanne d'Arc, Sarah, femme d'Abraham, et même Attila tuant Ursule d'un coup d'épée après avoir tenté de la violer sous les murs de Cologne ; elle pouvait bien être ces deux étranges parties d'elle-même. Tête nue, elle se mit à imiter le parler vénitien zézayant :

– Bonzour zénior. Ze voudrais aller à Zan Marc', z'il vous plaît.

Surmontée de la coiffe, elle s'exprimait avec l'accent pointu des habitants de Ca' Civran.

– Avez-vous ouï chanter le merveilleux Barbarelli, à San Benedetto ? On a, dans la Dominante, autant de chapelles qu'à Rome. S'il avait débuté chez nous, il n'aurait pas perdu ce qui lui manque aujourd'hui.

Son maître était impressionné.

– Je vois qu'on vous en apprend de belles, chez les bonnes sœurs ! Vous savez le français, mais c'est le vénitien qu'il va vous falloir assimiler au plus vite. Il ne suffit pas de zézayer : vous ne seriez que ridicule. Mon Dieu ! s'exclama-t-il dans la langue de Molière. Je vous donne des leçons de vulgarité ! C'en est fini de mon amour-propre !

Il la mit en garde : Venise avait beau être l'une des plus grandes cités d'Italie, c'était un village. Tout se savait. Rien n'intéressait tant que la petite chronique : elle passionnait davantage que le théâtre et se répandait plus vite que les gazettes. Leonora allait devoir accomplir des prodiges de discrétion pour ne pas offenser les tenants des bonnes mœurs et, plus que tout, pour ne pas se faire remarquer des espions de la police, qui étaient partout.

– La police est partout ? répéta la Frascadina. Tant mieux ! À quoi sert que j'enquête, dans ce cas ? Elle aura tôt fait d'innocenter mon père !

L'expression navrée du Français lui laissa entendre qu'elle avait encore beaucoup à apprendre.

– Il en irait ainsi si cette police était faite pour attraper les criminels. Son propos est tout autre. Il y a un détail que vous ignorez quant à la marche de la République. L'État déploie une grande énergie dans la surveillance de ses citoyens, et surtout de ceux du Livre d'or. Il n'aime pas que l'on sorte des cadres établis ; et ce que vous vous apprêtez à faire y déroge absolument ! À vrai dire, je n'ai pas souvenir d'avoir jamais rencontré quiconque d'aussi impertinent que vous, hormis deux ou trois brigands qui logent aux Puits. Il faudra vous montrer habile pour ne pas finir comme eux.

La jeune fille jugea ce rapprochement offensant.

– Je ne compte pas voler les gens, ni enfreindre les lois de mon pays ! Je souhaite seulement élucider un crime et faire libérer un patricien innocent !

– C'est pire ! s'exclama monsieur Émile en levant les bras au ciel.

Quel que soit le motif qui la poussait à sortir, il lui fallait, pour déambuler en tant que fille noble, être au moins accompagnée d'une servante de bonne allure. Elle résolut de recruter Loreta.

Celle-ci ne vit pas, tout d'abord, en quoi les préoccupations extravagantes de la jeune maîtresse devaient lui faire abandonner son confortable train-train. Monsieur Émile frotta discrètement trois doigts l'un contre l'autre, un argument quasi universel. Dès qu'elle eut montré sa bourse, Leonora découvrit combien les longs discours étaient inutiles : quelques ducats argentés expliquaient amplement de quoi il retournait.

– Je suis prête à faire tout ce qu'on voudra pour aider notre bon maître ! déclara la servante en empochant les pièces.

Ils se préparèrent à sortir tous les trois.

– Un vieillard à perruque blanche fait toujours bien dans le sillage d'une fraîche demoiselle et de son chaperon, approuva Loreta.

Monsieur de Rofiniac se rembrunit. Il précisa qu'il n'avait que cinquante-sept ans, ce qui leur parut très flatté.

– L'âge de papa ! s'écria la servante, au grand déplaisir du Français.

Une fois dans le *portego,* Leonora se dirigea vers le jardin pour emprunter la porte de la *calle*. Son mentor l'arrêta :

– Un instant ! Est-ce la noble Frascadina, qui sort, ou Leonora, la pauvre orpheline ? Si c'est la Vénitienne de bonne famille, il faut monter en barque : la rue n'est que pour les manants.

Il l'emmena de l'autre côté et héla le *barcarol*.

Ils se faisaient doucement ballotter par le ressac, serrés sur les étroites banquettes de la gondole, lorsque Leonora demanda quel était le jour de réception du doge Grimani. Les deux autres échangèrent un regard perplexe. Pietro Grimani était mort depuis dix ans, les doges n'avaient pas de jour de réception et ne recevaient pas en privé, de toute façon.

– Vous ne connaissez rien à rien, dit Loreta. Vous n'êtes pas d'ici et vous prétendez arriver à quelque chose ?

Consciente de ses lacunes, Leonora dressa le portrait du genre d'individu qu'il lui fallait pour l'assister dans ses recherches : quelqu'un qui soit au courant de tout, qui ait ses entrées un peu partout, qui possède de la ressource et soit disposé à l'en faire profiter. La description parla tout de suite à son auditoire.

– C'est un courtisan qu'il vous faut ! s'écria la servante, tandis que le précepteur approuvait du menton.

Comme ils abordaient une fois de plus u
inconnu des orphelines bleues, ils lui expli
que c'était. Issus de toutes les classes sociales, les courtisans vénitiens en formaient une autre, aussi respectée que ses pratiques étaient contestables. Il s'agissait de petits marchands, d'artistes, de nobles désargentés, voire de prêtres sans paroisse, adroits, à l'oreille aux aguets, aux manières habiles. Ils profitaient de toutes les occasions que leur fournissait le fourmillement de la vie vénitienne. Ils étaient bons pour tout usage, avaient une solution pour tout problème et arbitraient les disputes les plus désespérées. Leur grand art consistait à tirer leur épingle de toutes les situations.

– La demoiselle est cousue d'or, elle n'aura pas de mal à s'en attacher un, conclut Loreta. Ils seront après elle comme les mouches autour d'une écuelle. Vous en connaissez sûrement, vous ? lança-t-elle au Français.

Celui-ci se récria : il n'était pas de sa dignité de fréquenter ce genre de parasites. Plus exactement, la faiblesse de ses moyens le préservait de cette engeance, comme de la plupart des amusements proposés par Venise.

– Nous nous en remettrons à vous, répliqua-t-il à l'intention de la servante. Nul doute que la plèbe n'a pour vous aucun secret.

– Comme vous y allez ! protesta Loreta. J'ai trop soin de mon honneur pour fréquenter des gens douteux. Je sais où l'on peut en trouver, voilà tout.

Elle donna un ordre au gondolier, qui les mena à la Piazzetta. Ils aperçurent, sous les arcades du Palais ducal, de très grands serviteurs de l'État vêtus de leur robe écarlate, qui déambulaient entre deux séances des conseils.

– Voulez-vous dire que ces puissants personnages sont à vendre ? s'étonna la jeune fille.

– Sûrement, mais ils sont trop chers pour vous, répondit monsieur Émile.

Aux abords de la Piazzetta s'étendait le *Broglio*, le portique des nobles, où des messieurs en cape noire se réunissaient par petits groupes entre les colonnes. C'étaient des patriciens sans fortune qui cherchaient à négocier la voix dont chacun d'eux disposait par droit de naissance. Le Grand Conseil dominical élisait tous les dirigeants de la cité, et chaque électeur en valait un autre. Nombre de gentilshommes n'avaient que leur vote à vendre pour subsister.

– Est-ce ici ? demanda Leonora.

– Non. Ici, ce sont les corrompus de bonne naissance. Les autres sont là-bas.

Ils traversèrent la place Saint-Marc, flanquée de deux longues promenades couvertes sur lesquelles ouvraient boutiques et cafés. Loreta les entraîna jusqu'au déambulatoire nord, celui des *Procuratie vecchie*, qui débutait à la tour de l'Horloge.

– Vous voyez ici le renard dans son terrier favori, chuchota la servante : les marches du gouvernement, le trait d'union entre les bureaux de l'État et ceux des marchands du Rialto, où l'on se rend par la rue qui passe derrière. Autrement dit : voici le nid de guêpes dont vous avez besoin.

Assis aux petites tables disposées par ces débits de boissons d'excellente tenue, une série de personnages bien vêtus sirotaient leur vin comme s'ils attendaient un rendez-vous. De temps à autre, quelqu'un s'asseyait face à eux pour une conversation à mi-voix ; au bout d'un moment, le nouveau venu glissait quelque chose sous la table et se retirait.

– Voilà le véritable bureau des réclamations de la République, expliqua monsieur de Rofiniac. Les clercs qui sont dans les étages font mine de gérer la ville, mais c'est ici, sur ce pavage, sous ces arcades, que se règlent le plus grand nombre de questions, les problèmes les plus épineux, que se font les choix cruciaux, et que l'on met de l'huile dans les rouages de la cité, qui ont mille ans et grincent plus que jamais.

– Ce sont les conseillers de toutes les causes, renchérit Loreta, les meilleurs avocats de la ville, ceux qui ne plaident jamais, n'ayant pas perdu leur temps dans les facultés du pape, à étudier ce qui ne peut s'apprendre que dans les *calli* de Venise.

Ils guettèrent ceux qu'ils avaient sous le nez. L'un, qui paraissait très sage de prime abord, avec ses rides et ses cheveux blancs, s'endormit malgré les tasses de café qui encombraient sa table.

– Trop décati, conclut Loreta.

Monsieur Émile en avisa un autre qui lui paraissait intéressant. Il engagea la conversation, mais fit un pas en arrière, d'évidence incommodé.

– Il transpire l'alcool. J'élimine.

Loreta en désigna un troisième, qui flirtait sans gêne avec sa cliente.

– J'aime beaucoup celui-ci.

Monsieur Émile était loin de partager son choix.

– Jamais je ne laisserai mon élève aux mains d'un homme qui a des manières trop naturelles avec les dames.

Ils en virent un perdre aux cartes ce qu'il venait tout juste de gagner.

– Celui-ci sera d'une avidité insatiable, dit Leonora, dont les ressources n'étaient pas inépuisables. Nous ne pourrons pas le tenir, il n'a plus sa tête à lui.

Certaines des ursulines de Vicence étaient cloîtrées parce que leur père ou leur frère avait perdu au jeu le montant de leur dot. Elle en avait conçu un profond mépris pour cette affreuse manie. Chacun des trois compères mit son veto ici et là. Monsieur Émile, surtout, était repoussé par une vulgarité ou une rouerie trop voyantes. Sa pruderie agaçait Loreta :

– Dame, si vous voulez un saint, il faut le recruter dans la basilique !

Ils en trouvèrent un qui cumulait tous ces défauts, mais se dirent que cette accumulation empêcherait peut-être l'un de ses travers de prendre le pas sur les autres. Il n'avait pas trente ans, son manteau était froissé, élimé, fané, mais sa coiffure était poudrée, son chapeau assorti à sa tenue, et les boucles dorées de ses souliers vernis témoignaient d'un certain soin de sa personne. Il avait donc le sens des priorités.

– Il a bonne mine, certes, mais a-t-il des clients ? dit monsieur Émile, inquiet de ne voir personne en face de lui. Nous ne voulons pas engager le canard boiteux du lot, n'est-ce pas ?

Par chance, une dame s'installa sur la chaise vide que le jeune homme lui avança. Il parut évident qu'elle lui exposait quelque problème, car elle parla longtemps. Le courtisan vénitien l'écouta avec attention, sans cesser de se montrer galant, commandant un chocolat pour sa visiteuse, chassant un pigeon effronté qui s'intéressait de trop près aux fausses cerises de son chapeau. Lorsqu'il parla à son tour, elle s'esclaffa plusieurs fois derrière son éventail.

– Il la fait rire, nota monsieur Émile avec réprobation. On sait ce que les hommes ont en tête.

– Mais il ne la touche pas, précisa Loreta. Voulez-vous d'un rustre dont la fréquentation sera déplaisante ?

– Il m'a l'air désargenté, dit Leonora au juger de ses semelles, dont le dessous était craquelé.

– Dame ! S'il était en fonds, il ne serait pas ici ! rétorqua la servante avec une pointe d'irritation. Par contre, il joue, dit-elle en désignant un valet de cœur qui dépassait d'une poche de son pourpoint.

– Ils jouent tous, vos merles, renchérit monsieur Émile. Ils boivent et ils courtisent les dames. Belle compagnie pour une jeune fille, vraiment !

Monsieur de Rofiniac craignait qu'on ne dise de par la ville qu'il jetait ses élèves en pâture aux mauvais plaisants. Ç'aurait été la fin de sa carrière dans les boudoirs du Grand Canal. Un groupe de jeunes gens bruyants qui accompagnaient quelques demoiselles aux tenues excentriques passa près d'eux. Leur brouhaha attira l'attention générale. Lorsqu'il reporta son regard sur le courtisan vénitien, toujours attablé avec sa cliente, monsieur Émile fut frappé par un détail.

– Prenez celui-ci, dit-il contre toute attente, convaincu d'avoir trouvé l'oiseau rare.

Surprise, Loreta observa le jeune homme et finit par remarquer la même chose.

– Oh, oui, celui-ci. Je me rallie au *signor Emilio,* qui est si fin connaisseur de la nature humaine.

– N'est-il pas un peu jeune pour la fonction ? s'inquiéta Leonora.

– Il est tout à fait perverti et c'est tout ce qui compte, trancha monsieur Émile, qui tentait de garder son sérieux devant la face hilare de la servante.

Leonora obéit sans comprendre ce qui avait emporté leur choix. Elle jugea suspect que ces deux-là s'accordent tout à coup et se voyait dans l'incapacité de définir le critère décisif qu'on lui cachait.

Dès que la dame fut partie, ils s'approchèrent du courtisan et demandèrent l'autorisation de s'asseoir à sa table. On ajouta deux chaises. À présent qu'elle le voyait de près, Leonora estima qu'il avait vraiment de beaux yeux, avec ses iris verts cernés de longs cils noirs. C'était le plus beau jeune homme qu'elle ait vu depuis longtemps. Il est vrai qu'elle en avait très peu vu pendant sa réclusion chez les ursulines, et guère davantage depuis qu'elle vivait à Ca' Civran. Il n'avait pas l'air affamé de ducats. En revanche, il avait dans ses façons et dans ses gestes une espèce d'onctuosité qui laissait présager une certaine habileté sociale.

Ils testèrent en premier lieu ses connaissances de l'appareil administratif de la Sérénissime. Le courtisan leur récita presque d'un souffle les prééminences entre les innombrables commissions. Nul doute qu'il maîtrisait les rouages complexes d'un système labyrinthique.

Un nuage surgit dans ce ciel d'azur lorsqu'ils refusèrent tout net de lui révéler le but de leurs démarches. Le Vénitien eut un geste catégorique :

– Il m'est impossible de me compromettre dans une affaire dont les tenants et aboutissants sont contraires à la loi.

Le moment était venu d'exposer leurs arguments. Leonora tira de sa bourse un sequin qui fit ouvrir des yeux ronds à son nouvel employé.

– Je vois qu'il s'agit de ce genre de cas qui honore ses défenseurs. Je serai enchanté d'avoir à servir une cause aussi brillante.

La seule chose qui brillait, c'était la pièce d'or. Leonora la remisa prudemment dans sa bourse en attendant qu'il ait fait quelque chose pour la mériter. Afin de sceller leur alliance, le jeune homme fit signe à un valet d'apporter des rafraîchissements, puis il se présenta. Il se nommait Flaminio dell'Oio et appartenait à une famille *cittadina ordinaria*, c'est-à-dire de vieille souche à défaut d'être noble, une classe dont les membres, pour conserver ce statut envié, avaient l'interdiction de travailler de leurs mains.

– Cela les porte en général aux pis-aller douteux, souffla monsieur Émile à l'oreille de son élève.

– Les dell'Oio ! s'exclama la servante. Mais je les connais ! Des gens très honorables…

« Affreuse maison, souffla-t-elle à sa patronne. Complètement ruinés. Ont investi dans nos comptoirs de Chypre ! Leur richesse est maintenant chez les Turcs. Une amie a travaillé chez eux : partie sans toucher ses gages de quatre mois ! »

L'héritier des dell'Oio se targuait d'avoir fait ses classes chez un notaire renommé avant d'occuper divers emplois de gratte-papier – il ne fallait pas songer à briguer une charge publique à responsabilité, elles étaient pour les nobles. Il avait même failli être tonsuré, dans une autre vie.

– Peut-on savoir ce qui vous vaut d'exercer aujourd'hui ce beau métier ? s'enquit monsieur Émile.

Dell'Oio adopta l'expression de désespoir qui convenait à une destinée digne de Tristan et Iseult.

– Une affaire de cœur, avoua-t-il en laissant son beau regard s'embrumer.

Leonora sentit son cœur se fendre. Les deux autres échangèrent un regard entendu. Il y avait à Venise une vieille tradition de permissivité. Bien sûr, la tolérance publique n'empêchait pas les tracas privés. L'État et les habitués des salons huppés passaient sur des détails qui vous valaient néanmoins le congé de votre patron ou l'opprobre de l'Église. Monsieur de Rofiniac jugea prématuré d'éclairer son élève sur les méandres des passions humaines.

Ce moment d'émotion ayant assez duré, le courtisan vénitien les pria de lui dire ce qu'ils attendaient de lui. Ils se concertèrent quelques instants en aparté, après quoi le précepteur annonça que sa première mission consisterait à obtenir à la demoiselle ici présente un entretien avec son père.

– Voilà qui est tout à fait dans mes cordes, se félicita dell'Oio. Raccommoder les familles déchirées est ma spécialité. Peut-on savoir comment se nomme cet Illustrissime ?

Il leur suffit de prononcer son nom pour que le courtisan perde son enthousiasme. Nul, sous ces arcades, n'ignorait qui était le *nobiluomo ser* dalla Frascada, ni les charges qui pesaient sur sa personne.

– Vous me demandez de vous faire pénétrer dans le Palais ducal, de vous faire accéder aux chambres où les pires bandits sont mis à l'isolement, pour y rencontrer un suspect accusé de crime contre l'État ? résuma-t-il.

Ses trois interlocuteurs ayant approuvé du menton, il jugea qu'il aurait bien mérité son sequin s'il parvenait à le faire ressurgir de sa bourse.

Ils prirent rendez-vous pour le soir même. Le courtisan les raccompagna à la *piazzetta dei Leoncini* comme s'il s'agissait de la porte de son bureau.

Leonora commençait à traîner dans son sillage un petit groupe dont l'entretien risquait de devenir coûteux. Si elle continuait ainsi, elle aurait bientôt la moitié de Venise accrochée à ses jupes. La suite des événements n'allait cependant pas tarder à lui démontrer à quel point chacun d'eux pouvait lui être utile.

VIII

Le service qui gérait le nettoyage des canaux de Venise était situé au troisième étage d'un des bâtiments administratifs, les *Procuratie*, qui entouraient la piazza. À cette heure de l'après-midi, les employés chargés de trier les rapports étaient en train de se débarrasser de la paperasserie de la semaine. Sur une tablette trônaient en vrac les ossements dégoûtants que les ouvriers avaient cru bon de leur transmettre au motif que leur patron s'y intéressait depuis sa geôle. On ne faisait pas si grand cas, d'ordinaire, des déchets de toute nature exhumés par la machine à curer. Aussi, après avoir contemplé avec ennui les reliques morbides qui encombraient leur étude, les trois clercs s'étaient-ils mis d'accord pour ramasser leurs conclusions en une note sibylline avant de refiler le fardeau au bureau suivant.

Une servante de bonne maison se présenta pour annoncer l'arrivée de sa maîtresse, qui patientait sur le palier :

– L'Illustrissime *nobildonna* Leonora vous fait l'honneur d'une visite en nom et place de son père, le maître des Eaux, Cesare dalla Frascada. Son Excellence l'a priée de vérifier que les tâches confiées à votre expertise se poursuivent sans anicroche en son absence.

Les fonctionnaires de Venise étaient habitués à obéir sans discuter à la quarantaine de familles qui les gouvernaient. Le nom de leur supérieur était un sésame, si surpris ces hommes soient-ils de voir pénétrer dans leur antre une jeune fille qui aurait eu davantage sa place au couvent ou chez son époux. Ils dressèrent la liste des missions accomplies avec succès ces derniers jours, ce qu'elle écouta d'une oreille distraite, sans cesser de chercher quelque chose des yeux. Dès qu'elle eut aperçu les ossements entassés sur leur guéridon, elle se porta de ce côté à la vitesse d'un vautour fondant sur une carcasse.

– Ne sont-ce pas les os de Cannaregio ? Bien. Je vois que vous les avez étudiés avec soin. Quelle est votre analyse ?

Il s'agissait, selon eux, des restes d'un noyé, sans doute un ivrogne trop imbibé pour se débrouiller après être tombé à l'eau. La thèse officielle proposée par le service du nettoyage serait qu'un pêcheur ivre avait coulé dans la lagune et avait été emporté jusqu'en ville par de fâcheux courants marins. Il était resté bloqué contre les pilotis, où il s'était décomposé au fil des ans.

Voilà qui ne faisait pas du tout l'affaire de la demoiselle.

– Je vous avoue que j'ai du mal à me satisfaire de cette théorie, déclara-t-elle en fronçant les sourcils.

En bon Italien, le premier clerc suggéra d'un geste éloquent qu'il ne fallait pas s'inquiéter pour si peu :

– Vous trouverez peut-être plus de satisfaction chez nos collègues. Allez savoir quelle sera l'hypothèse retenue par le bureau des étrangers anonymes ou indésirables, ou par la douane de mer, qui prendra l'affaire ensuite !

Leonora n'avait pas l'intention de se lancer dans une collection d'explications farfelues qui n'éclaireraient rien.

– C'est pourquoi j'ai décidé de prendre les devants afin de me faire une idée tout de suite ! annonça-t-elle. Entrez, *sior* Bardese.

Elle introduisit l'anatomiste que monsieur Émile lui avait procuré avant de venir. C'était un petit homme voûté, tout de noir vêtu, qui salua la compagnie et chaussa ses lorgnons pour examiner la trouvaille. Le chef des clercs était effaré.

– Mais, *madamina* Frascadina, ce bureau n'est pas ouvert aux visiteurs !

Leonora posa un doigt sur ses lèvres :

– Chut ! Vous l'empêchez de se concentrer. C'est pour le bon déroulement de vos travaux que j'ai fait quérir cet éminent savant.

Le savant demanda quelle était la théorie de ces messieurs. Lorsqu'on lui eut répété l'histoire de l'ivrogne tombé de sa barque, il agita l'index : on se fourvoyait.

– Ce n'est pas possible, affirma-t-il malgré l'expression offusquée des clercs.

– Bien ! approuva sa commanditaire. Nous avançons enfin !

Il y avait plusieurs victimes. D'après l'usure des articulations et la denture dont ils disposaient, il s'agissait de personnes du sexe masculin, plutôt jeunes. Il évalua leur âge entre vingt et trente ans tout au plus. Les os n'avaient pas séjourné dans l'eau plus de quelques mois. L'un des fémurs appartenait à un homme en mauvaise santé, probablement atteint d'une maladie de poitrine.

Quand l'anatomiste eut livré tout ce qu'il avait à dire et que les fonctionnaires crurent leur épreuve arrivée à son terme, la Frascadina fit entrer un nouveau visiteur. Il leur sembla que le palier était devenu une espèce de boîte à malices pleine de mauvaises surprises. Elle leur présenta l'hydrologiste Gotti, un homme qui connaissait sur le bout des doigts les courants de la lagune pour en avoir mis à jour la carte officielle. Il avait lui aussi son opinion.

– L'emplacement de votre découverte suggère que les dépouilles ont flotté entre deux eaux pour arriver jusque-là. Je pense que ces personnes étaient déjà décédées lorsqu'elles sont tombées à l'eau. Ce qui est certain, c'est que ces corps ont été jetés dans le *rio* au même moment, sans quoi les courants leur auraient fait prendre des directions différentes. Ils auraient même pu les entraîner vers la mer, auquel cas personne n'en aurait jamais entendu parler.

« Plût à Dieu ! » songea le premier clerc.

L'hydrologiste conclut qu'il fallait se renseigner sur la structure des fondations des bâtiments alentour si l'on voulait aller plus loin. Le clerc sauta sur l'occasion. Après avoir donné à l'intruse l'adresse du service d'architecture et de celui du cadastre, il s'apprêtait à pousser tout le monde vers la sortie lorsqu'on frappa à la porte.

La figure de l'architecte Massario, qui avait étudié la construction dans le quartier de Cannaregio, se profila dans l'ouverture. Il était accompagné de monsieur Émile, tout essoufflé.

– J'ai cru que je ne le trouverais pas !

Le spécialiste des bâtiments et celui des courants marins entreprirent de remonter la piste des squelettes.

– Voyez-vous, les mouvements d'eau de la lagune sont très particuliers, expliqua Gotti. En cette saison, ils vont vers la côte. C'est pourquoi la belle machine dont s'occupe ce bureau trouve souvent des coquillages de haute mer dans ses godets. En été, ce sont plutôt les ordures urbaines qui ont du mal à s'évacuer.

Un employé tenta de rappeler que le code interne de l'administration comprenait un paragraphe très strict qui proscrivait l'invasion de leurs locaux.

– Attendez donc, dit Leonora : nous allons tous nous instruire. Je vous rappelle que les courants et la construction sont deux éléments majeurs du travail de curetage des fonds marins. Mon père vous sera reconnaissant d'avoir poursuivi votre œuvre avec zèle pendant son petit congé.

Les clercs se résignèrent à bouillir en silence, inquiets de voir leur étude se changer en auberge où l'on servirait bientôt du café et des gâteaux.

Les corps avaient dérivé selon un mouvement qui dépendait des marées, ils avaient dû passer sous certains édifices. Les experts parvinrent à une conclusion qui les satisfaisait tous les trois :

– Ils ont été jetés à l'eau ici, à la nuit tombée, en hiver, conclut le *sior* Massario en pointant du doigt un endroit sur la carte de Venise.

Tout le monde se pencha sur la table. Ces messieurs hochèrent la tête avec déception. Seule la Frascadina ne comprenait pas.

Cette conclusion réduisait à néant les enthousiasmes. Les trois experts avaient désigné le *Pio luogo degli Incurabili*, sur le quai des Zattere, dans le Dorsoduro, une institution de la Sérénissime où l'on regroupait les malades indigents, avec cloître et église, à l'écart de l'agitation et au bord du canal de la Giudecca, face au sud pour profiter des bienfaits du soleil. Les pauvres s'y faisaient soigner aux frais de la Sérénissime et maints infirmes y séjournaient jusqu'à leur décès. L'hydrologiste Gotti suggéra que les restes de Cannaregio étaient le résultat d'amputations pratiquées par les chirurgiens. Les morceaux avaient dû être volés par des chiens errants, abandonnés dans un recoin et absorbés par les *rii* à la faveur d'une crue.

L'anatomiste Bardese fit une nouvelle fois « non » du doigt.

– Ils ne portent aucune marque de scie ou de dents.

Ces messieurs, comme les clercs, faisaient triste figure. Dans ce cas, il fallait bien se résoudre à imaginer le pire : les autorités de l'hôpital économisaient les frais d'inhumation en flanquant les corps à l'eau. Il y avait là matière à une dénonciation par le biais d'une *bocca del leone*. Ces médecins n'avaient pas volé une bonne semonce de la part de la Seigneurie.

Puisque l'anatomiste prétendait que les ossements n'avaient pas séjourné dans l'eau très longtemps, les décès avaient eu lieu durant l'hiver dernier. Combien de malheureux avaient-ils trouvé la mort aux *Incurabili* en cette période la plus dure de l'année ?

Leonora leur opposa qu'il s'agissait d'hommes jeunes. On lui répondit qu'elle ignorait combien de soldats revenaient de guerre avec des blessures désespérées. La Sérénissime s'engageait à assurer les soins ; ils auraient dû exiger qu'on leur promette aussi un enterrement décent.

Au moins, la jeune fille disposait à présent d'informations sur l'identité des morts, ainsi que sur la date et le lieu des disparitions. Monsieur Émile nota tout cela avec soin sur son carnet.

– Vous pouvez renvoyer ces reliques au circuit hiérarchique, conclut Leonora : elles n'ont plus rien à nous apprendre.

Elle remercia les clercs pour leur aide avec autant de grâce que s'ils avaient été à son service. La petite troupe se retira sans cesser d'échanger des théories sur la trouvaille. Les fonctionnaires, ébahis, l'entendaient encore discuter alors qu'elle était parvenue au bas de l'escalier des *Procuratie*.

Ils venaient de découvrir un trait de caractère de la demoiselle des dalla Frascada, une particularité qui n'était pas passée inaperçue au couvent de Vicence : un indiscutable don pour l'autorité et l'organisation. Dès qu'elle fut hors de chez eux, ils résumèrent cette constatation en un jugement sans appel : « Elle est pire que son père. »

IX

LORSQUE LA GONDOLE APPROCHA du débarcadère privé de Ca' Civran, ses occupants virent le courtisan vénitien qui les attendait sur le perron de la belle demeure, assis sur un petit banc de pierre prévu à cet effet. Loreta quitta l'embarcation pour voir ce qu'il voulait.

– Le *sior* dell'Oio sollicite la faveur d'un entretien, annonça-t-elle par l'ouverture de la felze.

– Bien, dit Leonora en faisant mine de se lever.

Monsieur Émile la fit rasseoir d'une main ferme.

– Avez-vous oublié mes leçons ? la gronda-t-il. Même une fille du peuple ne peut s'entretenir avec un homme en l'absence de ses parents.

Son élève poussa un profond soupir : ce genre de règles compliquerait fortement son enquête.

– Il convient donc de le faire monter dans votre gondole, où nul ne peut voir qui s'y trouve, conclut le Français. Toutes les dames de la bonne société en usent ainsi.

Leonora songea qu'elle allait devoir maîtriser au plus vite les usages à double face de cette cité si elle voulait avancer. Flaminio dell'Oio la rejoignit sans se faire prier, afin de débuter un entretien dont l'allure aurait été beaucoup plus scabreuse qu'une simple conversation dans un salon, si le précepteur n'avait été assis à côté d'eux sur la banquette. Le courtisan avait trouvé un biais pour lui permettre de visiter son père dans sa cellule.

– J'ai eu l'idée d'introduire un pourvoi devant la Seigneurie afin d'invoquer un précédent. En l'an 1532, les *Pregadi* ont accepté que la fille non mariée d'un patricien emprisonné lui rende visite, à condition que l'entretien se déroule à travers une grille et devant un représentant du procurateur de Saint-Marc.

– Très bien ! Quand pourrai-je le voir ?

– Dans six mois. C'est le temps que prendront les démarches légales, à condition que tout aille bien.

Leonora se renfrogna :

– Je fleurirai sa tombe au cimetière de l'île San Michele, à cette date.

Une lueur de malice s'alluma dans les yeux de dell'Oio.

– C'est bien ce que je me suis dit. Aussi suis-je passé par la voie latérale. Vous avez d'autres sequins comme celui que vous m'avez montré ?

Les gardiens des Plombs avaient promis de ne pas examiner de trop près la lavandière qui apporterait ce soir-là du linge propre et des vivres au détenu. Étonnée et enchantée, Leonora fut prise d'un irrésistible élan pour enlacer leur sauveur. Elle s'arrêta à mi-chemin, se souvenant tout à coup des préceptes de son auguste cicérone.

– Je suppose que les demoiselles de la noblesse n'embrassent pas les messieurs dans les gondoles, dit-elle en contemplant la mine réprobatrice du Français.

– Ma chère enfant, répondit ce dernier, vous ne feriez qu'ajouter une infime addition à l'énumération sans fin des écarts de conduite que vous vous permettez depuis le début de cette journée. Et l'intrusion nocturne chez notre doge ne sera pas le moindre, croyez-moi.

Perdue pour perdue, elle déposa sur la joue du courtisan un chaste baiser qui fit moins d'effet à celui-ci que le sequin qu'il reçut tout de suite après.

Deux heures plus tard, une chambrière vêtue à la façon proprette du personnel des bonnes familles se présentait au greffe du Palais ducal pour faire inspecter ses deux paniers. L'un contenait des chemises bien blanches, l'autre un assortiment de victuailles de choix. Elle fut prise en charge par des laquais à la mine peu avenante, à qui elle tendit la bouteille dont il était de tradition de les gratifier au passage. On lui fit gravir les escaliers de service jusqu'au dernier étage du bâtiment, celui situé sous les greniers. Un gardien muni d'un impressionnant trousseau de clés ouvrit une minuscule porte en bois massif garnie de deux énormes verrous, qu'il referma dès qu'elle se fut pliée en deux pour entrer.

Elle se trouvait dans une pièce carrée à peine plus grande que le placard où on l'avait logée le soir de son arrivée. Les murs, agrémentés de deux ou trois gravures apportées de Ca' Civran, rejoignaient un plafond si bas qu'un homme de haute taille n'aurait pu se tenir debout. L'ameublement se composait d'un lit de camp, d'un coffre en bois sombre où ranger ses habits, d'un tapis oriental rouge et élimé par les souliers de générations de prisonniers, d'une chaise paillée et d'une petite table garnie de tout le matériel nécessaire à la rédaction des confessions exigées par le terrible Conseil des Dix. L'unique fenêtre s'ouvrait sur le corridor. Dalla Frascada devait à sa qualité d'Excellence Illustrissime d'apercevoir une autre lucarne qui, elle, donnait sur la cour du Palais, ce qui apportait un peu d'air et de lumière. Cet endroit était la version luxueuse d'un cachot. Encore les prisonniers avaient-ils à ce moment la chance qu'il n'y fasse ni aussi froid qu'en hiver, où il y gelait, ni aussi chaud qu'en été, où la température pouvait atteindre les 50°. L'étage comptait plusieurs autres cellules dans le même genre, où l'on chambrait les suspects en attente de jugement, ceux dont on n'avait pas encore décidé s'ils devaient vivre ou mourir.

– Posez ça là, dit le prisonnier, sans daigner la regarder.

Il indiquait la petite table où une assiette et un verre avaient été disposés pour le dîner. Ce fut le bruit des récipients nombreux venant s'aligner autour de sa serviette qui attira l'attention du patricien. Il fut très surpris de découvrir sa progéniture dans l'une de ces petites robes qui moulaient si bien les formes de Loreta, et mit ce stratagème sur le compte de la piété filiale qu'un père généreux était en droit d'attendre d'une fille élevée par les bonnes sœurs. Les comestibles miraculeusement apparus dans son univers de désolation l'intéressèrent bien davantage.

– Il est d'usage que les suspects appartenant à la noblesse soient placés au même régime que le doge, expliqua-t-il. C'est d'ordinaire très avantageux. Hélas, notre sérénissime prince ne doit pas aller bien fort : on ne me sert que de la soupe, des galettes de froment et du vin dilué !

Il se jeta avec avidité sur le panier et disposa le reste des bocaux et salaisons sur la nappe blanche qu'éclairait un chandelier d'argent.

– Tu vas souper avec moi, cela doublera l'agrément que j'aurai à déguster ces trésors, annonça-t-il, ravi, en nouant sa serviette autour de son cou.

Leonora saisit une grande cuiller en vermeil et remplit l'assiette de son père d'artichauts à la vénitienne et de sardines marinées concoctés par les meilleurs traiteurs. Dalla Frascada attendit d'avoir goûté à tout cela pour exprimer sa satisfaction.

– Ah, tu es courageuse, toi ! Tu viens voir ton père dans sa détresse ! Je n'ai pas encore de nouvelles de tes frères. Ils doivent être rongés par l'angoisse, les pauvres.

Elle approuva, peu soucieuse de préciser que deux d'entre eux manquaient toujours à l'appel, et que le troisième profitait de l'occasion pour s'alcooliser plus que jamais aux dépens de son géniteur. Elle l'informa en revanche de la découverte des ossements à Cannaregio. La nouvelle intrigua moins *ser* dalla Frascada que les raisons qui avaient pu pousser sa fille à se rendre dans ce coin perdu.

– Des os, vraiment... répéta-t-il d'un air pénétré en se resservant de l'excellent *Tocai rosso dei Colli Berici* identique à celui qui devait réjouir à ce même moment le gosier des valets.

– Il existe une possibilité pour que ces meurtres aient un lien avec votre arrestation, père, lui révéla Leonora à voix basse. La coïncidence est curieuse.

Ce fut au contraire à voix tout à fait haute que le maître des Eaux rejeta cette hypothèse. Il savait pertinemment quelles causes lui valaient de loger ces jours-ci chez le doge. Un secrétaire du tribunal, venu recueillir sa déposition, l'en avait informé. Il avait été dénoncé par l'un de ces messages immondes que les Vénitiens se plaisaient à déposer dans les *bocche del leone* installées ici et là en ville, une institution dont l'administration des finances faisait plus grand usage encore que la police.

Leonora sortit de son corsage le carnet sur lequel monsieur Émile et elle avaient entrepris de noter les détails de leur enquête. Elle le pria de préciser de quels trafics il était accusé.

La dénonciation pointait une incongruité dans les comptes de son service des eaux, entre les sommes mises à sa disposition et les dépenses enregistrées. Leonora resta le crayon en l'air, attendant qu'il s'explique.

– Tous les bons gestionnaires en usent ainsi! protesta-t-il.

Il avait eu besoin d'accessoires qui ne pouvaient être livrés à temps par les ateliers vénitiens, tombés en désuétude, et de matériaux dont l'importation strictement réglementée n'aurait pu se faire qu'après la fin de ses fonctions, vu les délais. Il avait acquis en sous-main, dans d'autres villes, les articles nécessaires au bon fonctionnement de son bureau.

– Crois-tu qu'on m'en saurait gré ! s'exclama-t-il avec la mine outrée de l'ermite découvrant la nature humaine.

Les *Procuratie* avaient fait vérifier les livres avant qu'il n'ait eu le temps de les corriger. Et, bien sûr, les factures manquaient.

– On ne fait rien de bien dans la légalité, de nos jours, bougonna-t-il. Il faut choisir entre l'efficacité et la loi.

Sa fille devina quel choix il avait fait. Il avait voulu être loué pour sa bonne gestion du curetage. Au-delà de la vase des canaux, c'était le bonnet ducal, qu'il visait. Un autre type de boue, plus tenace, l'avait hélas éclaboussé.

Elle s'enquit de l'étendue de cette « incongruité » comptable. Celle-ci s'élevait malheureusement à une somme très importante, le cours du cuivre et les importations de contrebande n'étant pas des domaines bon marché. La Dominante ne plaisantait pas avec l'utilisation de son argent, à une période où elle avait grand mal à remplir ses coffres. Comme nul document ne portait la trace de ces transactions, et pour cause, son zélé serviteur allait devoir affronter une pénible accusation d'enrichissement personnel.

Leonora revit en pensée le petit groupe d'imbéciles qu'elle avait rencontré au service de nettoyage, un peu plus tôt dans la journée. Ce détournement ne pouvait-il être rejeté sur l'un de ses clercs ?

L'accusation détenait par malheur une pièce signée de sa main, qu'il allait avoir du mal à contester. Le cas était pendable. Or, il lui fallait un non-lieu rédhibitoire pour dissiper le moindre doute. Un infime voile de soupçon suffirait à salir son honneur – et compromettrait ses élections futures. Les charges de l'administration vénitienne étaient toutes attribuées par un vote du Grand Conseil ou des diverses assemblées qui gouvernaient la République. Le moindre défaut de moralité pouvait vous faire perdre les voix nécessaires pour décrocher les bonnes places.

– Il s'agit évidemment d'un complot contre ma personne, pour m'empêcher de parvenir au trône ducal ! grogna son père, tandis qu'elle résumait tout cela dans son carnet.

Elle lui demanda s'il savait qui pouvait vouloir lui barrer l'accès à la dignité suprême.

– La moitié du patriciat de Venise ! s'écria-t-il avec un geste qui semblait englober la terre entière.

Il se mit à éructer des imprécations contre ses ennemis jurés, ces Memmo intrigants, ces Bragadino sans scrupules, et ces Ruzzini, qui le vouaient aux gémonies depuis qu'il avait décroché la glorieuse charge d'éboueur en chef au détriment d'un de leurs vagues cousins.

– Vois-tu, mon enfant, il y a une tache qui souille notre famille depuis longtemps. Certains esprits obtus ne peuvent nous la pardonner.

Une nouvelle fois, elle s'attendit à quelque meurtre honteux perpétré par l'un de leurs aïeux, une ou deux générations plus tôt. Il baissa la voix, comme si cette révélation était le seul propos qu'il importait de soustraire aux oreilles indiscrètes :

– Notre noblesse ne remonte qu'à l'an 1381 ! Les familles enregistrées depuis l'an 1297 n'ont que mépris pour nous ! Il faudra bien un jour ébranler les règles étroites de cette aristocratie obtuse, où une poignée de nantis confisque le pouvoir !

Leonora avait du mal à concevoir comment des différences si légères pouvaient encore diviser les gens au bout de quatre cents ans.

– Ainsi vous êtes pour l'égalité entre tous les patriciens de Venise ? conclut-elle.

Cette idée le scandalisa.

– Ah, non ! Ceux qui ont été anoblis au siècle dernier sont des parvenus qu'on aurait mieux fait de laisser dans leur fange ! Ils n'auront jamais notre prestige ! Il faut au moins trois siècles de noblesse pour atteindre un tel degré de perfection et de raffinement !

Leonora constata que le libéralisme de son père fondait ses limites sur le calendrier. Il était temps de se retirer, ou bien le personnel des Plombs se serait fait de vilaines idées sur la présence de cette « lavandière » auprès du détenu. Elle ramassa la vaisselle vide et le linge à laver, embrassa le malheureux et lui promit de tout mettre en œuvre pour le tirer de là. Il accueillit la déclaration avec une bonhomie qui devait moins à sa confiance dans les talents de sa fille qu'au vin de Tokay dont il venait de s'abreuver sans mesure.

Comme elle quittait le corridor des hôtes forcés, une main épaisse et velue s'abattit sur son épaule. Les deux gardes qui l'avaient fait entrer, des colosses aux mines patibulaires, se tenaient derrière elle, beaucoup trop près à son goût. Elle avait tout de la souris coincée dans un garde-manger par les deux matous ventripotents de la cuisinière.

– Veuillez nous suivre, *madamina*, dit l'un d'eux d'une voix sépulcrale.

Le ton était infiniment moins amène que celui avec lequel on avait accueilli la lavandière une heure plus tôt. Elle en déduisit que son incognito était éventé, que le personnel s'était fait sermonner, et que c'était maintenant son tour de payer pour ses erreurs.

Par un escalier dérobé, ils la conduisirent deux étages plus bas, dans l'aile qui donnait sur l'étroit *rio di Palazzo* qu'enjambait le pont des Soupirs et sur les murs de briques nues de la basilique. Elle se demanda quelle était la peine encourue pour s'être introduite illégalement dans le Palais, pour avoir rencontré un prévenu placé au secret, pour avoir stipendié le personnel de la Sérénissime... Elle interrompit l'énumération des délits dont elle s'était rendue coupable : ils lui donnaient le tournis.

Les gardiens s'arrêtèrent devant une haute porte à deux battants. Ils remirent leur prisonnière penaude entre les mains de serviteurs noirs enturbannés qui lui firent encore plus peur. C'était la première fois qu'elle se trouvait au contact d'Africains. Il courait à propos de ces peuples lointains d'affreuses rumeurs auxquelles elle s'efforça de ne pas penser. Les Maures entrouvrirent la porte et la poussèrent de l'autre côté.

Il fallut un moment à Leonora, convaincue qu'on venait de la jeter dans quelque antichambre du Tribunal suprême, pour s'accoutumer à la pénombre. L'éclairage principal était assuré par une bûche qui se consumait dans une large cheminée de pierre très ouvragée, bien que la température extérieure soit douce pour la saison. Il y avait, adossé au mur opposé, un lit à baldaquin dont le rideau avait été ouvert sur un seul côté. Un grand chandelier à cinq branches était posé sur la table de nuit. S'étant approchée, elle vit, assis contre les oreillers, un vieil homme au teint cireux, à la tête couverte d'un bonnet de laine en forme de *corno* ducal. Grelottant sous ses couvertures, le cent seizième doge de Venise s'éteignait avec lenteur.

Peu de gens avaient eu l'occasion de contempler de si près Francesco Loredan depuis son élection, dix ans plus tôt. À soixante-dix-sept ans, usé par ses souffrances, il ne ressemblait plus guère au portrait effectué lors de son accession au trône, posé sur un chevalet, dans un angle de la pièce, en attendant d'être accroché dans la salle du Scrutin, à la suite des cent quinze précédents, quand l'heure serait venue.

L'immobilité du prince sérénissime laissa à la jeune fille le temps de rassembler ses esprits. Elle se prépara à jouer son rôle de lavandière intimidée, quitte à devoir fondre en larmes devant le vieillard, qui ne devait plus être si terrible, vu son âge et son état. Ce dernier ouvrit les yeux, tourna la tête de son côté et la regarda avec curiosité. Elle remarqua qu'ils étaient bleus, très clairs, presque délavés.

– Voici donc enfin ma fille qui vient me voir, articula le doge d'une voix chevrotante. Ce n'est pas trop tôt ! La jeunesse n'a plus le respect des anciens.

Leonora se dit que le vieillard avait perdu la tête au point de confondre n'importe qui avec sa progéniture.

Elle avait déjà remarqué cet effet du grand âge lors des visites de charité auxquelles les contraignaient les religieuses pour les encourager à la compassion.

– Je ne suis que la chambrière venue apporter du linge à mon patron, corrigea-t-elle avec une révérence pleine de respect.

Le doge opina du menton.

– C'est ce qu'il faudra dire quand tu sortiras d'ici, ma petite Pucci. Ton secret doit rester entre nous.

L'étonnement de l'ancienne pensionnaire des ursulines à se trouver en présence du doge ne fut rien à côté de l'ébahissement qu'elle éprouva en entendant son surnom. Par quel mystère un si haut personnage pouvait-il en avoir eu connaissance ?

– Votre Sérénissime Seigneurie me confond avec quelque autre jeune fille. Mon père est un Vénitien de vieille souche.

Loredan émit un couinement qui ressemblait à un rire. Sa bouche édentée s'étira. Il souriait.

– Dalla Frascada ? Toute sa vie, il a rêvé de prendre ma place ; à présent, il voudrait me prendre ma fille ! Il se croit ton père parce que je le veux bien. Cela fait partie du plan. Tu sauras tout en temps utile.

Il saisit une clochette suspendue près du lit. Au second tintement, l'un des Maures en turban entra avec un plateau où l'on avait disposé un service à chocolat. Le plateau fut installé par-dessus les jambes du doge, qui invita sa visiteuse à prendre place dans un fauteuil, non loin de lui. L'Africain présenta une tasse à Leonora, qu'elle accepta en espérant que tout cela n'était qu'un songe et qu'elle n'était donc pas brusquement devenue folle.

– Cela ne fait pas partie des aliments autorisés par mon médecin, dit Loredan, mais nous n'allons pas fêter nos retrouvailles à l'eau de pluie, n'est-ce pas ?

– Que Votre Sérénissime Seigneurie me pardonne, mais mon nom n'est pas « Pucci », dit-elle avec l'espoir de dissiper le malentendu.

– Bien sûr, dit le doge. C'est le curieux surnom dont t'ont affublée les nonnes. Moi, je t'ai donné les prénoms de Leonora Agnela Immacolata.

Il expliqua qu'il était alors dans sa période dévote. Il s'était d'ailleurs bien repenti de lui avoir donné la vie dans la joie et le plaisir. Puis il avait été élu doge et sa vision du monde était devenue beaucoup plus prosaïque.

Leonora fut troublée. Quelqu'un avait-il réussi à convaincre tous les hommes de cette ville qu'ils étaient son père ?

Francesco Loredan goûta son chocolat, puis reprit son discours avec une expression pleine de malice :

– Ah ! Ta mère l'a bien eu, cet idiot. Vois-tu, à l'époque, avec l'élection en vue, il n'était pas question pour moi d'avoir un enfant adultérin. Elle a trouvé ce biais et je lui en suis toujours resté reconnaissant.

Leonora refusait absolument de croire que cet homme était à l'origine de son existence. Elle venait à peine de s'habituer à l'idée d'être la fille de Son Excellence dalla Frascada et ne se résolvait pas à changer de lignée deux fois dans le même mois. Néanmoins, poussée par la curiosité autant que par le souci d'entretenir la conversation, elle ne put se retenir de poser la question qui lui brûlait les lèvres depuis sa sortie du couvent :

– Peut-être, dans ce cas, Votre Altesse sérénissime acceptera-t-elle de m'apprendre qui est ma mère ?

Le doge parut surpris.

– Comment ! On ne t'a rien dit ? Décidément, nos patriciens n'aiment rien tant que leurs petits secrets. Ils font mystère des plus simples choses. Tu as beaucoup de chance, mon enfant. Non seulement tu es la fille du doge, mais ta mère est l'une des plus grandes courtisanes que cette ville ait jamais connues.

Bien qu'elle n'eût pas une très longue expérience de la vie, Leonora avait tout de même entendu parler de ce genre de femme. Les courtisanes n'exerçaient pas *a priori* le métier le plus prisé des ursulines.

– Je ne suis pas la fille d'une prostituée ! protesta-t-elle avec horreur, manquant de renverser le liquide onctueux contenu dans sa tasse.

Le doge se récria.

– Fi ! Le vilain mot ! La méchante idée ! Bien sûr que non ! Sache, mon enfant, que ta mère est une personne des plus honorables, qui reçoit le meilleur monde. Elle est très appréciée de tout ce qui compte dans notre cité, et il serait vraiment de mauvais goût de la confondre avec ces malheureuses qui hantent les arcades à la nuit tombée.

La nuance ne suffit pas à réconcilier la demoiselle avec cette information.

– Ainsi ma mère exerçait la profession de fille de joie… répéta-t-elle avec accablement.

De nouveau, le doge haussa les sourcils.

– Comment, « exerçait » ? Mais elle l'exerce toujours, je te l'assure ! Les femmes aussi exceptionnelles ont de la ressource pour résister à la fuite du temps, crois-moi.

Leonora se demanda si elle pouvait tomber plus bas. Bizarrement, alors qu'elle refusait de croire à sa parenté avec cet aimable vieillard couronné, elle ne doutait pas que la courtisane était effectivement celle à qui elle devait le jour. Voilà qui expliquait sa propre relégation dans un couvent lointain. Aussi la grandeur de son origine paternelle ne compensa-t-elle en rien le préjugé qu'elle nourrissait à l'encontre de son extraction maternelle. La contrariété inscrite sur ses traits rendait ses pensées transparentes.

– J'oubliais que tu sors à peine des mains des nonnes, dit le doge. Ce sont de braves femmes, mais elles ne préparent guère leurs pupilles à la réalité du monde. Bien qu'à vrai dire nombre de nos courtisanes aient été leurs élèves. À commencer par ta chère mère, si je ne m'abuse.

Leonora aurait préféré continuer d'ignorer que l'institution sainte à laquelle elle se raccrochait était connue comme une excellente fabrique de filles publiques. Elle dut encore subir les réminiscences de Francesco Loredan, qui détailla avec plaisir les charmes et qualités de la courtisane, sa mère, jusqu'à ce que le vieil homme pousse un profond soupir et se laisse retomber sur ses oreillers, épuisé par cette évocation émouvante des frasques qui avaient précédé son accession à la plus haute charge de l'État.

– Il reste à me dire pourquoi mon petit ange rôde la nuit dans mon palais, souffla-t-il.

Puisque tout valait mieux que de l'entendre relater ses virées dans les bas-fonds, Leonora se résigna à lui révéler qu'elle s'était mis en tête de disculper Cesare dalla Frascada.

– Pourquoi te préoccuper de cet homme qui ne t'est rien ? s'étonna le doge.

– Que Sa Sérénissime Grandeur me pardonne, mais, durant le peu de temps où j'ai eu un père, c'est *ser* dalla Frascada qui a tenu ce rôle. Je ne puis me départir si vite de tout sentiment filial à son égard.

L'explication ravit le vieillard.

– Je reconnais bien là mon sang. J'ai toujours été trop sentimental, moi aussi. Et honnête. Et fidèle.

– Je suis sûre que ce sont ces qualités qui vous ont permis d'accéder à la magistrature suprême.

Le rire du doge finit en quinte de toux.

– Le fait qu'on m'a pris pour un imbécile, si tu veux ! corrigea-t-il lorsqu'il eut retrouvé sa voix. Quoi qu'il en soit, je suis content de voir que tu as bon cœur, même si tes sentiments te jettent dans des aventures qui ne sont ni de ton sexe, ni de ton rang.

Elle fut tentée de rétorquer qu'il n'avait rien fait pour qu'elle occupe le moindre rang dans cette cité, au contraire du patricien emprisonné deux étages plus haut. Loredan agita l'index de gauche à droite pour appuyer ses recommandations :

– Tu ne dois pas espérer sauver cet ambitieux benêt chez qui tu loges. Pour lui, au mieux, ce sera la relégation dans ses domaines de terre ferme. À condition que les inquisiteurs d'État ou le Conseil des Dix ne s'en mêlent pas ! Je n'ai plus guère de pouvoir sur eux, et je n'aimerais pas que cet idiot entraîne mon petit ange dans sa chute.

Il ôta l'une des bagues qui ornaient ses doigts noueux et la lui remit.

– Cache ceci et prends-en bien soin, recommanda-t-il en refermant la main de la jeune fille autour du bijou. Si tu te trouves un jour dans une situation périlleuse, montre-le.

Il lui fit signe de se pencher afin qu'il puisse déposer sur son front un baiser qui était le premier et serait sans doute le dernier.

Tandis qu'elle traversait la Piazzetta pour rejoindre sa gondole, la tête vide, comme une somnambule, le doge fit appeler son secrétaire et lui dicta un décret. La Sérénissime Seigneurie accordait une gratification de cinq cents doubles d'or à l'institution pieuse des ursulines de Vicence, en reconnaissance de leurs efforts envers la jeunesse nécessiteuse.

X

Le jour était levé sur Ca' Civran quand Leonora ouvrit les yeux. Elle tâtonna sur la table de nuit, à la recherche de sa montre de gousset. Sa main rencontra la bague du doge, qu'elle y avait déposée la veille au soir. C'était un anneau d'or finement ciselé, où brillait un saphir. Les lettres *PTMEM* avaient été gravées à l'intérieur. Il était trop large pour son annulaire, aussi le glissa-t-elle pour l'heure dans sa bourse aux sequins.

Lorsqu'elle descendit prendre sa collation matinale, elle trouva Flaminio dell'Oio attablé dans la salle à manger, la serviette autour du cou, fort occupé à déguster les *fregolate* qu'on avait préparées pour elle.

– Quand on a besoin de lui, un bon courtisan vénitien est toujours là avant qu'on ne l'appelle, répondit-il par avance à ses interrogations.

Il lui servit lui-même le café et attendit qu'elle ait goûté un biscuit aux amandes croustillant pour demander ce qu'elle avait appris au cours de sa visite nocturne des Plombs.

– Que ma mère est une traînée, laissa-t-elle tomber entre deux bouchées.

Après deux mots d'explication, le courtisan lui assura qu'elle n'avait pas lieu d'être mécontente : les

Vénitiens étaient tellement imbus de leur rang qu'ils préféraient une courtisane bien née à une bourgeoise honnête mais parvenue. N'était-ce pas ce même raisonnement qui leur faisait choisir une fiancée issue d'un noble par la main gauche, plutôt que celle d'un commerçant industrieux ? Un point restait donc à éclaircir : sa mère, la courtisane, était-elle bien née ?

Ces distinctions étaient encore tout à fait étrangères à l'ancienne pensionnaire de Vicence. Elle aurait, pour sa part, préféré n'importe quelle épicière honorablement connue à une duchesse dépravée, et vérifiait de jour en jour cet adage selon lequel on ne choisit pas ses parents.

Dalla Frascada, quant à lui, n'avait pas choisi ses fils, ou bien il s'y était mal pris. Tout ce qu'on vit des deux absents, ce matin-là, ce furent deux lettres arrivées simultanément par le courrier de Vérone, que Loreta apporta sur un plateau d'argent.

– *Donna* Soranza sera sans doute soulagée d'avoir de leurs nouvelles, dit Leonora.

– Je n'en jurerais pas, répondit la servante : leurs obligations les retiennent sur la terre ferme, *ser* Traiano dans son gouvernorat, et l'abbé Pompeio au Vatican.

L'ingratitude de ses demi-frères étonna moins la jeune fille que les libertés prises par la domestique avec le courrier de sa maîtresse.

– Tu les as lues ! s'écria-t-elle sans parvenir à en croire ses oreilles.

– La patronne est absente ; comment trouver la patience d'attendre qu'elle les ouvre ? rétorqua Loreta, sur le même ton que si on avait prétendu la priver de sa gazette du jour. J'ai tout bien refermé, il n'y a pas de préjudice.

Leonora avait du mal à croire que madame dalla Frascada était déjà sortie, si tôt dans la matinée.

– Dites plutôt qu'elle n'est pas rentrée de la nuit ! déclara la servante en déposant son plateau sur une commode. Ses efforts pour faire comme si de rien n'était l'ont occupée à tel point qu'elle a oublié l'heure.

– Et elle y réussit fort bien, commenta dell'Oio, à qui, décidément, rien n'échappait. Elle était à minuit au Ridotto, où elle a enlevé cinq cents ducats au pharaon. Tout le monde a mis sa chance au compte de ses malheurs. L'instant d'après, elle faisait plus envie que pitié et avait de nouveau beaucoup d'amis !

La Frascadina ne parvenait pas à définir si l'incroyable incapacité des Vénitiens à prendre quoi que ce soit au tragique constituait pour eux un avantage ou une malédiction.

Lorsqu'ils sortirent de Ca' Civran, la jeune fille donnait l'impression de s'en aller en visite avec son sigisbée. Les Vénitiens riches passant directement de leur demeure à leur gondole, Leonora songea que, le jour où l'on trouverait le moyen de supprimer les escaliers, ils ne prendraient plus aucun exercice de toute la journée.

Il y avait d'ordinaire plusieurs embarcations à leur porte, comme chez toute famille soucieuse de soutenir son rang. Pour l'heure, sa mère et son frère les monopolisaient pour leur usage personnel. Leonora se rabattit sur la seule disponible :

– Nous allons prendre celle de mon père. Les gens croiront qu'il se promène en ville, ce sera tant mieux.

L'élégante barque noire portait sur son flanc le blason gris et bleu des dalla Frascada, unique ornement autorisé aux sombres véhicules des Vénitiens. Une fois installés sur les coussins, derrière les rideaux qui les dissimulaient aux regards des indiscrets, la jeune fille résuma sa conversation avec son père : le prévenu était sous le coup d'une dénonciation anonyme qui l'accusait d'un détournement de fonds. Il ne pouvait démontrer son innocence sans avouer qu'il s'était livré à des importations illicites. Pire encore, sa signature le compromettait dans des manipulations comptables.

– Votre père mène une vie passionnante, dit rêveusement le courtisan, qui estimait déjà à vue de nez les bénéfices que cette affaire épineuse pouvait lui rapporter. Je vais essayer d'apprendre quel est ce document et qui s'occupe de tout ça. Il nous faut aussi le nom de l'avocat qui va assurer sa défense.

Comme il suggérait qu'il allait avoir des frais, la Frascadina sortit de sa bourse une poignée de pièces d'argent parmi lesquelles s'était égaré un sequin d'or. Flaminio dell'Oio s'empara de celui-ci et déclara qu'il se chargerait de faire de la monnaie.

Ils sentirent soudain un petit choc contre la coque et virent par la fenêtre qu'une gondole venait de s'accoler à la leur. Le *barcarol* se pencha sur l'ouverture de la cabine :

– C'est la patronne, qui est là. Elle vous prie de lui rendre visite.

Les deux gondoliers s'engagèrent dans un *rio* latéral pour ranger les embarcations le long d'un mur de briques, afin de ne pas gêner la circulation. Les jeunes gens quittèrent leurs banquettes. Tandis que les marins tenaient fermement les barques, dell'Oio aida Leonora à passer d'un bord à l'autre. Les marins lâchèrent leur prise, et les gondoles s'écartèrent doucement au gré des vagues.

– Entrez dans mon vrai chez-moi ! lança l'épouse du patricien depuis sa *felze*.

Autant celle-ci ressemblait, de l'extérieur, à n'importe quelle autre, autant son agencement était unique. Ils pénétraient dans le véritable espace de liberté de la patricienne, sa gondole particulière, où elle faisait ce qu'elle voulait, recevait à sa convenance, et qui l'emportait discrètement vers la destination de son choix. Son intérieur flottant était très confortablement installé. La maîtresse des lieux était avachie sur un sofa de soie rose bien rembourré. Il n'était pas nécessaire de connaitre l'emploi du temps de sa nuit blanche ou de remarquer le parfum de liqueur des Alpes qui régnait dans ce petit boudoir pour comprendre qu'elle était grise. Elle fit mine de les gronder :

– Imaginez ma surprise de voir tout à coup la gondole de mon Cesare ! dit-elle en désignant du doigt la petite fenêtre par laquelle on pouvait observer le paysage sans être vu. Quelle peur j'ai eue ! J'ai cru qu'il était libre !

Certes, le maître des Eaux n'aurait pas été ravi de rencontrer sa femme en robe de soirée, à cette heure matinale, sans même un chaperon. *Donna* Soranza ouvrit un tiroir sous son siège et en sortit un sachet de papier plein de confiseries au miel, aux amandes et à la cannelle, qu'elle leur offrit. Après avoir émis, sur un ton complice, quelques allusions au fait que sa fille se promenait sans vergogne en compagnie d'un bel inconnu, ce qui fit rougir le courtisan vénitien plus encore que la demoiselle, elle leur proposa d'aller prendre quelque chose dans une *bottega da caffè* à la mode :

– Ils font des *struccoli alla carsolina* qui sont à se damner !

Leonora accepta volontiers, bien que sa mère ait pris de l'avance dans la damnation.

Un bruit effroyable les fit sursauter si fort qu'ils heurtèrent le plafond. Ils écartèrent en toute hâte les voilages cramoisis qui masquaient les ouvertures. À quelques brasses d'eux, la poupe et la proue d'une gondole pointaient vers le ciel. Entre ces extrémités, rien, nulle trace de ce qui avait été l'habitacle des passagers. Leur effroi atteignit son comble quand ils virent que c'était cette même embarcation qu'ils avaient quittée quelques instants plus tôt.

– On a fait sauter la gondole de papa ! s'exclama Leonora.

– Eh bien ! Je n'aurai plus à m'effrayer de la voir rôder sur le Grand Canal ! en déduisit sa mère avec un fatalisme qui devait beaucoup aux alcools forts.

Flaminio dell'Oio se précipita hors de la cabine, suivi de près par Leonora, bientôt rejointe par sa mère, qui avançait d'un pas hésitant. Deux mains vinrent s'accrocher au rebord de leur gondole. C'était leur *barcarol*. Celui de *donna* Soranza s'arracha à son effroi pour l'aider à se hisser au sec. Le pauvre homme leur relata en bégayant qu'il avait entendu une sorte de sifflement. Puis il s'était élevé dans les airs - sa première pensée était qu'il venait de mourir et que le bon saint Pantalon l'appelait au Ciel. Cette idée avait été fugace, car il n'avait pas tardé à redescendre plus vite qu'il n'était monté et s'était retrouvé sous les flots opaques au lieu de voleter parmi les anges.

Tout le monde contemplait avec atterrement ce qu'il restait du véhicule paternel. La *felze* n'existait plus. Il était évident que ses occupants seraient, eux, effectivement passés dans un monde meilleur s'ils s'y étaient trouvés au moment de la catastrophe. S'ils en jugeaient d'après les reliefs flottant sur le *rio*, les morceaux de leurs corps déchiquetés auraient dérivé parmi les bouts de bois.

– Ouh ! C'est Cesare qui ne va pas être content ! déclara madame dalla Frascada, que le choc n'avait pas dégrisée. Les méduses sont féroces, cette année !

Les vagues portèrent de leur côté un débris de coque où était encore visible le blason familial, qui n'ornait plus désormais qu'une plaque noire défoncée. « Mon Dieu ! pensa dell'Oio. Un sifflement ! Une explosion ! On nous a tiré dessus au canon ! »

– Ne restons pas ici, dit-il en saisissant sa cliente par le bras. Il est temps de prendre ce rafraîchissement dont nous parlions.

Donna Soranza avait maintenant bien d'autres choses en tête que les charmes des cafés de Venise. Elle donna l'ordre à son batelier de la conduire chez celle de ses amies qui habitait le plus près, afin de commencer à répandre la nouvelle. Cet événement était encore plus sensationnel que l'emprisonnement de son mari au Palais ducal, on ne parlerait bientôt plus que d'elle dans toute la ville.

Les jeunes gens passèrent quant à eux sur le quai le plus proche et s'attablèrent à la terrasse d'une *bottega da caffè* locale, qui n'offrait sans doute pas les *struccoli alla carsolina* affectionnés par les damnés du jour, mais dont les chaises et l'alcool aux noyaux d'abricots furent néanmoins tout à fait bienvenus.

– J'ignorais qu'on en voulait à ce point à mon père, dit Leonora en considérant d'un air hébété le petit verre d'amaretto qu'on venait de poser devant elle.

Le courtisan vénitien fit un bond sur son siège.

– N'avez-vous pas compris ? C'est vous qu'on a tenté de pulvériser, et moi avec !

La jeune fille écarquilla les yeux. Elle cessa de contempler son verre, le vida d'un trait et le tendit d'un geste résolu au cafetier pour qu'il le remplisse à nouveau. Tandis que les couleurs revenaient à ses joues, dell'Oio résuma sa vision de la situation : les assassins de Cannaregio savaient qu'elle enquêtait sur les ossements. Sa vie était menacée. Il importait de la conduire en lieu sûr. Leonora venait d'arriver à Venise, elle ne put songer qu'à monsieur Émile, mais ignorait où il logeait.

– Le vieux Français ? dit le courtisan. À Santa Giustina.

Son métier n'était-il pas de connaître tout le monde ? Ce qui intriguait le plus son employeuse, c'était le moyen qu'on avait pu utiliser pour faire exploser une gondole en plein jour, en pleine ville. Lorsqu'ils se levèrent, les badauds attirés par la rumeur se pressaient sur le quai et sur le pont de briques. Ils regardaient les planches brisées flotter sur le *rio* et échangeaient des commentaires enflammés sur l'« accident ». Leonora choisit parmi eux quelques hommes de main, qu'elle chargea de réunir tous les morceaux qu'ils pourraient récupérer. Une grosse marchande à la tête couverte d'un fichu l'apostropha :

– Ne t'embête pas avec ça, ma petite. Elle sera impossible à recoller. Sa femme lui en achètera une neuve. Ça lui fera un cadeau pour sa sortie des Plombs.

C'était un tout autre projet que la jeune fille avait en tête.

Flaminio dell'Oio l'entraîna dans le dédale des *calli*. Marcher était le meilleur moyen de passer inaperçus. En outre, après ce qui était arrivé à la belle embarcation de *ser* dalla Frascada, l'envie de naviguer lui était passée pour quelque temps. Leonora protesta :

– Monsieur Émile dit qu'il n'y a que les petites gens pour aller à pied, et que cela n'est pas de ma condition.

– Tant mieux ! rétorqua le courtisan vénitien. Oubliez la Frascadina, elle vient de couler à pic. Si vous voulez vivre, il ne faut plus être que Leonora, la fille du peuple.

La « fille du peuple » disparut à sa suite dans l'enchevêtrement de ruelles de la paroisse Santo Stefano, partagée entre la joie de courir à nouveau et l'appréhension bien vénitienne de ce que ces pavés allaient faire subir à ses souliers vernis.

XI

La paroisse de Santa Giustina était située de l'autre côté du *sestiere* de Saint-Marc, autant dire à l'autre bout de Venise. Leonora et son guide avançaient d'autant moins vite que ce dernier se retournait sans cesse pour vérifier que nulle ombre menaçante ne se profilait derrière eux.

– Quel dommage que nous ne soyons pas au temps du carnaval, nota le jeune homme. Vous pourriez aller partout sous le couvert d'un masque, votre anonymat serait garanti.

Il fallait tenir jusqu'à l'Ascension. Le 2 mai, le doge irait jeter son alliance à la mer et le carnaval reprendrait pour deux semaines, en même temps que la grande foire annuelle.

– C'est encore loin ? geignit la Frascadina, qui avait du mal à s'effacer tout à fait sous mademoiselle Pucci.

Certes, quand on ne s'en remettait pas au glissement paisible d'une gondole, les distances augmentaient furieusement. Venise étant un enchevêtrement de rues coudées et de ponts, les trajets n'étaient ni directs, ni simples. En revanche, ils étaient magnifiques et instructifs. Il y avait toujours quelque détail architectural à admirer, quelque façade d'église ou de maison à examiner, quelque sculpture à découvrir. Leonora n'était hélas pas d'humeur à s'extasier sur le paysage, aussi jugea-t-elle seulement ce quartier excentré et malcommode.

– Si nous vous logions sur la Piazza, rétorqua son guide, votre anonymat ne durerait pas le temps de réciter la devise de notre ville.

Comme l'éducation vénitienne de la jeune fille recelait quelques lacunes, il la lui rappela :

– *Pax Tibi Marce Evangelista Meus.* C'est inscrit sur toutes les effigies du lion ailé. Voilà encore un effet de vos promenades en gondole : vous ne voyez rien de près, vous visitez la ville dans un brouillard confus.

Ces mots latins évoquèrent quelque chose à Leonora. Elle sentit obscurément que c'était important, mais ne parvint pas à fouiller sa mémoire, emportée comme elle l'était dans cette course à petits pas à travers les méandres de la Dominante.

Ils arrivèrent à une bâtisse aux murs lépreux que rien ne différenciait des autres, montèrent directement au second et toquèrent à l'unique porte du palier.

L'homme âgé qui leur ouvrit était à peine levé ou bien ne s'était pas vraiment couché. Il avait posé sur sa tête un bonnet informe qui le faisait ressembler à quelque philosophe excentrique tel qu'on en voyait sur les gravures représentant les encyclopédistes. L'absence de sa perruque poudrée lui faisait perdre une bonne part de sa superbe. Il fut fort surpris de les voir surgir chez lui.

– *Madamina* dalla Frascada ? Nous n'avions pas de leçon, ce matin, je crois ?

Le courtisan vénitien lui fit signe de se taire. Ce nom ne devait plus être prononcé dans cette zone de la cité. Ils s'invitèrent à l'intérieur et refermèrent soigneusement derrière eux.

Le logement de monsieur de Rofiniac était une sorte de grotte remplie de livres, de papiers, de curiosités et de reproductions d'antiques en plâtre patiné. C'était moins un appartement qu'une annexe de la Biblioteca Marciana pour érudits en mal d'études. Un malheureux sofa recouvert de draps et d'oreillers froissés témoignait du peu d'intérêt qu'éprouvait le Français pour son confort.

– Où allons-nous donc vous loger ? demanda-t-il lorsqu'ils lui eurent résumé les événements.

– Pas ici, en tout cas, répondit la Frascadina à la vue des liasses de documents qui recouvraient le moindre meuble.

Son précepteur se souvint qu'il y avait une chambre vide au dernier étage. Ils descendirent au rez-de-chaussée recommander la jeune fille à la propriétaire.

– Signora Pauli ! cria monsieur Émile à travers la porte. J'aimerais vous dire un mot !

– Je cuisine ! répondit une voix rogue. Glissez votre mois sous la porte !

Le Français eut un regard gêné pour ses invités. L'avenir de sa protégée étant plus important qu'une préparation culinaire, du moins de son point de vue, il insista pour que sa logeuse quitte un instant ses fourneaux :

– Votre minestrone peut bien attendre une minute, chère madame !

La femme aux formes opulentes qui apparut dans le couloir semblait d'un avis tout différent quant aux priorités de l'existence. Elle les rejoignit en essuyant sur son tablier ses mains pleines de farine. On ne pouvait douter qu'ils la dérangeaient.

– Vous comptez me prier à dîner ? demanda-t-elle sans la moindre aménité.

Le précepteur perdit de sa contenance.

– Ma cousine de Vicence, dit-il en désignant Leonora, derrière qui il s'effaça de manière à la laisser en première ligne.

La mine méfiante que fit la logeuse à la vue de cette demoiselle trop bien mise pour être honnête ne s'améliora pas quand elle entendit le troisième larron, un jeune homme qui avait tout d'un entremetteur louche, déclarer que la « chère enfant » avait besoin d'une chambre pour quelques jours. La signora Pauli n'avait nulle envie d'abriter les amours immorales de cet étranger aux mœurs bizarres, à l'image de tous ces libidineux qui se pressaient en masse dans sa belle ville. « Étrangers » était le mot générique pour désigner toute personne née ailleurs que dans la lagune, et même tous ceux qui ne pouvaient se prévaloir d'au moins trois générations d'ancienneté vénitienne. Autant dire que l'univers entier était la proie de barbares imperméables au raffinement millénaire cultivé par les Vénitiens de pure souche.

– Et peut-on savoir comment se nomme cette « cousine » qui vous vient de Vicence ? demanda-t-elle en tournant vers l'intruse son œil inquisiteur.

Vicence étant située en Vénétie, la demoiselle était un peu moins suspecte de barbarie que si elle était venue, par exemple, de Mantoue, ce repaire de coquins, ou de Modène, lieu de perdition où les jeunes filles sortaient sans coiffe, autant dire toutes nues. Elle n'en restait pas moins une créature de terre ferme, donc sujette à caution.

– Je me nomme Leonora Pucci, répondit la Frascadina.

Sa première impulsion avait été de répondre « Loredan », puisque le vieux doge avait tant insisté pour l'appeler sa fille. Mais se prévaloir d'un nom si glorieux n'était pas le meilleur moyen de passer inaperçue. Mieux valait opter pour le second patronyme qui lui était venu à l'esprit, celui par lequel le vieillard l'avait désignée de prime abord : son surnom du couvent.

Son énoncé confirma à la logeuse qu'elle était en présence de l'envahisseur, puisqu'il ne figurait pas dans la liste des patronymes locaux enregistrés, classés, estampillés, que tout bon Vénitien se faisait un devoir de connaître par cœur dès sa plus tendre enfance. Déjà son esprit retournait vers ses chères nouilles abandonnées à mi-parcours. Leonora sentit que la porte allait se refermer sur un refus sans appel. Elle tira de sa ceinture les bonbons de sa mère, qu'elle avait rangés là sans y penser lors de l'explosion, et offrit l'une des friandises à la mégère, dont le visage s'éclaira soudain :

– Des *mando'lati* de Vicence ! On n'en trouve plus nulle part !

– J'ai une vieille tante qui travaille pour le confiseur. Je pourrai vous en avoir d'autres. Prenez déjà ceux-ci, dit-elle en lui tendant le paquet.

La logeuse, qui venait d'enfourner deux morceaux dans sa bouche avide, la regarda comme Santa Maria dei Miracoli venue répandre ses grâces sur le bon peuple de la lagune. La jeune fille avait mis le doigt sur l'un des rares produits barbares qui trouvaient grâce à ses yeux. La signora Pauli fit disparaître le sachet dans une poche de son tablier avant que l'écervelée ne s'aperçoive qu'elle dilapidait ses trésors. Comme il importait de ne pas se couper de cette source d'approvisionnement inespérée, elle déclara qu'elle avait justement une chambre vacante. La moralité de la nouvelle venue venait de trouver un certificat bien plus solide que tout ce qu'aurait pu baragouiner le Français avec son vilain accent rocailleux. Elle empoigna la « cousine » par le bras et l'entraîna dans l'escalier comme si elle avait craint qu'elle ne s'enfuie.

Elle le leur précisa en les invitant à y pénétrer, la chambre du dernier étage possédait tout le confort : un pot de chambre, une cruche d'eau avec sa vasque assortie, une petite cheminée et une lucarne carrée d'où l'on voyait le toit d'en face.

– Le loyer n'est que de vingt livres mensuelles, dit-elle en tendant une main où la ressortissante de Vicence se hâta de déposer la somme, renforcée d'un généreux « donné à Dieu ».

– *Je vous suis infiniment reconnaissante,* répondit Leonora directement en vénitien.

C'était l'une des rares phrases polies qu'elle avait apprises par cœur. Le dialecte local n'était pas à l'honneur chez les ursulines, aussi leurs pupilles mettaient-elles un point d'honneur à l'utiliser en cachette, surtout pour ce qui était des grossièretés les plus ordurières.

– Et vous parlez notre langue ! s'écria la logeuse sur le même ton que si elle avait rencontré une compatriote à l'autre bout d'un désert. Je soupe après les vêpres. N'hésitez pas, si vous ne savez pas où aller.

Monsieur Émile la remercia à son tour dans un vénitien beaucoup moins convaincant. Même Leonora ne put éviter de noter qu'il l'écorchait horriblement.

– J'attends toujours votre mois, vous ! lui lança la signora Pauli avec un regard de réprobation, avant de retourner vers ses ravioles à demi farcies.

Lorsqu'ils furent seuls, Flaminio dell'Oio jeta un coup d'œil à la soupente.

– Eh bien ! Vous voilà royalement installée ! Leonora Pucci, hein ?

Comme le clocher de l'église Zannipolo sonnait l'heure de midi, ils regagnèrent le logement du Français, où ce dernier leur servit une collation de biscuits et de vin.

Ils se demandaient toujours comment on avait pu faire sauter une gondole en plein Venise. À mieux y repenser, ce terrible boucan n'avait rien d'une détonation. C'était comme si la barque avait explosé de l'intérieur. L'idée qu'ils s'étaient assis sur une banquette bourrée de poudre à canon leur provoquait des frissons d'horreur. Leonora souhaitait retourner sur place pour élucider ce mystère. Dès qu'il eut fini la bouteille que monsieur Émile avait ouverte pour eux, Flaminio dell'Oio affirma posséder le moyen de l'y mener en toute sûreté.

– Partons tout de suite ! déclara-t-elle en se levant.

– Ne pressons pas les choses, répondit le courtisan vénitien en tendant la main avec plus d'élégance qu'un mendiant à la porte d'une église, bien que l'intention ait été à peu près la même.

Il entendait qu'elle lui paye son temps, sans oublier le risque qu'il avait couru de connaître une fin funeste dans une gondole explosive.

– Ma vie a un prix incalculable, dit-il, la paume grande ouverte.

Il fit mine de ne pas remarquer l'expression dubitative du Français, convaincu que ce prix n'était pas si difficile à établir. Leonora ne pouvait nier que son assistant était passé tout près de finir la journée au cimetière de l'île San Michele, aussi déposa-t-elle un deuxième sequin entre ces doigts aux ongles soignés.

Le jeune homme disparut une demi-heure. À son retour, il était pourvu d'un grand sac, d'où il tira un tablier tout simple et un chapeau de paille, qu'il lui fit enfiler par-dessus ses vêtements. Ils quittèrent la maison sous l'œil de la logeuse, qui les guettait depuis sa fenêtre, et se rendirent au *rio* le plus proche, où ils hélèrent le premier batelier venu.

Si le *barcarol* chargea à Santa Giustina une fille du peuple mal fagotée, ce fut en revanche une demoiselle de la noblesse richement vêtue qu'il déposa à Santo Stefano un quart d'heure plus tard. Bien sûr, entretemps, Leonora avait dû se changer tant bien que mal dans la cabine qu'elle partageait avec son courtisan et fourrer les nippes dans un sac pour la prochaine fois. Elle avait été surprise, cependant, de la réserve et de l'extrême courtoisie avec laquelle son employé s'était abstenu de glisser le moindre regard de son côté durant cette difficile opération.

Les jeunes gens allèrent examiner les débris repêchés par leurs hommes de main. On les avait entreposés dans la remise d'un chaudronnier dont l'échoppe donnait sur le campo le plus proche. Il leur fallut un long moment pour agencer les morceaux de manière cohérente, d'autant plus que la Frascadina, peu familiarisée avec l'architecture des gondoles, contribuait davantage à mélanger la poupe et la proue qu'à reconstituer le tout. Enfin l'épave livra son secret : il y avait un large trou dans le toit de toile bitumée de la cabine, et un autre de taille identique dans son plancher.

– Ils ont dû venir sous l'eau et pousser un pieu par-dessous, dit Flaminio, perplexe.

– Cela n'aurait pas fait tant de bruit, le contredit la jeune fille.

Elle quitta la remise et retourna sur le pont. Juste avant le drame, les deux embarcations s'étaient rangées le long d'une maison pas très haute afin de ne pas bloquer le passage.

– Je pense que nos assassins sont montés sur le toit pour lâcher sur nous quelque chose d'extrêmement lourd, dit-elle en désignant la pente douce en tuiles rouges et grises qui s'achevait en à-pic au-dessus du *rio*.

Flaminio dell'Oio ressentit à nouveau cette désagréable impression d'avoir frôlé le désastre.

– Cela signifie que…

– Que nous n'aurions eu aucune chance si nous nous étions trouvés à l'intérieur à ce moment-là, confirma-t-elle.

La seule manière de vérifier cette hypothèse consistait à interroger les habitants.

– Qui est là ? fit une voix après qu'ils eurent frappé à la porte de bois sombre qui leur barrait l'accès au rez-de-chaussée.

Le courtisan vénitien se chargea de répondre sur le ton qui convenait :

– La Frascadina, fille de Son Excellence illustrissime dalla Frascada, provéditeur des canaux de Venise !

Le grincement des gonds attaqués par l'humidité ne suffit pas à couvrir le soupir de soulagement que poussa le petit homme entre deux âges qui leur ouvrit.

– Ah, enfin ! Je n'arrête pas de signaler des pierres descellées ! Et voilà maintenant que les gondoles font naufrage sous mes fenêtres !

Il était si satisfait de voir l'État s'intéresser à ses problèmes de construction qu'il ne s'étonna nullement de voir les *Procuratie* recruter des jeunesses. Leur hôte les fit pénétrer, sous un flot de récriminations, dans une salle remplie d'automates en tout genre.

– J'entends des grincements, la nuit. Je suis sûr que la maison est en train de crouler dans le *rio*. On voit les bêtes nager à toute heure, c'est le royaume des rats. Et je ne vous parle pas de l'odeur ! Ça n'a jamais été pire ! Je vous dis que les briques s'en vont l'une après l'autre. Il suffirait de sonder la vase pour les compter. Un de ces soirs, je me réveillerai le nez dans le limon, c'est sûr !

– Bienvenue dans l'administration vénitienne, souffla dell'Oio à l'oreille de son employeuse.

– On daigne enfin s'occuper de nous ! reprit le futur noyé. Les messieurs de ce matin m'avaient bien dit que nos plaintes avaient été entendues. Un petit verre de grappa ?

Leonora s'apprêtait à décliner l'invitation pour l'interroger posément sur ce que lui avaient raconté les visiteurs de la matinée. Flaminio s'empressa au contraire d'accepter la dégustation. Leur hôte tira de sa poche une longue clé pour s'attaquer à l'énorme serrure d'un coffre, d'où il exhuma une fiasque avec d'infinies précautions, comme s'il s'était agi de la dernière amphore des noces de Cana. Pendant ce temps, le courtisan expliqua tout bas à la jeune fille qu'un vrai Vénitien ne pouvait refuser le verre de l'amitié sans se montrer affreusement discourtois ; cette politesse ne les empêcherait pas d'explorer ce passionnant sujet des briques volantes ; nul doute que l'alcool aiderait par ailleurs le brave homme à leur dispenser les nombreux détails qu'elle désirait apprendre.

Bien qu'elle n'ait pas cru le quart de ce beau discours, elle prit place sur la chaise paillée que lui désigna le facteur d'automates, mais se contenta de tremper le bout des lèvres dans le breuvage incolore qu'on lui servit. Elle eut la conviction que les effluves qui s'en échappaient suffisaient à provoquer un infarctus aux mouches qui passaient au-dessus. Flaminio dell'Oio devait se sentir moins de parenté avec l'ordre des diptères. Il vida d'un trait la première dose et reposa son gobelet avec un claquement de langue appréciateur qui ne pouvait manquer de lui valoir une deuxième ration. Ce ne fut qu'au troisième service que la jeune fille parvint à rappeler à leur amphitryon sa préoccupation pour les vieilles pierres.

Trois employés du bureau de vérification des fuites s'étaient présentés chez lui ce matin-là. Deux d'entre eux étaient de simples ouvriers, mais le troisième, leur chef, avait grand air, et même martial, avec sa balafre sur la joue et ses yeux perçants auxquels, sûrement, rien n'échappait.

– Avez-vous remarqué quelque chose de curieux ? demanda Leonora, bien qu'elle ne se soit guère attendue à des révélations fracassantes de la part d'un monsieur qui trouvait normal que les offices lui envoient une jeune fille en guise de contrôleur.

Sans doute avait-elle trop de logique pour son interlocuteur. Celui-ci ne chercha qu'un instant dans sa mémoire avant de répondre :

– Bien sûr ! Les ouvriers avaient un accent terrible !

Du point de vue des Vénitiens, les autres peuples d'Italie utilisaient un abominable jargon rugueux. Ces hommes, à son avis, étaient de Trieste, comme leur carrure de bûcherons obtus le suggérait également. Content d'avoir finalement convaincu le gouvernement de s'attaquer à ses fissures, il les avait laissés monter sur son toit afin qu'ils aient une vue d'ensemble de ses tracas. Ils transportaient un instrument pesant enfermé dans un sac de toile épaisse. Le facteur d'automates avait supposé qu'il s'agissait de quelque outil de mesure compliqué, digne du cas épineux qu'il soumettait à leur expertise.

– Comme c'est intéressant, dit dell'Oio en tendant une nouvelle fois son gobelet, où la grappa ne parvenait pas à demeurer longtemps. Et quel a été leur verdict ?

Ils avaient dit que la question était plus grave qu'on ne l'avait cru et que d'autres spécialistes viendraient sous peu confirmer leur analyse. Aussi avait-il été ravi de les voir surgir tous deux à leur tour avec plus de rapidité que ce à quoi les *Procuratie* avaient habitué leurs concitoyens. Cet intérêt inattendu suscita tout à coup en lui une inquiétude.

– Ma maison est perdue, c'est ça ? demanda-t-il d'une voix blanche.

La bouteille de grappa n'ayant plus rien à leur offrir, Flaminio dell'Oio quitta sa chaise de paille pour aller poser une main consolatrice sur l'épaule du malheureux.

– Soyez courageux, mon brave.

Il murmura à son oreille quelques mots dont Leonora n'entendit rien. Elle vit en revanche les yeux de l'artisan s'agrandir sous l'effet de la surprise.

– Oui, bien sûr, je viendrai, répondit-il avant d'assurer les jeunes gens de sa gratitude éternelle. Demain, à trois heures, sur la Piazza. J'y serai.

– N'oubliez pas la petite somme, lui rappela le courtisan vénitien avant d'entraîner sa patronne vers la sortie.

Une fois dehors, celle-ci lui exprima son opinion sur sa façon de recruter des clients à la faveur de leurs investigations.

– Pourquoi ne pas répandre le bien quand on le peut ? feignit de s'étonner le courtisan. Cet homme tentait vainement d'intéresser la Seigneurie à ses soucis d'humidité. Grâce à moi, je vous assure qu'il aura la semaine prochaine la moitié des architectes publics dans son salon, autour de sa grappa !

Ils savaient désormais ce qui était arrivé à la gondole du patricien : un objet contondant avait été précipité du haut d'un toit par trois Dalmates qui visaient la *felze*. Les rues de Venise ne fourmillaient pas de rochers abandonnés ; il fallait donc qu'ils aient prévu leur coup. Sans doute avaient-ils guetté le portique de Ca' Civran, leur arme cachée dans un sac de toile. Nul doute que celle-ci reposait toujours au fond de l'eau. Si l'on parvenait à l'en tirer, peut-être leur apprendrait-elle quelque chose sur les agresseurs. Il leur fallait maintenant de bons nageurs.

– Ne me regardez pas comme ça, dit le courtisan, peu désireux de quitter ses dentelles pour plonger dans l'eau froide.

Elle songea à utiliser la machine à curer de son père. Il était hélas difficile de la réquisitionner, et son utilisation ne passerait pas inaperçue. Par bonheur, dans cette cité lacustre, les nageurs n'étaient pas une denrée rare. Les gros bras qu'elle avait employés pour repêcher les morceaux de gondole traînaient encore sur le *campo*. Dès qu'ils la virent se diriger de leur côté, ils subodorèrent qu'une nouvelle mission facile et lucrative s'annonçait.

À vrai dire, les deux plongeurs qu'elle parvint à recruter jugèrent l'exercice d'un moins bon rapport que celui de la matinée. Flaminio dell'Oio, en revanche, accepta volontiers de superviser les opérations. Il commença par faire ôter à ces hommes les vêtements qui auraient risqué d'entraver leurs efforts. Il ne les quitta pas des yeux tandis qu'ils se relayaient pour sauter dans l'eau, pratiquement nus, où leurs puissants biceps fouillaient la vase à la recherche de l'objet qu'on leur avait décrit. Les canaux de Venise n'avaient pas beaucoup de fond, mais ils étaient boueux. Quand les hommes commencèrent à bleuir de froid, dell'Oio prit sur lui d'en enrôler deux autres, plus jeunes, au corps athlétique et imberbe, qu'il envoya patauger tout autour de l'endroit présumé de la chute. La Frascadina finit par s'agacer de ces approximations.

– La gondole était à la verticale de cette fenêtre, dit-elle sur un ton sec. À quoi sert de les faire plonger si loin ?

Bien qu'il connût parfaitement la réponse à cette question, dell'Oio enjoignit aux jeunes gens de se concentrer sur le point indiqué par la rabat-joie. Ils ne furent pas trop de quatre pour remonter à grand-peine l'énorme bloc qui gisait à deux mètres sous la surface. La scène rappelait le *Miracle de la Sainte Croix tombée dans le canal San Lorenzo,* un tableau de Gentile Bellini, œuvre qui procurait aux voyageurs un alibi culturel avant leur quête de la seule couleur qui eût vraiment fait quelque chose pour la célébrité de cette cité : les cheveux blond-roux de ses *signorine.*

Il fut assez ardu de rapprocher du bord la masse pesante qu'on venait d'arracher à la vase ; encore cette opération fut-elle facilitée par la fameuse poussée de bas en haut décrite par Archimède. L'extraire du *rio* fut autrement pénible.

– C'est la fille du maître des Eaux, expliquait le facteur d'automates à qui voulait l'entendre, ajoutant que c'était à lui qu'on devait de voir l'administration s'intéresser enfin à ce qui tombait de leurs bâtisses.

Le chaudronnier chez qui ils avaient entreposé leurs fragments de gondole eut l'amabilité d'apporter des câbles qui furent bien utiles pour hisser l'objet sur le quai.

Ils purent alors se pencher sur la chose.

– Eh bien ! Nous savons désormais d'où venaient nos assassins, déclara Flaminio dell'Oio avant de tourner vers la jeune fille des yeux où se lisait un indicible effroi.

XII

LEONORA NE PARTAGEAIT ni les conclusions de son courtisan vénitien, ni par conséquent son appréhension. Elle avait en face d'elle une grosse pierre de format rectangulaire qui ne représentait rien pour elle que de très anodin.

– Ça, c'est bizarre, dit l'un des habitants du quartier qui entouraient eux aussi la trouvaille.

Flaminio dell'Oio jeta prestement sa cape sur le caillou. Il assura la compagnie que le service des Eaux avait la situation bien en main, doubla le salaire des plongeurs pour les renvoyer au plus vite et dépensa une partie de sa propre bourse pour recruter du personnel. Il fit convoyer la pierre vers l'embarcation la plus proche, où elle fut proprement emballée dans une bâche et arrimée. Leonora suivit toutes ces opérations sans rien comprendre. Elle vit bien que les gens commençaient à murmurer autour d'eux. Certains désignaient le gros paquet avec des gestes indéchiffrables. Ce ne fut qu'une fois qu'ils furent eux-mêmes montés sur la barque à huile louée en hâte qu'elle osa demander comment une vieille pierre pouvait causer un tel émoi.

– Ce n'est pas une vieille pierre, justement ! répondit dell'Oio avec un regard en coin vers le livreur d'huile en train de ramer. Plût à Dieu qu'il se soit agi d'une vieille pierre ! Les gens auraient pu croire qu'elle venait de chez eux, et moi j'aurais dormi tranquille cette nuit.

Leonora ne saisissait pas ce qui intriguait tant les habitants du quartier de Santo Stefano à la vue d'un vulgaire caillou. Le courtisan vénitien leva les yeux au ciel.

– Il n'y a pas de pierres, à Venise. Les maisons sont faites de briques. Les rocs de cette taille sont destinés aux façades des églises et des demeures seigneuriales. Ils viennent des carrières de terre ferme et coûtent une fortune à acheminer jusque chez nous. C'est pourquoi les tailleurs les marquent dès qu'ils ont été dégrossis. Ces inscriptions indiquent à la fois leur provenance et leur usage. Chacun sait cela, ici ! Il est vraiment dommage que votre cher père n'ait, pour le tirer d'ennui, qu'une fille élevée dans un couvent de Vicence !

C'était la première fois qu'elle le voyait s'énerver. Elle en conçut de l'inquiétude.

– C'est donc une bonne nouvelle, dit-elle d'une voix peu convaincue. Reste à savoir d'où vient cette pierre, qui l'a fait venir…

– Nous savons déjà tout cela ! répondit dell'Oio un peu plus haut qu'il ne l'aurait voulu.

Il profita du premier accès à sa portée pour sauter sur le quai.

– Je suis navré, mais tous les sequins dont vous disposez ne peuvent contrebalancer ce dont il s'agit ici.

Il disparut dans la *calle* la plus proche, la plantant là avec son livreur d'huile, sa barque grasse et son bout de rocher enveloppé. Elle n'en revenait pas. Elle était à la fois assommée par l'accès de lâcheté de cet homme et déconcertée par le fardeau minéral et encombrant qu'il lui laissait. Elle constata qu'elle s'était, en fin de compte, complètement reposée sur ce malotru.

Le jour déclinait. Ici et là, des lampes et des chandelles commençaient à briller à travers les fenêtres, dans les commerces et sur les porches. Elle se sentait aussi perdue qu'au soir de son arrivée, sinon qu'elle n'était pas alors chargée d'une pierre dont la seule vue faisait fuir les gens, un cadeau de l'enfer dont elle ignorait absolument ce qu'il convenait de faire.

En désespoir de cause, elle demanda au porteur d'huile de la conduire à Ca' Civran. Une fois là, les valets transportèrent le pesant paquet dans le *portego*. Comme d'habitude, ni sa mère ni son frère n'étaient à la maison. Leonora passa à la cuisine pour se restaurer, puis elle monta dans sa chambre.

Comment allait-elle poursuivre son enquête, si tout le monde l'abandonnait ? Plus elle fouillait les mystères de cette ville, moins elle en savait, moins elle comprenait même les réactions de ces étranges Vénitiens, et moins son père approchait du jour où elle pourrait lui annoncer qu'elle lui avait sauvé la vie.

Quand elle quitta sa chambre, le lendemain matin, elle descendit directement au *portego* vérifier que son butin s'y trouvait toujours. Non seulement il y était, mais elle constata que Loreta avait consciencieusement nettoyé la pierre après l'avoir débarrassée de sa bâche. Elle fut tirée de son examen par sa mère, accompagnée de son sigisbée, qui rentrait de quelque fête. Ils s'étonnèrent de la voir décorer le vestibule avec de gros cailloux.

– C'est une mode de terre ferme, sans doute ? railla Roberto. Vous comptez nous sculpter une image de la Sainte Vierge ?

Ils s'éloignèrent en riant.

Les faces visibles ne portaient aucune sorte de marque. Par chance, le roc avait été posé sur le côté où figurait l'inscription. Personne dans la maison n'avait donc la moindre idée de ce dont il s'agissait.

Leonora était décontenancée. Il lui fallait trouver un Vénitien capable de lui expliquer ce qu'il en était. Mais comment être sûr qu'il n'éventerait pas le secret, ne s'effraierait pas, à l'instar du courtisan, ou, pire, n'irait pas chercher la police de la Seigneurie pour dénoncer un délit dont elle n'avait pas même idée ?

Quelqu'un se racla la gorge derrière elle. Elle se releva et vit Flaminio dell'Oio qui se tenait dans l'encadrement du porche.

– Vous êtes revenu m'aider ? dit-elle en époussetant sa robe, que la pierre taillée avait maculée de traces blanches.

Le courtisan répondit qu'il s'y refuserait pour tout l'or du monde, mais qu'un homme d'honneur ne pouvait se résoudre à la laisser risquer sa vie dans l'ignorance de ce qui se passait.

Ils se mirent à deux pour retourner la pierre afin qu'il puisse le lui faire comprendre. Les deux marques dont il avait parlé y étaient en effet. L'une indiquait la carrière d'origine. L'autre signifiait que l'objet appartenait à la Dominante, c'était le visa officiel d'importation : la fourniture des pierres de construction était un monopole d'État. Leonora ne voyait toujours pas ce qu'il y avait là de si épouvantable.

– Le service qui supervise ces importations est dirigé par Lazaro Corner, un homme doté d'une réputation.

Comme beaucoup d'anciennes familles patriciennes, l'illustre *casada* des Corner s'était scindée en de multiples ramifications aux fortunes diverses, et Lazaro appartenait à la branche la plus pauvre. Il avait toujours trempé dans les plus sombres affaires, mais s'en était sorti chaque fois grâce à la parentèle. Au reste, son absence de moralité et ses accès de violence avaient toujours trouvé à s'employer.

Flaminio décrivit certains des exploits qui l'avaient rendu célèbre dès sa jeunesse : bastonnades, razzias en bande organisée, jets de Vénitiens du haut de balcons, et même, assurait-on, quelques meurtres nocturnes à l'épée.

– C'est un monstre ! conclut la Frascadina.

Dell'Oio approuva gravement du menton. Elle comprenait à présent sa réaction et celle des habitants de Santo Stefano qui avaient vu la marque. Il y avait un démon dans ce paradis marin, et ce gros pavé lui appartenait.

Bien qu'il ait vingt fois mérité la hache, Lazaro Corner avait été frappé d'une simple sentence d'exil perpétuel. Au bout de quelques années, son clan avait obtenu sa grâce et l'avait fait nommer au service des pierres et des monuments en péril. Cette charge l'obligeait à de fréquents séjours dans les carrières : c'étaient en autant d'occasions de ne pas le voir traîner dans les rues de leur ville.

– N'y a-t-il pas de l'inconséquence à utiliser, pour commettre un meurtre, un objet reconnaissable, qui ne manquera pas de conduire les enquêteurs vers son propriétaire ? s'étonna Leonora.

L'état nerveux de dell'Oio ne lui permit pas de se contenir. Il éclata de rire. La naïveté de cette jeune fille passait les bornes.

– Je comprends chaque jour un peu mieux pourquoi vous m'avez engagé ! Vous ne connaissez rien au fonctionnement de notre cité ! Si l'on vous disait qu'elle flotte sur les eaux et se déplace au gré du vent, vous le croiriez ! Je vous remercie d'égayer les derniers instants d'une existence qui fut trop brève.

D'abord, il était fort douteux que la police sénatoriale cherche jamais à repêcher les cailloux qui tombaient dans les canaux ; si les *Pregadi* commençaient à se préoccuper de ce qui gisait au fond de l'eau, ils n'auraient bientôt plus que ça à faire. Ensuite, si les Corner avaient été assez puissants pour faire revenir d'exil un personnage soupçonné d'avoir tué au moins trois personnes dans la dernière année qu'il avait passée à Venise, celui-ci n'avait guère à s'inquiéter de voir quiconque l'accuser de balancer des rocs sur les gondoles.

– Il n'y a que vous pour croire qu'on peut s'attaquer à lui, dit-il avec des gémissements dans la voix. Il n'y a que vous ! Que vous !

Leonora crut qu'il allait pleurer. Elle se reprocha de l'avoir entraîné dans une aventure qui l'effrayait à ce point. Qu'avait-il à voir, après tout, avec le sort du patricien dalla Frascada, ou avec celui de sa fille à peine sortie du cloître ? L'homme qui avait pourfendu des gens en toute impunité n'hésiterait pas à se débarrasser de ce petit courtisan aussi facilement qu'il avait pulvérisé leur embarcation. Ce fut alors que le versant positif de toute cela la frappa.

– Cela veut dire que nous touchons au but, articula-t-elle, comme si une révélation divine venait de jaillir du firmament.

« Elle est folle », se dit Flaminio dell'Oio avec accablement.

– Nous approchons de la vérité ! reprit-elle avec une exaltation qui confirma le courtisan dans son idée.

– Oui, c'est pourquoi vous devez retourner chez vos ursulines au plus vite, l'informa-t-il aussi calmement que possible. Quant à moi, je vous prierai de solder mon compte afin que je puisse m'éclipser le temps nécessaire.

Il entrevoyait sans joie un séjour dans de lointaines contrées presque intouchées par la civilisation, telles que Bologne ou même Florence, d'autant que cet éloignement lui ferait manquer le carnaval de printemps, la période de liberté et d'exubérance la plus agréable de l'année.

Les événements n'engageaient pas Leonora à pareille démission. Elle s'évertua à le persuader de chercher avec elle de quel chantier venait la pierre ; non pour confirmer que l'affreux Corner avait commandité leur assassinat, mais dans l'espoir d'infirmer cette théorie : après tout, quelqu'un d'autre avait pu se fournir à cet endroit ! Dell'Oio se raccrocha à cet espoir.

Mais qui d'autre qu'un personnage de la trempe de Lazaro Corner pouvait-il se permettre de dérober un rocher appartenant à la Sérénissime ?

Il convenait de changer d'apparence pour faire le tour des chantiers de la Dominante. Quand Leonora demanda à Loreta quelques-uns de ses vêtements, la servante s'étonna que sa jeune maîtresse n'ait plus rien à se mettre.

– C'est pour me travestir, répondit celle-ci. J'aimerais passer pour une fille ordinaire.

La domestique tira de ses coffres la vieille robe rapiécée en plusieurs endroits qu'elle gardait pour les jours où elle devait laver les sols, et des souliers fort mal en point depuis une chute dans le *rio*. Elle lui tendit tout cela avec une grimace :

– J'espère que vous aurez assez l'air d'une loqueteuse. Je suis désolée, mais je n'ai pas mieux à vous offrir. Si vous voulez passer pour une mendiante, il faudra demander ses hardes à la vieille qui tend la main à la sortie de San Polo.

Dell'Oio, pour sa part, remplaça son élégant bicorne de feutre par un chapeau de paille jauni. Il se sentait parfaitement déguisé et n'aurait pas accepté de faire un pas de plus vers la vulgarité.

Ils sortirent par la *calle*, pour le cas où les assassins auraient guetté le porche du Canal Grande. Tandis qu'ils marchaient, Flaminio jugea opportun d'éclairer un peu son employeuse sur les particularités de leur ville. Il n'y avait, à Venise, ni pierres de construction, ni glaise pour former les briques et les tuiles, ni bois pour tailler les pieux, les poutres et les charpentes, ni fer pour forger les grilles et les outils. Tout, absolument tout, venait d'ailleurs. Le bois descendait des montagnes où poussaient les forêts, les briques étaient fabriquées dans la plaine, sur les berges du fleuve, le fer était extrait des Alpes, et la pierre était le plus souvent arrachée aux monts d'Istrie avant d'être embarquée dans les ports de la côte dalmate.

– Au moins, vous ne manquez pas d'eau, dit-elle en enjambant une flaque dont on ne savait si elle était due aux intempéries ou à la marée.

– De l'eau ? répéta Flaminio.

Il éclata de rire.

– Elle croit qu'il y a de l'eau à Venise ! Il n'y en a jamais eu, pas la moindre goutte ! Vous pourriez chercher dix ans que vous n'en trouveriez pas !

Elle crut que la tension nerveuse avait embrouillé sa raison et s'abstint de pointer ce que ces propos avaient d'absurde. Elle ignorait que chaque *campo* faisait partie de l'illusion générale créée par cette ville : il n'y avait pas de source, pas de nappe phréatique, pas d'eau douce, les *campi* étaient en réalité des citernes où les Vénitiens recueillaient la pluie envoyée par le ciel pour leur permettre de subsister dans la plus incroyable ville du monde.

Ils se lancèrent dans de longues pérégrinations, interrogeant les habitants de chaque *sestiere* sur les travaux en cours dans le voisinage. On les aiguilla vers une belle façade en cours d'élévation, dans la paroisse de Santa Croce. Ca' Rizzi donnait directement sur le *rio*. Ils eurent du mal à approcher, le chantier étant constitué de plateformes posées sur l'eau.

– Faites place à la demoiselle des dalla Frascada, fille du maître des Eaux ! clama dell'Oio avec autant d'emphase que s'il avait annoncé le doge.

La nouvelle que le service des Eaux leur envoyait un contrôleur suscita un mouvement de panique parmi les ouvriers. Les plateformes se vidèrent en un éclair. Le maître d'œuvre demeura seul pour les accueillir, son compas à la main, l'air peu amène.

– Elle va être magnifique ! s'extasia dell'Oio à la vue de la construction.

Les arches du rez-de-canal s'élevaient déjà, et l'on devinait les vastes ouvertures arrondies de l'étage noble, le long duquel courait un balcon à balustrade. Pour sa part, Leonora avait un faible pour les constructions gothiques des époques précédentes. Elle aimait mieux la délicate dentelle de marbre sur fond de briques que ces ouvertures prétentieuses et ces masses trop blanches, pour lesquelles ses riches contemporains nourrissaient un fort engouement.

Les marques sur les pierres étaient malheureusement différentes de la leur.

– Ce n'est pas de la roche d'Istrie ? s'étonna la Frascadina.

Le maître d'œuvre haussa les épaules.

– Elles viennent de Romagne. La *rocca d'orsera* est trop chère, de nos jours. Nos nobles veulent des palais, mais ils rabiotent sur la qualité.

Ils lui demandèrent s'il avait une idée de l'endroit où ils pourraient en trouver qui soit d'Istrie.

– En Istrie ! répondit-il sèchement avant de leur conseiller de s'y rendre tout de suite.

Ils quittèrent les plateformes en prenant garde de ne pas trébucher sur les outils abandonnés par les ouvriers en fuite.

– Ne serait-il pas plus simple d'aller s'informer des églises en restauration auprès du service adéquat ? suggéra Leonora.

Le courtisan vénitien se mit à imiter les airs d'autorité de la jeune fille :

– Mais oui, bien sûr ! Excusez-moi, *signor*, il me faudrait le nom des ruffians qui se permettent de jeter vos rochers sur ma gondole. Et s'ils veulent recommencer, ce sera quand ils le désireront !

Ils visitèrent ensuite deux églises, une annexe de la Dogana et une caserne en réfection, sans plus de résultat. À force de tourner dans Venise, ils finirent par revenir sur les lieux de l'attentat. Leonora ne savait plus à quel saint se vouer. Elle n'avait plus l'habitude des longues courses, les souliers de Loreta étaient en miettes, ses pieds lui faisaient endurer le martyre. Elle se laissa tomber sur un banc adossé à une façade et regarda dans le vide. Au-dessus du porche de l'église Santo Stefano, qui s'ouvrait devant elle, un bas-relief représentait un diacre barbu avec, à côté de lui, un petit tas de cailloux aux arêtes aiguisées. Elle vit là un signe. Son éducation religieuse lui souffla que le moment était venu d'allumer un cierge. Elle tâcha d'oublier ses orteils endoloris, réunit ses dernières forces et poussa la lourde porte ferrée :

– Saint Stéphane est le patron des paveurs, il nous aidera.

Le courtisan la suivit à regret.

– Parce qu'il a été lapidé, n'est-ce pas ? Je ne vois pas là un patronage de très bon augure !

Ils étaient dans la nef centrale d'une église du XIVe siècle dont les arches audacieuses étaient soutenues par des colonnes doubles. Leonora n'avait guère eu l'occasion de visiter les monuments de Venise. Elle jugea celui-ci joli, quoique en mauvais état. Elle trempa le bout des doigts dans l'un des deux beaux bénitiers en forme de coupes soutenues par des statues, mais regretta bientôt son geste, car l'eau bénite était crasseuse.

– Voilà plutôt la personne vers qui vous devriez tourner vos pensées, dit Flaminio en désignant un sarcophage. Nous sommes dans l'église des doges héroïques.

L'endroit était une sorte de vaste mausolée. Face au chœur, la tombe que lui montrait le courtisan était celle du doge Francesco Morosini, surnommé le Péloponnésien pour ses nombreuses victoires en Grèce, mort à Nauplie au cours d'un ultime combat contre les Turcs. On pouvait voir aussi, accroché au mur, le tombeau du doge Andrea Contarini. Cet autre héros était parvenu à repousser les forces de Gênes, qui s'étaient approchées de Venise jusqu'à conquérir l'île de Chioggia toute proche. L'arrivée à la mer leur avait été fatale.

Leonora avisa la réserve de chandelles, déposa son obole dans la coupelle prévue à cet effet et se mit en quête de l'effigie de saint Stéphane. Flaminio, davantage intéressé par un tableau de saint Sébastien ficelé presque nu à un arbre, la laissa s'éloigner dans la nef latérale. Il fut tiré de son extase artistique par de petits cris qui se voulaient discrets, mais qui firent se retourner les deux ou trois femmes en noir en train de prier sur les bancs.

– Venez vite ! lui lança la jeune fille, qui n'aurait pas été plus émue si le saint était descendu de son piédestal pour causer avec elle.

Il y avait là, dans une chapelle, un échafaudage et un tas de pierres oblongues. Alors qu'ils se penchaient, ils furent dérangés par l'arrivée d'un bedeau armé d'un balai, venu nettoyer un peu. C'était un bonhomme rondouillard d'une quarantaine d'années, vêtu d'un vilain habit gris, reprisé un peu partout, qu'avait dû lui abandonner le curé. Ils comprirent bientôt que l'homme cherchait en fait à améliorer l'ordinaire en proposant ses services aux curieux.

– Je ne savais pas que cette chapelle était en restauration, dit Flaminio dell'Oio avec détachement.

– En restauration ! répéta le bedeau. Dites plutôt qu'il s'agit d'un état perpétuel !

Plus personne ne s'inquiétait de savoir quand ces travaux finiraient. Ils duraient depuis des années. On voyait parfois surgir des ouvriers, puis les lieux demeuraient abandonnés pendant de longs mois avant que l'administration se préoccupe d'envoyer quelqu'un. Ils avaient colmaté les fuites les plus graves, mais pour le reste…

– Je dis que notre République est en décadence et que tout cela finira mal !

Pourtant, tout était prêt. Les pierres de remplacement attendaient, empilées sur le dallage.

– C'est de la bonne roche d'Istrie, pas comme ces ouvrages vite faits qu'on bâcle aujourd'hui !

La marque était la même que sur l'échantillon qui reposait dans le *portego* de Ca' Civran. Une trace dans la poussière laissait voir qu'une des pierres manquait.

– Ne craignez-vous pas qu'on vous les vole ? s'enquit la Frascadina.

La remarque parut absurde.

– D'abord elles ne sont pas à moi, et ensuite je me demande bien qui pourrait avoir l'usage d'un objet si encombrant.

Les deux jeunes gens en avaient une idée très précise, au contraire. Leonora se hâta de piquer son cierge devant l'effigie du premier martyr de Jérusalem :

– Saint Stéphane, merci de votre aide !

Flaminio dell'Oio fut presque tenté de l'imiter. Après une courte prière d'action de grâces, la jeune fille se tourna vers son courtisan :

– Y a-t-il d'autres choses que je devrais savoir, dans cette église pleine de surprises ?

– Je ne sais pas. Il n'y a pas que des héros, si je me souviens bien : il y a aussi des ennemis de la République.

Le bedeau était toujours là, son balai à la main, attendant de voir si on l'emploierait ou non. Il fut trop heureux de faire étalage de sa science contre une poignée de livres vénitiennes.

D'autres personnages vaguement célèbres, liés à des épisodes moins essentiels de l'histoire locale, avaient été enterrés dans le cloître. Tel était le cas de Francesco

Novello de Carrara, dernier seigneur de Padoue, qui s'était rebellé contre la Dominante. Il l'avait payé de sa vie, tout comme deux de ses fils, étranglés dans leur prison.

– Et vous avez ici, suspendu, le sarcophage de Giovanni Soranzo, un lointain ancêtre de votre mère, ajouta Flaminio.

Le bedeau s'empressa de compléter le portrait. Ce Soranzo était connu pour avoir eu une épouse qui acceptait des gratifications des monarques étrangers ; il avait laissé condamner sa propre fille à la réclusion à vie pour des crimes commis par son mari !

– Un très bon doge, par ailleurs, conclut le gardien avec un hochement de tête appréciateur.

Leonora, qui n'était pas venue là pour saluer la parentèle, passa à la chapelle suivante.

– Si vous voulez voir toutes les curiosités de notre église, il faudrait revenir en gondole, précisa leur guide.

À marée basse, il était possible de passer en bateau sous le chœur. Le *rio del Santissimo* filait tout droit sous l'église pour déboucher dans le Grand Canal.

– Une particularité unique à Venise ! leur vanta le bedeau. Je vous le conseille vivement, c'est très impressionnant.

La possibilité de circuler sous le bâtiment ouvrait des perspectives inattendues. Ils terminèrent par le cloître, alors que la nuit tombait. L'endroit possédait une « porte d'eau » commode pour accéder aux bateaux. Les jeunes gens échangèrent un regard ébahi : c'était le lieu parfait pour y mener de discrets trafics sous couvert de restaurations interminables. Ils remirent au bedeau le double de la somme prévue et hélèrent une gondole.

– Où dois-je vous déposer? demanda Leonora une fois qu'ils furent installés sur la banquette.

– À Santa Zustina, lança le courtisan au *barcarol* dans le parler de la lagune.

Lorsqu'elle s'étonna qu'il se rende précisément dans le quartier où elle habitait, il rétorqua que c'était naturel, puisqu'il allait dormir chez elle. Il ne pouvait envisager de regagner son domicile, de peur d'y rencontrer les assassins.

Le projet séduisait modérément la jeune fille.

– N'avez-vous pas quelques amis chez qui vous abriter?

– Dès qu'ils auront eu vent du malheur qui me frappe en conséquence de vos bontés, je n'aurai plus d'amis. Tandis que vous, vous avez déjà atteint le fond!

En un mot, il fallait être fou pour lui donner asile, et comme il ne connaissait personne de plus fou qu'elle, il ne voyait pas d'autre cachette.

Leonora craignait néanmoins pour sa réputation.

– Et la mienne, donc! renchérit le courtisan en se rencognant sur son coin de banquette.

XIII

LES DEUX JEUNES GENS dînèrent dans une auberge discrète pour ne pas risquer d'être surpris par la signora Pauli. Si fort que soit son penchant pour les confiseries de terre ferme, elle aurait mal apprécié de voir sa nouvelle locataire attablée avec un jeune homme qui n'était ni son mari, ni même son « cousin Émile ».

Ils rentrèrent un peu éméchés. Alors que Leonora s'engageait seule dans le couloir du rez-de-chaussée, la Pauli la héla et la fit entrer un instant chez elle pour discuter. Quand la jeune fille atteignit le palier de l'étage supérieur, vingt minutes plus tard, elle y trouva Flaminio assis sur le plancher, dos au mur.

La séance de déshabillage donna lieu à des négociations féroces. Dell'Oio eut toutes les peines du monde à la convaincre de ne pas se coucher en jupes. Lui-même s'arrangea un lit de couvertures sur le sol.

– J'aurai sûrement des courbatures, demain, mais qu'est-ce donc en comparaison d'une tête cassée ?

La Frascadina ressentit un trouble étrange à ôter ses vêtements à proximité d'un jeune homme fort bien de sa personne. La situation était plus excitante que tout ce qu'elle avait connu dans son dortoir de Vicence. Elle eut du mal à fermer l'œil. Les ursulines leur avaient dressé un tableau apocalyptique des mœurs masculines, aussi s'attendait-elle à devoir défendre sauvagement sa pudeur contre les assauts d'un butor que la nuit aurait changé en fauve ou en satyre. Elle fut tout étonnée de l'entendre ronfler peu après qu'elle eut soufflé sa chandelle.

Lorsqu'elle se réveilla, elle constata avec surprise que le soleil brillait déjà dans le ciel, qu'elle était seule au lit, vêtue de sa chemise de nuit pas même froissée, et toujours vierge. Couché sur le dos, le courtisan vénitien respirait avec régularité. Ses longs cils clos sur ses yeux effilés, il souriait dans son sommeil, sans doute à l'évocation d'un rêve plus plaisant que sa cohabitation forcée avec la demoiselle assise non loin de lui. Elle dut se rendre à l'évidence : elle avait eu la chance d'héberger le *galantuomo* le plus galant de Venise.

Un coup d'oreiller assené avec vigueur sur la figure du « galant homme » ramena brusquement ce dernier du pays des songes.

– Pardonnez-moi, il est tombé, s'excusa la jeune fille, les doigts crispés sur le coussin.

La toilette ne fut pas plus simple que les préparatifs du coucher, bien que Leonora commençât à se ficher qu'il la vît nue ou non. Son invité renoua son catogan et demanda où était le pot à poudre. On lui répondit que « mademoiselle Pucci » ne se poudrait pas. Il rétorqua en bougonnant qu'il aimerait mieux, la prochaine fois, dormir chez la Frascadina, une personne plus apprêtée. À la figure que faisait la demoiselle Pucci, on pouvait douter que cela arrive jamais.

Leonora et son chevalier servant quittèrent la maison Pauli aussi discrètement qu'ils y étaient entrés. La lumière du petit matin donnait aux briques de Venise cette teinte rose pâle d'une douceur inégalable. L'air marin aiguisait l'appétit. Flaminio dell'Oio voulut aller prendre une collation dans un estaminet. Son employeuse répondit qu'elle avait une place retenue à la meilleure table de la ville. Elle héla un gondolier, lui ordonna de la conduire à Ca' Civran, et cria au courtisan de la rejoindre quand il serait passé chez lui chercher des vêtements propres. Le jeune homme la regarda s'éloigner au rythme régulier de la godille. Les brusques changements d'humeur des dames lui resteraient à jamais incompréhensibles.

Ca' Civran était comme à l'accoutumée, à cette heure matinale : les maîtres au lit et les domestiques debout, avec cette différence que, du temps où elle s'occupait d'eux, ceux-ci ne flânaient pas le nez en l'air dans les communs au lieu de se livrer aux mille occupations que réclamait une si vaste demeure. Elle les trouva pour la plupart dans la cuisine, attablés devant des bols d'un délicieux café puisé dans la réserve personnelle de leurs patrons. Ils se levèrent à son entrée, surpris de voir déjà surgir quelqu'un. Elle se souvint qu'elle ne serait jamais ici Leonora Pucci, mais pour toujours la Frascadina. Elle eut à peine le temps de se faire servir son café et ses biscuits que Loreta l'entraînait dans la lingerie pour lui faire son rapport. Ses airs de conspiratrice étonnèrent la jeune fille.

– Ne suis-je pas votre espionne à Ca' Civran, à présent que vous avez transporté vos pénates on ne sait où ? chuchota la servante, qui semblait prendre son rôle très au sérieux.

On n'avait guère de nouvelles du prisonnier du doge. En fait, on s'inquiétait moins de lui que de sa disparition à elle, qui avait des effets fâcheux pour le reste de la famille : personne n'organisait plus le train de maison. Madame était sur les nerfs. Ses jupons n'avaient pas été repassés, le marché n'était fait qu'à la demande, on déplorait même la perte mystérieuse d'une paire de gants et d'un napperon.

Leonora en déduisit que sa mère allait faire obstacle à ses projets. Elle tenta de rallier sa chambre sans attirer l'attention. Elle traversait à pas de loup le couloir du troisième quand une porte s'ouvrit. *Donna* Soranza, pour qui il était extrêmement tôt, portait sa robe de nuit agrémentée d'un bonnet de coton. Elle avait tant désiré lui parler que le simple fait d'entendre confusément sa voix à travers l'escalier avait réussi à la tirer de son premier sommeil. Fronçant le sourcil, elle l'accusa d'avoir découché. Leonora rougit de confusion et se défendit avec énergie contre l'accusation de mener une mauvaise vie.

– Ce n'est pas du tout ce que je sous-entendais ! se récria madame dalla Frascada, pour qui cette conduite n'avait rien d'intéressant.

Si Leonora avait réellement été son enfant, elle en aurait peut-être jugé différemment ; mais elle se souciait peu de la moralité d'une petite personne qu'on pouvait renvoyer dans son couvent n'importe quand. Ce qui l'ennuyait, c'était d'avoir perdu la meilleure gouvernante de ces dix dernières années. Comment pourrait-elle profiter de l'absence de son mari s'il lui fallait à nouveau servir d'intendante pour tous ces paresseux ?

Leonora expliqua qu'elle devait se faire discrète depuis que les gondoles avaient une propension à exploser sur son passage. Elle ne souhaitait pour rien au monde attirer le malheur sur les habitants de cette noble demeure. L'argument refroidit un peu sa mère.

– Bien. Je me chargerai de la maison, et vous des gondoles qui explosent, conclut celle-ci à regret.

Leonora parvint encore à lui extorquer l'un de ces paquets de friandises qui plaisaient tant à sa logeuse. *Donna* Soranza lui en tendit un par l'entrebâillement, en se disant que cette fille adoptait décidément un à un tous ses petits travers. Puis elle referma sa porte afin de reprendre un somme trop vite interrompu.

Dès qu'elle se fut changée et qu'elle eut emballé quelques effets à transporter dans son second domicile, Leonora put se concentrer sur le projet qu'elle avait en tête depuis que le doux balancement de la gondole et le bon air iodé de la lagune avaient facilité sa réflexion. Elle partit en quête du sigisbée, avec la ferme intention de lui mettre la main au collet. C'était le jour du mois où le tailleur de Madame venait vanter ses nouveaux arrivages de rubans et de modes parisiennes, aussi savait-elle exactement où le trouver.

Roberto était confortablement installé dans le salon rose rococo, où il recevait à la place de la maîtresse. Trônant dans une bergère, il assistait à la présentation des taffetas, soieries et damas, en trempant distraitement des *zaleti* aux raisins secs dans une tasse remplie d'un chocolat épais. Un laquais en grande tenue se tenait avec respect derrière son siège pour prévenir ses moindres désirs.

– J'ai à vous parler, annonça la jeune fille.

Elle n'eut droit qu'à un geste agacé de Sa Splendeur, trop occupée à caresser les étoffes pour s'intéresser aux desiderata d'une souillon montée en grade. Résolue à lui montrer que toutes les délices avaient une fin, Leonora régla en un tournemain les questions du fournisseur, au grand dam du sigisbée, qu'elle privait de son heure de gloire, et mit un terme prématuré à cette vie de pacha. Une fois le personnel raccompagné dans le corridor et la porte soigneusement close, elle revint se pencher sur le confident, s'approcha tout près de sa figure et le somma de lui révéler l'identité de sa véritable mère.

Roberto balaya l'air de ses manchettes. Ces mouvements nerveux se mariaient parfaitement avec son expression outrée.

– Qui vous dit que je suis au courant des petits secrets de cette maison ? Et même si je les connaissais, pourquoi voudrais-je colporter des ragots qui ne font pas honneur à mes patrons ?

En un mot, il craignait d'être chassé pour avoir trop parlé. Elle en déduisit qu'il en savait long sur ce qui s'était tramé année après année entre ces murs. Elle caressa le taffetas noir sur lequel le sigisbée venait de jeter son dévolu au nom de sa patronne.

– Mon cher Roberto, jamais ma mère ne porterait pareil tissu : elle trouve que le noir la vieillit.

– Vraiment ? articula son interlocuteur du bout des lèvres.

– Vous le savez comme moi. Si vous faites l'achat de cette étoffe, c'est pour la revendre à votre profit à quelque veuve trop heureuse de sauter sur cette bonne affaire. *Donna* Ricci, du bout de la rue, par exemple, qui vient de perdre son mari.

Roberto fit la grimace.

– Vous êtes bien la fille de votre père, grommela-t-il entre ses dents.

C'était lâcher le petit secret ou lâcher le taffetas. Il jeta un coup d'œil à la porte, toujours fermée.

– La Principessa, chuchota-t-il.

Le paradis s'ouvrit devant Leonora, dans un ballet d'angelots et des explosions de trompettes célestes.

– Ma mère est une princesse ? répéta-t-elle sans oser y croire.

Des visions de palais florentins comme on en voyait sur les gravures, aux murs décorés de fresques et de stucs, illuminaient ses yeux. Serviteurs et affidés s'inclinaient devant l'héritière des Médicis qu'on avait crue perdue. Une dame assise sur un trône doré digne des rois d'Espagne lui ouvrait les bras et lui indiquait le siège de velours rouge à côté d'elle. Roberto émit un ricanement.

– Une princesse ! C'est son surnom ! Toutes les courtisanes de Venise en ont un. Le sien donne une faible indication de sa vanité. La plupart se contentent de « Fioretta » ou « Bellina ». Ce n'est pas le genre de votre mère, croyez-moi !

Elle voulut savoir où la trouver. Nouveau ricanement.

– Tous les hommes dont la fortune excède cent mille ducats vous l'indiqueront sans faute, avec les heures de réception et la couleur des draps !

Leonora rouvrit la porte du corridor, derrière laquelle un groupe de domestiques faisait semblant de frotter les marbres rutilants.

Elle descendit le grand escalier, Loreta sur ses talons, et les deux femmes montèrent dans la gondole de Madame, qui n'en aurait certainement pas l'usage avant l'après-midi.

Les assertions de Roberto confirmaient les révélations du doge, elles faisaient voler en éclats les derniers rêves de respectabilité qu'avait nourris la jeune femme tout au long de son éducation chez les orphelines bleues.

La gondole alla s'accoter sur l'autre rive du Grand Canal, où elles furent rejointes par un personnage emmitouflé dans une cape au col relevé. Ce conspirateur d'opéra bouffe attendit d'être assis à leurs côtés pour se découvrir.

– Je ne pense pas avoir été suivi, déclara monsieur Émile avec un coup d'œil par la petite fenêtre.

Il reprocha à sa protégée de ne pas lui avoir rendu compte de sa journée, la veille au soir :

– J'espère que vous n'en profitez pas pour fréquenter des hommes !

La jeune fille hésita.

– J'ai reçu le *sior* dell'Oio, avoua-t-elle.

– Ah ! Celui-là, vous pouvez, répondit monsieur Émile, soulagé.

– C'est que… je l'ai laissé dormir chez moi. J'ai bien peur d'être déshonorée.

Loreta la contempla d'un œil amusé. Le précepteur haussa les épaules.

– Mais non. Abstenez-vous de le crier sur tous les toits, voilà tout.

La déception de Leonora allait grandissant. Non seulement elle n'était pas déshonorée, mais elle ne parvenait même pas à trouver des gens pour croire qu'elle pouvait l'être.

Une ombre toqua à la paroi de la *felze*. C'était justement dell'Oio, le visage enveloppé dans une écharpe, comme s'il mourait de froid.

– Je vois que vous avez renforcé votre déguisement, nota la Frascadina avec aigreur.

– Uniquement pour les moments où je vous vois, répliqua-t-il sur le même ton.

Ils firent le point sur leur affaire, bien que la gondole soit devenue extrêmement étroite pour leur réunion. Il importait de définir quel pouvait être le lien entre des travaux interminables dans une église du XIVe siècle, un attentat contre leurs personnes, et l'incarcération d'un patricien chargé du curetage des canaux.

Le Français rappela à son élève qu'elle avait rendez-vous avec l'avocat de son père, le *sior* Robolino Robolini. Le sénateur Mocenigo, son futur beau-père, avait tenu sa parole d'aider son voisin et bientôt allié à surmonter cette épreuve. Il lui avait adressé un homme de loi qui avait déjà fait gagner plusieurs procès à sa famille.

L'évocation de ses noces laissait Leonora de glace. Elle avisa le niveau de l'eau. La mer lui parut moins haute que précédemment.

– C'est marée basse, n'est-ce pas ?

Les trois autres échangèrent un regard perplexe.

– Vous commencez à vous comporter en vraie Vénitienne ! s'extasia monsieur Émile, en qui le pédagogue sommeillait sous le conspirateur. Vous remarquez les marées ! Bientôt, vous saurez dire l'heure d'après la couleur des pierres ou l'amplitude des vagues, comme tout le monde.

Leonora avait d'autres secrets de « vraie Vénitienne » dans sa besace. Elle donna l'ordre au *barcarol* de les mener sous l'église de Santo Stefano.

Quelques minutes plus tard, l'embarcation filait droit sur une arche sombre et moussue. Ils quittèrent la cabine pour profiter du spectacle, qui fut aussi impressionnant que l'avait promis le bedeau. Le gondolier donna une dernière impulsion à sa barque, puis il fut obligé de s'asseoir lui aussi, car il n'y avait pas la hauteur d'un homme, et la laissa glisser en avant, livrée aux forces combinées de l'inertie et du courant.

Ils longeaient une voûte de briques sur laquelle se répercutait, comme dans une grotte, le clapotis de l'eau sombre.

– Personne ne passe jamais par là, expliqua le batelier. C'est malcommode et ce n'est pas un raccourci. De plus, on court le risque d'érafler sa coque si l'eau est trop haute, ajouta-t-il sans cesser de surveiller les bords, prêt à recentrer l'embarcation du bout de sa godille.

Le son de sa voix était déformé par cette sorte de plafond courbe qu'ils auraient pu toucher en tendant la main. Ils n'avaient plus l'impression d'être à Venise, mais sur quelque rivière de montagne courant dans les profondeurs de la terre.

Leonora et son courtisan se firent déposer dans le « quartier de la robe », là où tout bon avocat devait avoir son cabinet. Deux cents d'entre eux se partageaient les lieux. Il était de rigueur, pour être inscrit au barreau de Venise, d'être licencié de l'université de Padoue, où les études duraient cinq ans. Au reste, ce n'était là qu'une formalité : on y apprenait le droit romain de Bartole, Balde et Justinien, alors que les tribunaux de la lagune ne reconnaissaient que le code vénitien. Les jeunes gens perdaient donc leur temps à Padoue pour gagner ensuite leur vie sur de tout autres bases. Que fallait-il vraiment savoir pour être avocat à Venise ? C'est ce que Leonora s'apprêtait à découvrir chez le *dottore* Robolini.

Ils traversèrent la paroisse de San Paternian, où le cabinet du *dottore* occupait l'étage noble d'une maison cossue. Un clerc les invita à patienter dans l'antichambre, sous un tableau où l'on pouvait admirer le maître des lieux à taille réelle en tenue professionnelle, c'est-à-dire revêtu de la robe patricienne noire et coiffé d'une immense perruque à marteau selon la mode du siècle précédent. Le clerc revint les annoncer :

– *L'Illustrissima nobildonna* Leonora dalla Frascada et son accompagnateur.

L'homme qui se leva à leur entrée pour accueillir avec componction la fille de son client était un petit personnage vif, au crâne beaucoup plus dégarni que son portrait en perruque ne le laissait présumer. Il se dit flatté de recevoir l'héritière d'un auguste personnage à qui la République était mille fois reconnaissante de ses bienfaits. C'était politesse d'avocat : la République ne semblait pas éprouver à ce moment une telle gratitude à son endroit. La Frascadina lui présenta son « secrétaire ».

– Oh, mais je connais le *sior* dell'Oio ! s'empressa de préciser Robolini avec un sourire suggérant qu'ils allaient ensemble, chaque année, en villégiature d'été au bord de la Brenta. Nombre de mes clients sont venus me voir après avoir fait appel à cet homme de talent.

Dell'Oio lui rendit son salut obséquieux. « C'est le contraire, souffla-t-il à l'oreille de sa patronne tandis que l'avocat trottinait vers son ample fauteuil. C'est moi qui répare ses pots cassés. »

– Vous avez bien fait de vous faire assister du *sior* dell'Oio. Il y a tant de filous qui traînent à Venise, de nos jours !

Il n'était pas difficile de comprendre à qui il faisait allusion. Le courtisan vénitien ne laissa rien paraître. Il conserva son sourire trop large pour être vraiment poli et répondit sur le même ton :

– Oh, mais la demoiselle dalla Frascada n'a nullement besoin de moi pour cela. Son bon sens lui suffit pour reconnaître un aigrefin quand elle en voit un.

Leonora avait l'impression d'assister à une partie de chasse où les chasseurs servaient de cibles les uns aux autres.

Elle trouva cet avocat très compétent. Il connaissait la jurisprudence sur le bout des doigts et leur servit du latin à toute occasion. C'était le contraire des conseillers officieux de la Piazza. Elle lui confia le résultat de leurs recherches : on avait voulu piéger le patricien ; le service d'acheminement et de surveillance des pierres de construction était dans le coup. Robolino Robolini ne marqua aucune émotion particulière, ce que Leonora mit au compte d'une habitude contractée dans les salles d'audience : rester imperturbable, même quand l'individu que vous venez de comparer à saint François d'Assise est finalement convaincu d'avoir vendu ses huit enfants adultérins à un bordel. Comme la jeune fille reprenait ses arguments avec un enthousiasme intact, Flaminio lui fit signe de se taire.

– Ainsi donc, si je comprends bien, récapitula Robolini, notre cher ami dell'Oio, ici présent, vous a fait monter dans une gondole qui a explosé, il vous a poussée à chercher l'aide des domestiques et de la plèbe, vous a aidée à vous introduire chez un facteur d'automates en usurpant la qualité d'officiers publics, vous a incitée à abandonner le rang de *nobildonna*, et, pour finir, il a mis en péril votre réputation en passant la nuit dans votre chambre. Bien, bien, conclut-il en contemplant ses mains avec tristesse.

Leonora ne savait plus où se mettre. Présentées de cette manière, ses péripéties avaient tout du parcours d'une aventurière. L'avis de Robolini fut tranchant. Il doutait que cette agitation tous azimuts leur obtienne la libération de quiconque. Plus on remuerait de boue au sein de l'État, plus les conseillers du doge voudraient étouffer l'affaire, quitte à envoyer son père passer le reste de ses jours en résidence à la campagne, là où il n'y avait ni canaux, ni gondoles, un sort que les

Vénitiens envisageaient avec horreur. C'était la punition qui venait d'être infligée à deux nobles qui avaient osé se dresser contre l'administration, les patriciens Querini et Pisani, des hommes autrement influents que le maître des Eaux !

Leonora se tourna vers son courtisan, dont l'expression signifiait : « Je vous avais bien dit que vous parliez trop ! » Elle répondit d'un geste qui signifiait : « Si l'on ne peut pas se confier à son avocat, pourquoi le voit-on ? »

Elle eut aussitôt la réponse. Le *dottore* retrouva son sourire pour lui parler de ses honoraires :

– Je crois savoir que votre père compte sur vous pour acquitter les premiers frais de la procédure ?

Il lui tendit une note où les « premiers frais » étaient déclinés en consultations à quatre sequins l'heure, en écritures, en réponses aux instances judiciaires, et ainsi de suite, pour un montant de douze sequins qui aurait suffi à faire subsister une famille d'artisans pendant deux mois. Soucieux de faire passer l'addition, Robolini lui assura qu'il avait déjà réuni des soutiens en vue de l'appel.

– L'appel ? s'étonna la jeune fille.

Le tribunal ordinaire devant lequel le cas avait été présenté s'était déclaré incompétent. L'affaire irait directement devant la Quarantie criminelle, ce qui était une bonne nouvelle.

– Soyez sûre que votre argent est bien employé, conclut-il en les raccompagnant. Quelle que soit la somme que je vous demande, je ne réclamerai jamais le privilège de dormir chez vous…

La porte se referma sur ces mots.

Une fois dehors, Leonora s'étonna que leur défenseur soit si satisfait d'aller devant la Quarantie.

– C'est encore une preuve de ce que votre homme s'intéresse pour son client, répondit Flaminio avec une pointe d'ironie.

Ce n'était pas dans les tribunaux de première instance que brillaient les légistes, mais dans les cours supérieures. Ils y étalaient leur science, leur éloquence, et trouvaient là le moyen d'accroître leur réputation. La principale réserve de Flaminio portait sur le fait que Robolini prenait le chemin de la légalité. C'était par là qu'on n'obtenait rien, à Venise. Il fallait se montrer plus fin que ça et pousser les portes dérobées, surtout dans une affaire si politique. La loi pure et simple, c'était la voie qu'empruntaient les juristes qui voulaient engager leurs clients dans de longs et coûteux atermoiements judiciaires. À un avocat du premier ordre, on payait deux ou trois sequins pour trois quarts d'heure de consultation. Si la cause était compliquée, il pouvait y avoir, avant d'aller devant le juge, jusqu'à vingt entretiens. Si l'homme de loi avait à écrire pour former une demande ou une réponse dans les actes de la procédure, c'était quatre, six ou douze sequins qu'on lui remettait. Tout cela montait très haut, sans compter d'éventuels cadeaux en nature.

– Pourquoi croyez-vous que ma profession fleurit ? conclut-il. Je parviens à de meilleurs résultats pour beaucoup moins cher.

– Si je vous comprends bien, cet homme se fiche de ce qui va arriver à mon père.

Le courtisan opina du chef.

Elle décida néanmoins de laisser à ce Robolini le temps de faire ses preuves. Elle ne voulait pas gâcher une chance de libération dont son père aurait pu profiter.

– Eh bien, si vous êtes si fort, prouvez-le-moi ! lança-t-elle à dell'Oio.

Il se sentit rabaissé. Ils se séparèrent fâchés. Elle demeura sur le quai à ronchonner, tandis qu'il partait se chercher pour la nuit un lit sans jeune fille grincheuse ni oreiller frappeur.

XIV

TANDIS QU'ELLE AVANÇAIT À PETITS PAS, d'un air pensif, à travers des *calli* aux murs de briques, Leonora se rendit compte qu'elle dérogeait une fois encore à la règle qui interdisait aux femmes de bonnes familles de sortir sans chaperon. Elle s'arrêta près d'un pont, héla un gondolier et disparut au plus vite dans la cabine laquée de noir.

À peine eurent-ils atteint le premier croisement qu'elle sentit la barque pencher à tribord. Quelqu'un venait d'y monter sans prévenir. Elle vit à l'avant une paire de bottes et le bas d'une cape.

– *Barcarol* ! appela-t-elle. J'ai loué pour moi seule !

Le passager indésirable se baissa pour pénétrer dans la *felze,* où il se laissa tomber sur la banquette. Tandis qu'il la dévisageait avec un sourire mystérieux, elle nota qu'il était vêtu avec recherche, quoique sans ostentation, d'un habit sombre de bonne coupe agrémenté d'un tricorne gris à ruban rouge. Le gondolier n'avait pas quitté sa place à l'arrière, les mains sur sa godille ; elle comprit que ces deux-là étaient de mèche.

Ce fut lorsque l'intrus eut enfin la politesse d'ôter son couvre-chef qu'elle remarqua la balafre qui barrait sa joue. Elle crut qu'elle allait s'évanouir. Les ursulines prenaient grand soin d'avertir leurs pupilles que le diable était partout ; elle ne s'était pas attendue, cependant, à partager une gondole avec lui. Elle se trouvait nez à nez avec le sinistre personnage que les honnêtes gens de Venise n'hésitaient pas à soupçonner des pires forfaits.

– Je suis Loreta, servante des dalla Frascada ! s'écria-t-elle. Veuillez quitter cette gondole, ou mon maître vous punira !

Le sourire de Lazaro Corner s'élargit sans rendre son attitude moins sinistre.

– Je sais parfaitement qui vous êtes, *madamina* Frascadina. On vous a vue courir partout, ces derniers temps, Venise est un petit pays. Attendez donc le carnaval pour changer d'identité.

C'était la troisième fois qu'on lui faisait cette recommandation. Tout le monde semblait espérer le carnaval, dans cette ville. Elle commençait à se demander ce qu'il se passait de si particulier, au carnaval.

Lazaro Corner ne l'aurait pas davantage effrayée si la mention « je suis un ignoble monstre » avait été tatouée sur son front aussi nettement que l'entaille qui marquait sa pommette. Un détail l'inquiétait plus encore. Elle ne pouvait s'en défendre : la lueur qui brillait dans les yeux de ce damné échappé des cercles infernaux l'aurait attirée si elle n'avait pas été si violemment prévenue contre lui. Sa confusion atteignit son comble quand elle comprit qu'il suivait le fil de ses pensées. Il respirait l'intelligence et le cynisme. Elle chassa cette idée pour revenir au seul comportement convenable à une jeune fille de son rang :

– Je vous préviens ! Si vous m'étranglez, on vous coupera le cou !

Le repris de justice tira de son gilet une montre à chaîne d'or dont le couvercle émaillé était orné d'une licorne. Ses mains aux doigts longs et fins étaient aussi bien faites pour caresser le corps des femmes que pour les étouffer.

– Vous voulez décidément me charger de tous les crimes, dit-il après avoir vérifié l'heure.

Il s'approcha bien plus près que ne le permettait la décence. Par bonheur, Leonora conservait quelques enseignements secrets appris au couvent. Les nonnes de Vénétie ne se risquaient jamais dehors sans un petit poignard, la seule habitude qu'elles avaient en commun avec les prostituées. Sa pointe, pressée contre le ventre de l'assassin, interrompit le mouvement d'approche, mais ne fit nullement disparaître le sourire insolent peint sur ses lèvres.

– Nous sommes pareils, vous et moi, susurra-t-il. Je suis un cousin pauvre des Corner, et vous une bâtarde des dalla Frascada.

Elle nota non sans dépit qu'il était tout à fait renseigné sur son statut. Cette constatation ne lui plut pas davantage que de s'entendre traiter de bâtarde. Elle sentit pour la première fois cette chose dont il était question dans les romans sentimentaux que les pensionnaires de Vicence dévoraient en cachette : ce que les auteurs de ces ouvrages, plus instructifs que les leçons de latin, nommaient « attirance bestiale ». Ce fut elle qui s'écarta. Elle dut faire appel à toutes ses facultés de concentration pour ne céder ni à la peur, ni à cet autre sentiment qu'elle découvrait.

– Peut-on savoir ce qui vous amène ? demanda-t-elle avec aigreur. Quelque pierre à jeter sur moi ?

Lazaro Corner n'ignorait pas qu'elle tentait de disculper son père. Il affirma n'être pour rien dans ses mésaventures, mais la prévint qu'il se fâcherait si elle continuait de poser en tous lieux des questions désobligeantes à son sujet. Elle apprécia à sa juste mesure ce fin mélange de protestations d'innocence et de menaces.

– Vous savez que vous brûlerez chez Lucifer, n'est-ce pas ? dit-elle.

Il lui jeta l'un de ces regards perçants qui donnaient à la jeune fille l'impression qu'il plongeait à l'intérieur de sa conscience.

– Je connais maintes personnes plus attirantes que vous, dit-il. Mais de plus déconcertantes, point.

Elle rougit. Le moindre compliment qu'il pouvait lui faire l'emportait sur ses injures. Comme cette constatation lui était insupportable, elle lui rappela qu'il s'adressait à une jeune fille de la noblesse et lui réitéra l'ordre de vider les lieux. Le regard d'ironie qu'il lui lança rejeta tous les précédents au rang d'expressions naïves.

– Savez-vous que dalla Frascada ne vous est rien ? murmura-t-il. Vous êtes en train de risquer votre... disons votre honneur... pour quelqu'un qui se fait seulement passer pour l'auteur de vos jours.

Leonora crut d'abord qu'il faisait allusion au fait que le doge Loredan se disait son père, lui aussi. Soudain, elle eut une autre conviction. Il venait de suggérer que Cesare dalla Frascada lui mentait sciemment et profitait de son ignorance. Cette insinuation était encore plus affreuse que toutes les autres.

– Si ce n'est pas lui, pourquoi m'a-t-il recueillie ?

Le soupir que poussa le cousin des Corner suggérait qu'il en savait très long sur le triste sort des parents pauvres. Il remit sur sa tête son tricorne au ruban rouge.

– Qui sait ? Peut-être valez-vous davantage que ce que vous croyez.

Un instant plus tard, il sautait sur le quai et disparaissait au coin de la rue, dans un vol de cape noire.

Une fois seule, la Frascadina dut se rendre à l'évidence : elle était plus impressionnée qu'elle n'aurait dû l'être. Elle fut par conséquent certaine d'avoir rencontré Satan. Les ursulines le lui avaient bien appris : la séduction est l'arme favorite du démon.

Lorsqu'elle eut récapitulé en son for intérieur la conversation qu'elle venait d'avoir avec Belzébuth, elle aboutit à la conclusion que les mots de Lazaro Corner ne pouvaient avoir qu'une seule signification : il accusait Cesare dalla Frascada d'avoir mis la main sur la fille de Francesco Loredan. Mais dans quel but, puisque ce dernier était sur le point de s'en aller dans un monde d'où il n'aurait plus aucune influence sur les méandres des ambitions vénitiennes ?

Elle ordonna au *barcarol* de la conduire place Saint-Marc. Il importait de retourner au Palais ducal, afin de tirer tout cela au clair avec le doge.

Elle se présenta à la conciergerie de la cour d'honneur, certaine que le sérénissime prince ordonnerait de la faire entrer dès qu'il apprendrait sa venue. Les valets lui répondirent que Sa Seigneurie ne recevait personne. Le message était clair : soit le doge était au plus mal, soit son entourage le chambrait. Dans les deux cas, la porte était bien close.

Elle s'assit un moment sur l'un des bancs de pierre pour réfléchir. Lazaro Corner trafiquait, c'était évident ; ses dénégations avaient tout d'un aveu. Il fallait le faire enfermer pour l'empêcher de nuire et le forcer à parler. Le plus simple était de le dénoncer à la commission de surveillance des travaux publics, l'émanation du Sénat qui chapeautait ses activités officielles.

Elle en était là de ses réflexions lorsqu'une femme entre deux âges, bien vêtue, couverte de bijoux rutilants, vint lui demander si elle pouvait lui être de la moindre utilité. En quelques phrases, l'inconnue, qui répondait au doux nom d'Abbondanza Cancanigo, lui expliqua qu'elle était fille et petite-fille d'huissier, qu'elle avait, partant, passé toute sa vie au Palais et faisait profession d'orienter visiteurs et quémandeurs dans leurs démarches. Dès que la Frascadina lui eut indiqué son intérêt pour la commission des travaux publics, la *signora* Cancanigo s'offrit à la guider.

Elles empruntèrent l'escalier monumental, puis le corridor à colonnes qui courait le long de la façade, d'où l'on avait une vue magnifique sur le bassin de Saint-Marc, et atteignirent le vestibule de la Chancellerie ducale. La dame lui fit chaque fois le commentaire de ce qu'elles voyaient, ce qui certes ne manquait pas d'intérêt. Il parut à la jeune fille que son guide ne l'avait fait monter jusque-là que pour justifier ses honoraires, car elles redescendirent bientôt dans la cour et rallièrent le porche monumental, à deux pas de l'endroit où elles s'étaient rencontrées. Sur de grands panneaux auxquels Leonora n'avait pas prêté attention, les clercs du Palais placardaient jour après jour le résultat des votes dont dépendaient les nominations. On y trouvait le nom de tous ceux à qui la Sérénissime avait confié une charge officielle. L'avantage du système républicain était qu'il n'y avait, en principe, rien de secret. Tout se décidait au cours de vastes réunions, et chaque poste était électif, depuis les plus hauts emplois, tels que ceux des puissants Procurateurs ou Inquisiteurs d'État, jusqu'à ceux des plus humbles gratte-papier. Sur l'un des panneaux figuraient les résultats des élections effectuées par le Grand Conseil, sur un autre les nominations décrétées par les Quaranties ou le Sénat, sur un troisième les places subalternes dévolues à la classe bourgeoise laborieuse ou aux nobles désargentés qui comptaient là-dessus pour survivre. En nul autre endroit de la cité, on ne pouvait toucher du doigt aussi nettement le paradoxe de Venise, dont l'organisation sociale consistait en des castes parfaitement hermétiques, en dépit des ambitions égalitaires qu'elle ne cessait de prôner. Cela faisait plus de cinq siècles que les mêmes noms occupaient le haut de la pyramide, sans qu'il soit possible à quiconque d'échapper au destin défini par sa naissance. Le statut, la puissance et la fortune de chacun relevaient principalement de son origine familiale. Le paradis céleste ne pouvait être plus strictement organisé que Venise.

Abbondanza Cancanigo lui indiqua le bon tableau. Leonora la remercia et lui donna un ducat d'argent. Les membres de la commission des travaux publics étaient au nombre de cinq, tous élus pour une durée d'un an et demi. Elle sauta de joie en découvrant que son futur beau-père, Alvise Mocenigo, siégeait parmi eux. C'était un signe du Ciel. Le sénateur était l'un des rares patriciens de la haute administration qu'elle ait rencontrés. Il avait promis d'aider son père ; nul doute qu'il prêterait une oreille attentive à ses déclarations à l'encontre de Lazaro Corner.

– Il me faut une entrevue avec ce Mocenigo ! déclara-t-elle à son guide comme s'il n'avait tenu qu'à elle de lui ouvrir à deux battants les portes du Sénat.

Son assurance rendit d'abord Abbondanza Cancanigo perplexe. Celle-ci se reprit bientôt et lui assura qu'il n'y avait rien de plus facile, qu'elle se ferait un devoir de lui obtenir ce rendez-vous, et tendit une main où la jeune fille se hâta de déposer un nouveau ducat. La *signora* Cancanigo lui indiqua un banc de bois sombre où l'attendre tandis qu'elle irait signaler à Son Excellence que l'illustrissime demoiselle dalla Frascada souhaitait la voir au plus tôt.

Une heure plus tard, sa cliente attendait toujours. Comme un portier passait de groupe en groupe pour indiquer aux personnes présentes qu'on s'apprêtait à fermer, elle l'informa de son rendez-vous. L'homme ne haussa même pas le sourcil :

– Vous voulez voir le sénateur Mocenigo ? Hélas, il est occupé avec le pape ! Mais le bon Dieu est libre, lui ! Il vous recevra quand vous voudrez ! Vous n'avez qu'à sauter dans le canal !

Il éclata d'un rire grinçant et la poussa dehors.

Leonora quitta le Palais la tête basse. Elle éprouvait le besoin de se dépenser pour dissiper ses sombres pensées, aussi décida-t-elle de rentrer à pied. Elle emprunta la *calle* qui menait au théâtre de San Benedetto, un endroit qu'elle connaissait, et marcha jusqu'à la *volta,* le tournant du Grand Canal. Une fois au bord de l'eau, il lui suffirait d'emprunter n'importe quelle embarcation pour rejoindre le seuil de Ca' Civran, sur l'autre rive.

Aux abords de Ca' Mocenigo, demeure d'une rare longueur, dont un côté entier bordait la prestigieuse voie maritime, elle aperçut une silhouette grassouillette qui ne lui était pas inconnue. C'était Lunardo, son prétendant, qui sortait de chez lui. Leonora se dit immédiatement que la chance lui souriait de nouveau. Si elle ne pouvait atteindre le sénateur au Palais, peut-être y parviendrait-elle en jouant sur les liens qui unissaient leurs deux familles. Le rejeton des Mocenigo quittait la demeure familiale à pied, une façon de se montrer discret, mais vêtu d'un bel habit brodé visible dans l'ouverture de sa cape patricienne. Elle en déduisit qu'il se rendait dans une salle de jeu ou dans quelque autre lieu où les jeunes gens de Venise se distrayaient en dépensant l'argent de leurs parents. Elle tira de son sac un éventail pour dissimuler pudiquement ses traits et le héla avec autant de discrétion que possible. Lunardo Mocenigo haussa le sourcil, vérifia qu'il n'y avait pas à côté de lui une autre personne à qui ces appels s'adressaient, mais ne fit pas le moindre pas dans sa direction. La jeune fille abaissa un instant l'éventail pour qu'il la reconnaisse et s'approcha.

– J'ai besoin que vous m'ouvriez une porte, chuchota-t-elle lorsqu'elle fut tout près.

Son fiancé la jaugea de bas en haut comme s'il hésitait à acquérir une poule pondeuse.

– Cela dépend, dit-il avec circonspection. Combien prends-tu ?

Elle resta un instant interdite. Lorsqu'elle eut saisi le sens de ces paroles, l'orgueilleuse patricienne prit le pas sur l'humble *signorina* Pucci : elle assena sur le couvre-chef de l'insolent de violents coups d'éventail.

– Ton prix sera le mien ! lui assura le jeune homme en se protégeant le crâne des deux mains.

La demoiselle dalla Frascada ajouta encore quelques coups jusqu'à ce qu'un bruit de pas au bout de la rue l'oblige à cacher de nouveau son visage.

– Pourquoi faut-il, dans une si belle ville, que les hommes aient l'âme si basse ?

Lunardo, à qui ces violences avaient paru pleines de promesses, se reprit à l'instant. Un tel discours ne pouvait venir que d'une authentique oie blanche. À mieux la regarder, à présent qu'elle ne le frappait plus, il lui semblait l'avoir déjà croisée dans une occasion vaguement déplaisante dont les détails lui échappaient.

– Pardonnez ma méprise, dit-il en ôtant son chapeau cabossé. Nous nous connaissons ?

La Frascadina contint son envie de le battre à nouveau.

– Leonora, votre promise ! chuchota-t-elle, dépitée de voir combien elle avait peu marqué son prétendant.

Celui-ci jeta un coup d'œil alentour, en quête du chaperon qui aurait dû se trouver là.

– Que cherchez-vous ? dit-elle. Il n'y a que moi.

Si la présence d'une prostituée en bas de chez lui ne l'avait guère choqué, le jeune Mocenigo fut en revanche horrifié de voir une jeune personne qu'il risquait d'épouser se promener seule, dans la pénombre, pour interpeller les hommes en pleine rue. Il la sermonna comme un curé à confesse :

– Je sais que certaines dames en usent ainsi au carnaval, mais il faut attendre d'être mariée et que l'époque des masques soit venue ! Si vous aviez tellement envie de me voir, vous deviez me recevoir en gondole, comme toutes…

– Oui, je sais, le coupa-t-elle : comme toutes les femmes respectables de cette belle cité. Je n'avais pas le temps. Je vous ai aperçu, là, de loin. J'ai sauté sur l'occasion.

L'expression de Lunardo laissa entendre qu'il ne se considérait pas comme une occasion sur laquelle on pouvait sauter. Il déchanta plus encore lorsqu'il comprit que c'était à son père, et non à lui, qu'en voulait cette gourgandine. Il finit par promettre de faire son possible pour lui obtenir cette entrevue, bien qu'il doutât absolument que le sénateur eût la moindre minute à lui consacrer. Il accepta de différer d'un moment ses plaisirs pour se charger de la commission, mais ne lui laissa guère d'espoir : outre l'indécence d'un tel rendez-vous, son père était très occupé par sa charge, ces jours-ci. La maladie qui contraignait le doge à garder la chambre ne lui rendait pas la gestion de la République plus légère.

Leonora en conclut que ces Mocenigo ne se prenaient pas pour de la vile piétaille. À en croire ce jeune homme, son père portait le poids du gouvernement sur les épaules. Elle l'engagea à accomplir sa mission et demeura seule, dans la rue, à s'éventer pour se donner une contenance.

Lunardo reparut un quart d'heure plus tard. Sa fiancée était toujours là, adossée au mur de briques. Il fut une nouvelle fois frappé par l'aspect scandaleux d'un tel comportement, qui l'aurait par ailleurs émoustillé s'il n'avait été question de lui donner cette insensée pour épouse.

Contrairement à ce qu'il avait pensé, le sénateur s'était tout de suite déchargé de ses obligations sur ses secrétaires. Son fils en était d'autant plus dépité qu'il ne le voyait pas lui-même si aisément en tête à tête. Le chef de la famille avait l'habitude d'interdire la porte de son cabinet à ses propres enfants. Lunardo avait toujours pensé que c'était pour s'ôter une épine du pied qu'on l'avait si brusquement attelé à cette Frascadina surgie d'on ne savait où.

Ce fut bien sûr sous un autre jour qu'il lui présenta le résultat de son entremise :

– J'ai plaidé votre cause de mon mieux. Mon père tient le vôtre en grande estime. Il ne veut rien négliger pour sa sauvegarde.

Elle trépignait d'impatience, anxieuse de voir où ce discours menait :

– Oui, bon ! Quand le verrai-je ?

– Tout de suite, si vous voulez bien, marmonna Lunardo en lui offrant son bras.

Elle s'attendait à pénétrer dans l'imposante demeure gothique et fut surprise de voir qu'il l'emmenait de l'autre côté du bâtiment, vers une petite maison d'allure modeste à deux étages. Sans doute le sénateur n'avait-il pas souhaité la rencontrer dans son intérieur, qui fourmillait de serviteurs à la solde des différents membres de sa famille, tous plus indiscrets les uns que les autres.

– C'est là que nous logeons les domestiques malpropres dont mère ne veut pas chez nous, expliqua Lunardo avant de pousser la porte de bois.

Leonora était trop excitée pour relever cette allusion limpide, soulignée par un regard éloquent. Avant de la quitter, il laissa entendre qu'il serait toujours d'accord pour recevoir des coups d'éventail, même au cas où leur mariage serait annulé. Cette allusion-là, elle la saisit parfaitement, mais s'interdit de le rouer de coups, car elle commençait à apprendre la diplomatie.

La première pièce de la maisonnette était une sorte de salle commune pourvue d'une cheminée démesurée et d'une table où les serviteurs devaient prendre leurs repas. Un bruit lui parvint depuis la seconde pièce, où elle apercevait une fenêtre étroite donnant sur un canal. Elle contourna la table et franchit la porte de communication restée ouverte.

Le sénateur se tenait appuyé au chambranle. Son regard se perdait dans le paysage mi-végétal, mi-marin. Un arbre au tronc tordu occupait presque tout l'espace d'un minuscule jardin, qu'une grille en fer forgé séparait du *rio*. Il semblait en proie à une profonde nostalgie.

– Autrefois, dit-il sans se retourner, cette masure avait un usage plus agréable. Il était de tradition que les jeunes hommes de notre *casada* y vivent leurs premières aventures galantes. On raconte que certains, à l'âge adulte, y ont abrité leurs relations secrètes. Oh, pas moi, je vous rassure ! Je n'ai jamais été animé que par une seule passion : celle de servir mon pays !

Leonora répondit qu'elle n'en doutait pas, mais n'en croyait pas un mot. Monsieur Émile n'aurait pas jugé cette discussion décente pour une jeune fille. Il était temps d'aborder le sujet de sa visite :

– Pardonnez-moi de troubler cette émouvante évocation du passé...

– Mais vous souhaitez me parler des vivants ! conclut Alvise Mocenigo. Que puis-je faire pour ce malheureux dalla Frascada que j'aime tant ? Vous n'avez qu'à parler.

Elle lui expliqua tout : l'attentat à la pierre volante, le cloître de Santo Stefano qui servait probablement de repaire à des bandits, les soupçons de trafics, de meurtres, les ossements de Cannaregio qui poursuivaient leur périple de bureau en bureau... Les menaces de Lazaro Corner firent particulièrement froncer le sourcil du sénateur. Il l'assura de son soutien sans réserve :

– Je suis prêt à saisir la moindre chance de disculper ce bon Cesare. D'ailleurs, vous et moi sommes presque de la même famille, puisque vous êtes destinée à mon cher fils Lunardo. L'union de nos deux *casade* est un projet auquel je tiens par-dessus tout.

La remise en selle de ce mariage n'était pas la perspective qui souriait le plus à la jeune fille. Ce n'était cependant pas le moment de livrer son opinion personnelle à ce sujet. Elle remercia humblement le sénateur de ses bontés.

Lorsqu'il saisit sa main droite pour y déposer un baiser, elle se demanda s'il n'avait pas envie de la mettre dans son lit plutôt que dans celui de son fils. Il n'était pas repoussant, avec son visage d'empereur romain taillé à la serpe et ses yeux couleur ciel d'orage. Elle se dit qu'il avait dû être bel homme et faire bien des conquêtes.

Un point inquiétait Leonora : Lazaro Corner avait la réputation d'être protégé en haut lieu, notamment par la branche fortunée de sa famille. Alvise Mocenigo lui affirma que nul n'était à l'abri de la justice, à Venise, pas même le doge. Il lui promit de lancer une enquête discrète sur les agissements de ce personnage douteux et d'en communiquer les résultats à l'avocat Robolini, pour que toutes les conclusions légales en soient tirées.

Il l'escorta au bord du Grand Canal, où il héla lui-même un *barcarol*. Après lui avoir répété qu'elle n'avait plus de souci à se faire et que tout rentrerait bientôt dans l'ordre, il l'aida à prendre place dans une gondole découverte et lui dit adieu.

Quand l'embarcation se fut éloignée de quelques brasses, Leonora ne put s'empêcher de se retourner. Le sénateur était toujours sur le quai. Il la regardait s'éloigner avec un vague à l'âme aussi évident que celui dont il avait été la proie dans la bâtisse décatie, alors qu'il contemplait un vieil arbre planté au milieu d'un jardinet abandonné.

XV

Assis sous le portique de Ca' Civran, Flaminio dell'Oio attendait Leonora en contemplant le spectacle toujours renouvelé des vagues mousseuses d'écume qui venaient mourir sur le marbre du perron. Dès qu'elle vit l'expression de triomphe sur son visage, la jeune fille sut qu'une poignée de sequins allait bientôt changer de propriétaire.

Il lui laissa à peine le temps de quitter sa gondole et brandit une feuille de papier enroulée sur elle-même.

– Je vous apporte la preuve de mon efficacité !

À force d'intrigues et d'actes de corruption caractérisée, il était parvenu à apprendre quelle pièce incriminait Cesare dalla Frascada, il s'en était même fait remettre un double en échange de ses services dans une sombre affaire d'adultère qui tourmentait un copiste des archives.

Une main inconnue avait transmis à la Quarantie criminelle, par le biais d'une *bocca del leone*, une reconnaissance de dette signée du maître des Eaux, au bénéfice d'un transporteur privé nommé Brolo.

– La différence entre Robolino et moi, outre l'efficacité, c'est qu'il se fait payer avant d'avoir rien fait, conclut le courtisan avec une satisfaction très nette.

– J'ai compris, grommela la Frascadina en ouvrant la bourse pendue à sa ceinture.

Le *sior* Brolo était un maître de barques accrédité auprès des services douaniers. Il louait des bateaux pour des transports de marchandises entre la Dominante et la terre ferme. Il avait trempé dans maintes histoires de contrebande qui lui avaient valu, tout au long de sa sinueuse carrière, une série d'amendes en tout genre, de brefs séjours en prison et une déplorable renommée. Si les sanctions n'avaient jamais été plus lourdes, c'est que nombre de gens riches ou haut placés avaient recours à ses services, ce qui lui avait permis de poursuivre son activité jusqu'à ce jour. Telle était l'hypocrisie du système, qui punissait le crime lorsqu'il devenait scandale, mais le tolérait le reste du temps afin de compenser des lois trop contraignantes, impossibles à réformer.

– Ce papier est forcément un faux, déclara Leonora. N'importe qui a pu le fabriquer pour abattre mon père. Il ne pèsera d'aucun poids, à moins que son auteur ne vienne confirmer son authenticité devant les juges.

Le problème était que le transporteur, qui avait déjà eu si souvent maille à partir avec la justice, se comporterait devant la cour selon le désir des magistrats, afin de ne pas désobliger ceux dont dépendait son accréditation.

– Je suppose que vous connaissez l'adresse de cet homme louche ? dit Leonora.

– Je connais l'adresse de tous les hommes louches de Venise, répondit le courtisan vénitien avec une révérence. Et de quelques hommes honnêtes, aussi, bien qu'on en ait moins souvent l'usage.

La visite aux repris de justice n'étant pas de la dignité d'une fille noble, la Frascadina disparut un quart d'heure dans sa chambre. Elle en ressortit vêtue d'une robe ne descendant pas plus bas que la cheville et d'une capeline à capuche, les frusques naturelles de l'orpheline Pucci. Bien décidée à tirer au clair cette histoire de contrat falsifié, elle pria dell'Oio de la conduire chez le transporteur.

La gondole les conduisit dans le Dorsoduro, paroisse de San Trovaso, là où se trouvaient les principaux ateliers de réparation et les appontements de la petite marine marchande. Ils dépassèrent plusieurs de ces pentes où reposaient des barques mises à mal par les rigueurs de la navigation en mer. À cette heure avancée, les *squeraroli* avaient déjà déserté les chantiers pour regagner leurs demeures s'ils étaient bons maris, ou les estaminets s'ils l'étaient moins.

L'établissement du *sior* Brolo était le dernier de la file, position géographique qui tendait à corroborer son statut de commerçant à la marge. C'était une grosse bâtisse, pour moitié de briques noirâtres, pour l'autre de planches mal jointes, aux abords encombrés de copeaux et de rebuts de menuiserie. Dell'Oio quitta la gondole pour aller frapper à la porte donnant sur la *calle*. Il revint peu après se rasseoir sur la banquette.

– C'est fermé, personne ne répond, dit-il avec un geste d'impuissance.

Leonora se résigna à s'en aller, bien que fort déçue.

– Bien sûr, il y a l'autre entrée... suggéra son employé.

– Quelle entrée ?

– Celle des gens qui n'acceptent pas de se heurter à une porte close !

Il glissa une pièce au gondolier, qui les mena à l'appontement de la maison Brolo, là où accostaient les bateaux affrétés par le loueur. L'espace de déchargement était une sorte de hangar ouvert sur l'extérieur. Le mur du fond était percé d'une porte qui attirait irrésistiblement les regards du courtisan vénitien.

– Ça va être fermé, ici aussi, prévint Leonora avec un haussement d'épaules.

– Pas si le patron a refusé de m'ouvrir pour ne pas vous rencontrer, répondit dell'Oio. Si c'est le cas, il vous suffira de jouer de votre charme pour le dérider, ce pauvre homme.

Comme Flaminio l'avait prévu, cette issue n'était pas verrouillée. Il poussa le battant et disparut dans la pièce principale, où la Frascadina le rejoignit avec la désagréable impression d'outrepasser les limites autorisées par monsieur Émile, par les simples convenances, et peut-être même par les lambeaux d'honnêteté auxquels elle aurait aimé se raccrocher. Elle ôta sa capuche et pénétra dans un lieu sombre qui sentait la poix et le vernis. On avait commencé à poser les volets intérieurs pour la nuit. Le courtisan alla ôter quelques planches afin d'y voir plus clair. Lorsqu'il se retourna, il poussa un cri qui la glaça :

– Ne bougez plus !

Elle s'attendait si peu à cette injonction qu'elle sursauta. C'est alors qu'elle sentit quelque chose qui touchait sa tête. Elle essaya de s'écarter ; les clous d'un soulier en mauvais état s'étaient pris dans sa chevelure.

Le courtisan se précipita pour l'aider. Un tabouret lui fournit le piédestal nécessaire pour séparer les cheveux de la chaussure. Dès qu'elle fut libre, Leonora s'écarta vivement et contempla ce qui l'avait saisie.

Si puissant que soit le charme que Flaminio prêtait à son employeuse, la jeune fille aurait eu du mal à obtenir les confidences du transporteur Brolo. Un bonhomme ventru et court sur pattes pendait à un crochet planté au plafond, au bout d'une longue corde qui lui enserrait le cou. Celui-ci faisait un angle affreux avec le reste de son corps. La hideur de l'effet était renforcée par l'émergence d'une langue bleue qui semblait fuir la bouche et pointait vers le sol.

– Ah, quelle horreur, quelle horreur ! s'écria Leonora, au bord de la crise de nerfs, avec des gestes convulsifs, comme si elle voulait se nettoyer d'une invisible souillure.

Le courtisan avisa une feuille de papier semblable à celui sur lequel avait été rédigée la facture de dalla Frascada. On y avait tracé quelques mots énigmatiques qu'il lut à voix haute :

– « Rien ici, rien ailleurs, rien nulle part. » Poème ou déclaration philosophique ? Croyez-vous que notre artisan ait lu Spinoza ?

Il lui tendit le billet et contempla le cadavre en se caressant le menton d'un air songeur :

– Il est clair que quelqu'un cherche à couper les ponts entre ses petites manigances, la justice et vous.

La jeune fille cessa d'épousseter ses vêtements et pointa sur lui un doigt accusateur :

– Vous en aurez parlé à tous vents, c'est évident ! Vous n'aimez rien tant que vous vanter à tout bout de champ ! Vous étiez si content d'avoir identifié cette pièce à conviction ! Je suis certaine que la Seigneurie vous emploie lorsqu'elle veut proclamer une décision : vous coûtez moins cher que vingt crieurs et les remplacez avantageusement !

Il s'abstint de relever l'injure et lui conseilla de se demander plutôt si son père n'avait pas réellement signé cette fameuse facture.

– C'est un faux manifeste ! s'écria-t-elle avant de quitter cette maison maudite en direction de la jetée.

– Ne vous est-il pas venu à l'esprit qu'il pouvait être authentique, au contraire ? insista-t-il tout en courant sur ses talons. Je ne crois pas qu'avoir des *a priori* en faveur d'untel ou untel soit un bon préalable à la recherche de la vérité !

Elle eut envie de lui rappeler qu'il travaillait pour elle ; ses allégations suspicieuses à l'encontre du *pater familias* des dalla Frascada étaient donc tout à fait déplacées. Mais elle se retint, d'abord parce qu'elle préférait consacrer son énergie à fuir ces lieux au plus vite, ensuite parce qu'elle ne pouvait écarter l'éventualité qu'il ait raison. Son père, après tout, n'avait guère brillé par son respect des lois.

Ils attendirent en silence, curieusement juchés à l'extrémité d'un embarcadère de commerce, sur ce *rio* déserté par ses ouvriers. Leonora ruminait ses griefs contre le responsable de sa dernière mésaventure. Dell'Oio, lui, attendait qu'elle cesse de nourrir des pensées presque aussi assassines que celles qui avaient conduit le *sior* Brolo à cette sinistre fin.

Une gondole ne tarda pas à se présenter ; il y en avait toujours une dans les parages, dans cette ville où elles constituaient le seul moyen de locomotion. La

Frascadina cessa de bougonner, mais son ton n'en fut guère plus serein :

– Je dois voir mon père. Les choses deviennent trop graves.

– Vous pourrez lui demander quel est son degré de culpabilité dans cette affaire! Nous saurions enfin à quoi nous en tenir, lui recommanda le courtisan. Comme il a une audience dans moins d'une heure, votre entrevue ne devrait pas présenter de difficulté.

Elle s'apprêtait à le gifler pour l'insolence de la première phrase, mais suspendit son geste à cause de la seconde. La voyant dans de meilleures dispositions, il condescendit à lui exposer la suite des événements. Les geôliers du détenu allaient lui faire quitter sa cellule des Plombs pour le conduire devant la Quarantie criminelle, dans la partie respectable du Palais. Ces magistrats débordés avaient toujours du retard : il ne serait pas difficile d'approcher le prévenu tandis qu'il attendrait sa comparution. Lui-même se chargerait des détails.

Elle savait désormais que cette phrase était un sésame censé dénouer les cordons de sa bourse. Les pourboires aux huissiers du Palais ducal lui parurent avoir subi une forte augmentation, ces derniers temps.

Le soleil était encore loin d'être couché, en cette mi-mai, quand la Frascadina entra dans la salle d'attente de la Quarantie criminelle, lieu redouté de tous les Vénitiens. Elle laissa dell'Oio achever de distribuer aux employés leur part des subsides qu'il avait reçus à cette fin. Quelques personnes à l'allure plus ou moins piteuse attendaient çà et là, mais point de maître des

Eaux. Elle venait de prendre place sur l'un des bancs de bois lustrés par des générations d'arrière-trains coupables, quand une double porte s'ouvrit sur deux gardes qui escortaient le prisonnier.

Le patricien avait moins bonne mine qu'à sa précédente visite. Il avait omis de se raser; on avait dû le priver de barbier. On ne l'avait pas non plus autorisé à arborer sa perruque grise à marteau, l'emblème des loyaux serviteurs de la Sérénissime. Il portait une coiffure plus simple, par ailleurs mal agencée, et ses vêtements étaient en désordre. Leonora tira de son sac un peigne, une brosse, et se mit en devoir d'arranger tout cela. Tout en agençant avec soin les mèches du postiche poudré, elle relata à son père sa visite au Dorsoduro et le lamentable sort de l'armateur véreux.

– Quand nous aurons démontré que cette reconnaissance de dette est bien un faux, lui souffla-t-elle, l'accusation tombera d'elle-même.

Son père se borna à marmonner quelques mots indistincts. Elle resta le peigne en l'air, interloquée par cette attitude évasive. Il ne lui fallut pas longtemps pour en déterminer le sens. Il était temps de se rendre à l'évidence : lui, le maître des Eaux de la République, en qui les autorités avaient placé leur confiance, avait bien trafiqué avec un transporteur connu pour tremper dans des manipulations douteuses. Ses pairs apprécieraient encore moins cette trahison qu'elle ne l'appréciait elle-même en cet instant. Cesare dalla Frascada eut ce sourire penaud dont il avait déjà usé pour lui annoncer qu'il l'avait promise à il ne savait trop qui :

– Le point positif, c'est que Brolo ne viendra pas confirmer sa signature devant la Quarantie, murmura-t-il, comme s'il venait de trouver le remède à l'ensemble de ses maux.

Elle eut envie de l'abandonner aux conséquences de ses méfaits. La facture avait bien été paraphée de sa main, il s'était livré à des trafics que la Dominante n'approuvait pas, il était coupable des fautes dont l'accusaient ses dénonciateurs. Les ursulines ne lui avaient-elles pas seriné tout au long de son éducation que les pécheurs expiaient leurs crimes un jour ou l'autre ?

L'Illustrissime n'avait plus rien, dans cette antichambre des enfers, du glorieux Romain dont il portait le prénom. Il s'était tassé sur lui-même, avait rentré la tête dans les épaules, et semblait attendre le bourreau plutôt qu'un hypothétique sauveur.

Cette tortue pitoyable n'en était pas moins son père. Et, au rythme où déclinait le doge, elle n'aurait bientôt plus que celui-là. Il l'avait sortie du couvent, l'avait accueillie chez lui, lui avait donné son nom, un avenir ; elle ne se sentait pas le cœur de le laisser dans l'affliction.

– Rassurez-vous, dit-elle en renouant le ruban bleu clair qui retenait le catogan : j'ai là un allié précieux qui saura vous tirer d'ennui.

Elle désigna de la pointe du peigne son courtisan vénitien, occupé à faire baisser les tarifs de la corruption, à l'autre bout de la salle.

– Celui-là ? répondit dalla Frascada, incrédule.

Flaminio abandonna le garde pour sauter sur un prévenu à la figure navrée qui avait tout du client potentiel. Il fallait certes de l'imagination pour voir dans cet elfe virevoltant le messie dont ils avaient besoin.

– Son arme principale est de n'avoir l'air de rien, assura la jeune fille.

– Il est très fort, dans ce cas, conclut son père, qui n'était pas en état de décourager les bonnes volontés, même les plus improbables.

Un doute rongeait Leonora depuis sa conversation avec l'affreux Lazaro Corner dans la gondole. Le maître des Eaux savait-il que le doge la croyait sa fille ? L'avait-il prise chez lui pour accéder au sérénissime prince ? Comme leur attente se prolongeait, elle céda à la tentation. Elle pria le patricien de ne pas s'offusquer et lui demanda s'il était bien sûr d'être son père. Il lui prit la main et posa sur elle le premier regard tout à fait franc qu'elle lui vit dans cette salle :

– Ma petite fille, si j'avais des doutes sur ce point, il me suffirait de te contempler pour voir que c'est mon sang qui coule en toi. Ton intelligence, ton énergie, ta détermination… Je crois me voir avec une robe !

En vérité, c'étaient bien ces mêmes qualités qui la faisaient douter.

– En outre, ta mère était très éprise de moi, à l'époque. Elle n'avait pas d'autre amant. Je l'aurais su : il n'y a pas de secrets qui tiennent longtemps, à Venise. Elle m'était fidèle, nul n'osera me dire le contraire en face.

« Nouvelle raison de douter », se dit la Frascadina, qui commençait à se demander si elle n'aurait pas plutôt dû se faire appeler « Loredana ». Cesare lui enjoignit de s'intéresser plutôt aux progrès de leur affaire, que le *sior* Robolini n'avait sûrement pas manqué de faire avancer dans le bon sens.

Ils n'eurent pas longtemps à attendre pour savoir à quoi s'en tenir. Un huissier appela « Son Excellence illustrissime Cesare dalla Frascada, provéditeur aux Eaux ». L'entrée du détenu, encadré de deux gardes, eut beaucoup moins de panache que les titres qu'on persistait à lui donner, eu égard à son rang de noble vénitien. Les jeunes gens restèrent à l'attendre, les séances se tenant à huis clos.

Les membres de l'instance judiciaire, tous sénateurs en robes noires et perruques grises, étaient assis autour de leur président. Celui-ci, en grande tenue, l'air pas commode, trônait sur une estrade, flanqué de ses assistants. Sur de petits pupitres reposaient les dossiers à traiter. Robolino Robolini avait enfilé une tenue semblable à celle des patriciens, qui faisait de lui, dans l'exercice de ses fonctions, l'égal des nobles à la tête de l'État. Sa coiffure en faux cheveux à l'ancienne mode, qui s'élevait à près de quinze centimètres au-dessus de sa tête, le faisait ressembler à un pantin mal proportionné.

Un assesseur énuméra sur un ton monocorde les suspicions qui pesaient sur le prévenu. La défense leur opposa la lecture de ses propres arguments, agrémentés d'un portrait moral qui décrivait dalla Frascada en zélé serviteur de sa patrie. Puis Robolini sollicita la faveur de conférer avec le président. Les deux hommes échangèrent quelques mots sur l'estrade. Les membres de l'assemblée approuvèrent par de bruyants ânonnements. L'avocat revint annoncer à son client le résultat de l'entretien.

Dans son immense bonté, et sans doute aussi dans le souci de préserver la bonne opinion que le peuple avait des tenants du pouvoir, la Quarantie criminelle était disposée à accepter un marché. L'inculpé devait reconnaître le détournement de fonds publics ; en échange, l'accusation de malignité ne serait pas retenue ; Robolini invoquerait l'excuse d'incompétence et les juges feindraient de croire à l'innocence de ses motifs ; l'inculpé serait juste condamné à rétablir l'équilibre de ses comptes sur ses propres deniers et subirait un éloignement de Venise de quelques années, par exemple une relégation dans sa villa de terre ferme, qui était assez confortablement agencée, à ce qu'on disait.

– Une longue villégiature, en quelque sorte, minimisa Robolini, dont l'expression sereine suggérait qu'on ne pouvait espérer s'en tirer à meilleur prix.

Le patricien se redressa de toute sa hauteur.

– Quand je pars en villégiature, je ne laisse pas mon honneur à Venise ! lança-t-il en direction du président sur son estrade.

Une condamnation de cette espèce signifiait la fin de sa carrière dans l'administration vénitienne. Il passerait pour un voleur ou, pire, pour un imbécile jusqu'à la fin de ses jours et ne pourrait plus jamais faire bonne figure dans la classe dirigeante. C'était une mort sociale.

– Autant m'exécuter dans la cour de ce palais ! ajouta-t-il : c'est arrivé à des gens très bien ! Je ne peux accepter que ma disgrâce compromette le mariage de ma chère fille, ajouta-t-il plus bas à l'intention de son défenseur, comme si les noces de l'ancienne orpheline avaient été au centre de cette lamentable affaire.

L'expression du président se fit encore moins douce qu'à leur arrivée. Il y eut un brouhaha parmi les quarante, puis on procéda au vote. On fit circuler des urnes où chacun jeta une boule dont la couleur indiquait son opinion.

Le ton qu'adopta le chef de la Quarantie pour conclure l'audience indiquait nettement que la saillie du prévenu l'avait indisposé, ce qui n'était certainement pas de bon augure pour l'avenir de ce dernier.

Quand dalla Frascada et son défenseur reparurent dans la salle d'attente, Leonora demanda avec anxiété quel était le verdict.

Il était condamné à mort.

La jeune fille manqua de s'évanouir.

Le secrétaire de la Quarantie fit signe aux gardes d'emmener le détenu, et l'on passa à l'inculpé suivant, fort inquiet de voir dans quel état dalla Frascada lui laissait les magistrats.

Les hommes présents, le condamné y compris, paraissaient contrariés, mais non abattus. Leonora, qui était en larmes, s'étonna d'être la seule que ce verdict horrifiait. Une fois encore, on dut lui expliquer les finesses de la justice vénitienne. Le condamné pouvait faire appel devant une autre juridiction. Le verdict ne serait pas définitif avant que les deux tribunaux aient rendu des avis équivalents. Une condamnation à mort en première instance ne signifiait nullement exécution : c'était juste un fâcheux contretemps, au pire un mauvais départ.

Les bons offices du courtisan permirent à Leonora de raccompagner son père jusqu'à sa cellule, à l'étage supérieur. Dell'Oio distribuait les ducats comme si sa bourse n'avait pas eu de fond. On aurait dit qu'ils étaient suivis d'un cocher chargé d'huiler les essieux grinçants de leur carrosse décati.

– Je suis surprise que vous ayez encore de la ressource, lui souffla la jeune fille alors qu'ils traversaient les interminables corridors du Palais ducal.

– Avoir de la ressource est mon métier.

Plutôt que d'arborer son air satisfait habituel, il accompagna sa remarque d'un regard de condoléances qui ne réchauffa guère le cœur de son employeuse.

De fait, le patricien avait perdu lui aussi toute sa superbe. Il attendit que les gardiens aient accepté de leur accorder quelques minutes d'entretien en tête à tête dans le sinistre couloir des Plombs pour livrer le fond de sa pensée :

– J'ignorais les sentiments du président à mon égard. Après mon éclat, je crois inutile de m'interroger davantage.

Son cas s'aggravait de jour en jour. Leonora commençait à penser que le seul recours était de le faire évader. Une fuite le condamnerait certes à l'exil, mais elle lui épargnerait au moins d'avoir à reconnaître des fautes déshonorantes.

On aurait dit qu'elle venait de lui proposer de solliciter l'intervention miraculeuse de sainte Marie-Madeleine, patronne des lépreux. Nul ne s'était jamais évadé des Plombs, hormis, peut-être, un libertin du nom de Casanova, il y avait de cela quelques années. Depuis lors, la Seigneurie, ulcérée par cet affront, avait renforcé la surveillance. dalla Frascada entendait, la nuit, les pas des gardes qui patrouillaient dans le grenier.

– Le Grand Conseil a été si vexé qu'il ne pardonnerait pas à celui qui tenterait une seconde fois l'aventure ! conclut-il.

– Ou bien il se garderait de rien dire, pour éviter une honte publique, rétorqua sa fille, moins frappée que lui par la force des interdits vénitiens. Il pourrait même vous gracier, pour faire croire que vous êtes sorti par la grande porte…

Cette idée laissa son père songeur. Hélas, il n'avait pas la sveltesse et l'agilité du joli cœur de trente ans qui avait opéré cet exploit le premier. Sa fille le poussa à envisager sérieusement ce projet : si ce Casamachin avait pu le faire, il y arriverait aussi !

Mais plus il y pensait, plus la perspective de quitter pour toujours sa ville natale lui était insupportable.

– Je courrais le risque d'être banni à vie. Tu n'es pas née ici, tu ne sais pas ce que c'est que d'être Vénitien. Notre cité est tellement particulière que nous ne pouvons nous sentir chez nous où que ce soit. Tout éloignement est un exil et cet exil nous tue, comme ces essences rares qu'on ne peut replanter hors de l'endroit où elles ont germé. Chaque fois que j'ai dû quitter notre ville pour le *dominium*, je n'ai eu qu'une hâte : retrouver au plus vite mes chers canaux. Même à Florence, même à Rome, qui ont quelques bâtiments intéressants ! Venise est la véritable Jérusalem céleste, elle ne souffre pas de comparaison. Qui supporterait d'être chassé du paradis ? Pas même Satan !

Elle fit remarquer à ce nouvel Adam qu'il séjournait pour le moment en enfer, dans une pièce sans fenêtre, d'où l'on n'entendait pas le moindre clapotis.

– Mais je sens la présence de la lagune ! dit-il en humant ostensiblement, le nez en l'air. Je sais l'heure qu'il est au parfum des marées. Je reconnais le jour de la semaine au fumet des plats qu'on apporte sur des charrettes jusqu'au milieu de la Piazza. Je sais quel est le mois par l'odeur des draps que les teinturiers mettent à sécher sur leurs portants. Je sais que l'Ascension approche, puisqu'on donne des coups de marteau devant la basilique pour monter les stands de la foire. Je ne suis pas en prison, puisque je suis à Venise ! Ailleurs, tout me serait prison !

Bien que ces signatures olfactives lui soient encore imperceptibles, Leonora fut bien forcée de constater que la liberté subsistait dans l'esprit de son père tant qu'il restait sur la lagune, et qu'il ne servirait à rien de libérer son corps s'il restait prisonnier de ses regrets. Elle le quitta après lui avoir promis de trouver une solution qu'il puisse accepter et le laissa dans son univers d'effluves innombrables et délicieux.

– Les boulangers ont ouvert leurs fours, dit-il, l'index levé, avant que la porte ne se referme derrière elle. Il est l'heure de déguster les *baìcoli* !

Leonora retrouva dell'Oio et Robolini dans le vestibule des bureaux de justice. Il lui suffit de voir leurs visages pour comprendre que les nouvelles n'étaient pas bonnes. L'avocat était à la fois désolé d'avoir manqué son coup et fâché que son client ait montré assez d'orgueil et d'aveuglement pour repousser un pacte, obtenu de haute lutte, qui satisfaisait tout le monde à part lui.

– Comme je m'en doutais, c'était l'offre de la dernière chance ! Votre père a pour ainsi dire mordu la main secourable du président !

La Quarantie criminelle, au lieu de transmettre l'affaire à une juridiction de même rang, avait déféré le prévenu au Conseil des Dix, la plus haute instance de la République, dont les décisions étaient immédiatement exécutoires. Ce conseil n'avait accès qu'à certains crimes et délits, dont ceux commis sur des barques. Les ennemis de dalla Frascada avaient osé arguer que ses importations illégales avaient été effectuées par voie maritime.

La Frascadina s'étonna de leurs craintes. Elle en était restée à l'idée que les nobles formaient une classe au-dessus du commun :

– Je suppose que le Conseil des Dix est composé de nobles ? Voudra-t-il accabler un patricien de si haut lignage ?

– Vous plaisantez ? s'écria l'avocat avec des effets de manches qu'il aurait mieux valu réserver à la cour. C'est précisément à cela qu'il sert ! Son but est de surveiller, museler, brimer la noblesse de Venise, afin d'empêcher l'un de ses membres de mettre en péril l'équilibre républicain. Votre père est entre les pattes de lions élevés pour le déchirer. Les chrétiens avaient plus de chances de sortir vivants des cirques de Néron !

Il était d'autant plus exaspéré que la chute retentissante de son client n'allait pas faire de bien à sa réputation professionnelle. Il avait déjà pris la résolution de faire courir le bruit que le malheureux était devenu fou pendant sa détention et ne tenait plus aucun compte de ses conseils; cela ne sauverait pas l'accusé, mais dédouanerait quelque peu son défenseur dans l'opinion publique.

Le prévenu qui comparaissait devant le Conseil des Dix n'avait droit ni à un avocat, ni à une confrontation avec ses témoins. Ses procureurs seraient aussi ses juges. S'il était condamné, il pouvait être pendu, noyé dans un canal ou étranglé dans sa geôle, selon l'humeur. D'après Robolini, seul un *avogador di comun* pouvait encore le sauver. Mais dalla Frascada n'en comptait aucun parmi ses amis, le camp qui le soutenait n'était pas assez fourni pour en faire élire un, et son défenseur doutait qu'il s'en trouve jamais un qui l'aime assez pour se fâcher avec les puissants membres des Dix.

Leonora l'adjura de découvrir un biais : il devait bien y avoir une faille dans le dossier d'accusation; cette histoire d'ossements repêchés à Cannaregio au moment de son arrestation, par exemple. Robolini fouilla dans ses papiers. On venait précisément de lui remettre une note à ce sujet.

Les différents fonctionnaires qui avaient eu ces os en mains s'étaient bien gardés de donner à ce cas un caractère d'exception, pour éviter de faire des vagues dans l'administration. De service en service, les restes venaient de passer par celui des affaires maritimes. Selon la dernière théorie, ils appartenaient à quelque passager d'un navire marchand, aussi allaient-ils être transmis à l'office des litiges commerciaux!

– Encore deux bureaux et il ne s'agira plus que d'os de porcs tombés de l'étal d'un boucher! conclut Robolini.

Restait l'abominable Lazaro Corner. Alvise Mocenigo avait promis de faire enquêter à son sujet.

– Ah ! Votre fameux Corner ! s'exclama l'avocat. Son Excellence le sénateur m'a fait communiquer le résultat des investigations qu'il a eu l'amabilité de diligenter pour vous complaire. Il semble que le principal effet de votre agitation ait été la disparition ce personnage. Il a quitté son office des restaurations et nul ne sait où il se trouve. Je ne peux appuyer ma cause sur un fantôme !

Il engagea la jeune fille à cesser ses initiatives inconsidérées et lui conseilla d'user plutôt de son influence sur son père pour qu'il mette sa vanité de côté et revienne à la raison. Puis il tourna les talons et s'éloigna dans un grand mouvement de soie noire, semblable à une vieille corneille mécontente d'avoir guigné une dépouille finalement trop faisandée à son goût.

XVI

LA NUIT ÉTAIT TOMBÉE sur la place Saint-Marc lorsque Leonora et Flaminio la traversèrent en silence, sans but précis, tout à la déconvenue que suscitait en eux le renvoi du procès devant le terrifiant Conseil des Dix.

– C'est mauvais, n'est-ce pas ? finit-elle par demander.

Il confirma du menton, bien qu'à la vérité l'expression fût très loin de définir la réalité de leur situation. Il aurait fallu évoquer quelque chose entre la chute de Lucifer dans les abîmes et les tourments promis aux habitants de Gomorrhe pour décrire le sort encouru par le prévenu qui tombait entre les pattes de ces chimères impitoyables, mi-pourfendeuses de démons, mi-démons elles-mêmes.

Tandis qu'ils débouchaient sur le campo San Moisè, où s'élevait une incroyable façade d'un baroque tardif recouverte de guirlandes de marbre, Leonora se demanda subitement si le meurtre du maître de barques était bien lié à l'inculpation de son père, ou s'il n'était pas dû à tout autre chose. Si l'on retenait cette dernière hypothèse, le mobile de l'assassinat pouvait fort bien être sa propre enquête sur les trafics de pierres ou sur les ossements de Cannaregio. Dans ce cas, la cause de la pendaison de ce malheureux... n'était autre qu'elle-même !

– Nous devons retourner chez ce Brolo ! déclara-t-elle. Puisqu'on s'est donné la peine de le tuer, il s'y trouve peut-être des documents où ses assassins sont cités !

– Pourquoi retourner là-bas ? dit Flaminio dell'Oio avant de tirer de sous sa cape un portefeuille où figurait la mention « factures en souffrance ».

Il l'avait ramassé dans un coin de la pièce où pendait son propriétaire, dans l'espoir d'y lire quelques indications compromettantes pour de riches Vénitiens non encore incarcérés. C'était le genre de renseignement qui pouvait se révéler très précieux dans son métier d'entremetteur officieux.

Son employeuse fut enchantée au point de menacer de l'embrasser, si bien qu'il dut lui rappeler les exigences de son rang pour l'empêcher de se donner en spectacle. Ils s'arrêtèrent dans la première *bottega da caffè* venue, afin d'éplucher avec fébrilité les quittances de *sior* Brolo autour d'une boisson chaude, à la recherche de notations commerciales qui auraient cité, par exemple, Lazaro Corner.

Si elle s'était attendue à trouver là, noir sur blanc, les plus grands noms de Venise, Leonora fut déçue. Flaminio parcourut les pages en promenant un œil distrait sur les patronymes qui s'y succédaient :

– Prête-nom. Homme de paille. Inconnu au bataillon. Commerçant lombard. En prison depuis deux mois. En fuite. Ah ! Celui-ci est très bien. Raulo

Limon. C'est l'anagramme de Lauro da Molin, le surintendant aux Cartes géographiques. Deux barques de soixante tonneaux ! Eh bien, mon ami, on voit les choses en grand ! Il doit au moins trafiquer dans l'importation des éléphants, celui-là !

Le courtisan fourra ce papier dans sa poche pour un usage ultérieur au sujet duquel mieux valait ne pas s'interroger.

– Je le tiens ! s'écria soudain Leonora, avec un mouvement qui faillit renverser le service à café et attira sur eux l'attention des consommateurs.

Elle venait de lire une note sur un chargement de moellons à livrer à l'église Santo Stefano pour les travaux de réfection.

– Des travaux « momentanément suspendus » depuis dix ans !

Le sanctuaire était le meilleur endroit où chercher un indice contre Corner. Flaminio balaya l'idée de se contenter d'indices. Seules des preuves tangibles, indiscutables, pour ainsi dire palpables, pouvaient innocenter dalla Frascada :

– La preuve ! Il faut toujours faire la preuve, à Venise ! Les Vénitiens sont très peu catholiques, à cet égard : comme saint Thomas, ils ne croient pas sans voir.

Puisque Lazaro Corner avait disparu et que son service des restaurations était en sommeil, il fallait saisir l'occasion et pénétrer de nuit dans l'enceinte de Santo Stefano. Flaminio dell'Oio réfléchit un instant.

– Il y a sans doute une maison mitoyenne accolée au cloître. Je me fais fort de nous la faire ouvrir. Nous montons sur le toit, de là nous descendons par une corde sur celui du bâtiment religieux, d'où nous glissons jusqu'au sol.

L'expression de la jeune fille, qui ne se voyait guère crapahuter de nuit sur les tuiles de Venise, l'engagea à chercher une autre astuce.

– Ou bien, reprit-il, nous nous cachons quelque part dans l'église en attendant qu'on nous enferme. Solution de facilité, bien sûr.

Cette idée comportait moins d'acrobaties et de risques de chute, elle fut adoptée sur-le-champ. Leonora déposa quelques pièces sur la table et quitta l'établissement pour ne pas manquer la fermeture du temple. Le courtisan bourra l'une de ses poches des délicieux biscuits qu'on leur avait servis pour agrémenter la collation, en prévision d'une longue attente dans un endroit exigu.

Une heure plus tard, ils étaient toujours coincés dans le confessionnal où Flaminio avait jeté la Frascadina pendant que le bedeau rangeait les objets du culte et mettait de l'ordre dans la nef. Le jeune homme s'astreignait à une parfaite immobilité pour ne pas faire grincer le vieux bois sec de son abri, ce qui représentait une vraie torture pour son corps peu habitué à rester en place. Il perçut soudain un murmure lancinant. Quelqu'un psalmodiait du latin non loin d'eux.

– Ils ont enfermé l'une des bigotes avec nous, souffla-t-il par le grillage destiné aux confidences des pénitents.

Le murmure s'interrompit, aussitôt remplacé par la voix de sa patronne, installée dans l'autre isoloir :

– Je prie Dieu de nous pardonner notre intrusion dans des meubles réservés à l'exercice de la foi, chuchota-t-elle d'une voix aigre. Il sait que l'amour de mon père me force à vous suivre dans vos sacrilèges, aussi me sera-t-il beaucoup pardonné.

Le courtisan leva les yeux au ciel tandis que la psalmodie reprenait de plus belle. Il en fut ainsi jusqu'à ce qu'un échantillon fourni de grossièretés en dialecte vénitien vienne combattre cette litanie dangereuse pour leur incognito.

Quand ils se décidèrent à quitter leur cachette, aucun bruit ne s'étant plus fait entendre depuis un long moment, les joues de la jeune fille n'avaient pas encore perdu leur rougeur. La première action du courtisan dut consister à s'excuser platement pour avoir étouffé la langue de Dieu avec celle du diable. Elle était sur le point de lui accorder son pardon lorsqu'il la poussa dans un recoin.

– Après les gros mots, les attouchements ! eut-elle le temps d'articuler avant qu'il ne plaque l'une de ses paumes sur sa bouche.

La lune éclairait suffisamment l'église par les vitres translucides pour leur permettre de discerner des silhouettes qui filaient à travers le chœur. Les ombres s'engouffrèrent dans la chapelle absidiale de gauche. Il y eut un grincement, puis plus rien. Ils attendirent un moment et approchèrent à pas de loup. Une forme confuse se tenait immobile, dos au mur, comme aux aguets, l'arme à la main. Ils finirent par se rendre compte qu'ils étaient en train d'espionner l'archange saint Michel figé dans le bois peint. La chapelle était vide. Hormis la statue, il ne s'y trouvait qu'un monument en haut relief, au-dessus duquel reposait le gisant de pierre d'un héros vénitien par un sculpteur du XVIe siècle. De rares cierges qui achevaient de se consumer sur leurs piques de fonte fournissaient une lumière crépusculaire.

– Avec vos diableries, nous voilà confrontés à des démons passe-muraille ! pesta Leonora.

– Arrêtez de voir des démons partout. Il y a forcément une sortie.

Le tombeau du militaire tombé pour la plus grande gloire de sa patrie était gravé de ce qui semblait être une dédicace. La Frascadina s'empara d'une chandelle votive, fit un signe de croix pour s'excuser envers le saint dont elle s'appropriait l'offrande et éleva la flamme à hauteur de l'inscription.

– Ce n'est pas le moment de vous lancer dans des lectures, grogna dell'Oio, alors qu'elle faisait appel aux notions de latin inculquées par les ursulines de Vicence pour tenter de déchiffrer le texte.

Flaminio, qui se vantait volontiers de n'avoir pas suivi les fastidieuses études classiques requises pour s'inscrire au barreau de Venise, s'impatienta très vite.

– Croyez-vous qu'il soit opportun de s'intéresser aux exploits de ce général mort il y a trois siècles ?

– On dirait plutôt une sorte de devinette latine, répondit-elle.

« Je suis plus grand que Dieu,
Les morts me mangent.
Si les vivants en font autant,
Ils meurent à leur tour. »

Suivait une longue prière qui occupait la plus grande surface du catafalque.

– Vous cherchez un sens là où il n'y a rien à comprendre, protesta le courtisan.

Cette réflexion souffla la réponse à la jeune fille.

– Trouvez-moi le mot « nihil » dans la prière, ordonna-t-elle avant de saisir un second cierge.

En dépit de sa mauvaise volonté et bien qu'il ne comprenne goutte au texte, il fut le premier à constater que « nihil » figurait en effet à la deuxième ligne : plus grand qu'elle, il pouvait porter son regard plus haut. Leonora lui recommanda d'appuyer sur cet endroit aussi fort qu'il le pouvait. Il y eut un déclic. Un interstice apparut entre les colonnes du tombeau suspendu. Ils firent pivoter le battant et virent un escalier étroit qui descendait dans la pénombre.

Leurs bougies à la main, ils avaient l'air de chrétiens de la Rome antique en route pour leur supplice. Dell'Oio pria intérieurement pour ne pas connaître le sort des dix mille crucifiés du mont Ararat, dont la représentation par Carpaccio, dans un mélange de cruauté et d'extase mystique, l'avait particulièrement frappé.

Au bas des marches, les jeunes gens aboutirent à une nouvelle crypte, nettement plus ancienne que le bâtiment édifié au niveau du sol. Les bandits dont ils suivaient les traces avaient déjà quitté les lieux par un boyau qui s'ouvrait de l'autre côté. Un flambeau brillait dans son support métallique fixé à la muraille.

L'ancien tombeau devait servir de resserre, car il contenait une série de coffres en bois grossier, probablement livrés par le batelier Brolo, du temps où il ne jouait pas encore les lustres macabres dans sa boutique. Ils entreprirent d'ouvrir les caisses et se crurent dès lors dans la caverne aux merveilles du conte d'Ali Baba. La première était remplie de masques de carnaval en cuir de Cordoue. La seconde contenait des capes patriciennes moirées, dont dell'Oio, qui s'y connaissait, affirma qu'elles venaient tout droit des soieries de Lyon. La troisième était garnie de souliers en satin à la dernière mode londonienne. La quatrième regorgeait de perles de verre multicolores qui n'avaient à coup sûr jamais connu les fours de Murano. Les Vénitiens raffolaient de ces articles exotiques. Ils ne pouvaient se les procurer légalement que dans les villes d'Italie qui en toléraient l'importation, c'est-à-dire hors de Vénétie. La République avait perdu ses anciennes sources de revenus, ses comptoirs de Méditerranée, son monopole du commerce avec l'Orient, ses îles inféodées. Elle tentait de sauvegarder le peu qu'il lui restait : son industrie. Le comble de l'incongruité les attendait avec la dernière caisse. Elle contenait des dentelles bretonnes, sans doute nées de mains bigoudènes et destinées à orner les têtes des patriciennes. Leonora fut atterrée :

- Tout ce tapage pour des dentelles ? On tue pour des dentelles, à Venise ?

- Et pourquoi voulez-vous qu'on y tue ? s'étonna dell'Oio. Des mines d'or ? Vous les avez sous les yeux, vos filons aurifères. Il suffira de quelques heures pour changer ces fanfreluches en sequins tout aussi dorés que les pépites de l'Eldorado !

Il y eut du bruit dans l'escalier. Quelqu'un de lourd et de pataud descendait les marches. Une seule échappatoire s'ouvrait à eux : le boyau par lequel les forbans s'en étaient allés. Après un coude, ils aboutirent à une grille qui donnait sur le souterrain du *rio del Santissimo*, ainsi nommé parce qu'il passait sous l'autel. Elle n'était pas verrouillée.

– Vous ne songez pas à… dit Leonora.

– Préférez-vous vous expliquer avec des gens qui ont peut-être pour passe-temps de jeter des os humains dans les canaux ?

La jeune femme considéra avec angoisse la perspective de plonger dans le flot ténébreux. Encore devait-elle abandonner sa robe, sous peine de couler à pic, empêtrée dans le tissu mouillé. Il l'aida à l'ôter, ce qui n'alla pas sans mal. Soit nervosité, soit manque d'expérience, il eut le plus grand mal à défaire les nœuds qui fermaient le vêtement le long du dos. Dès que sa patronne s'en fut extraite, il jeta au loin la belle étoffe, qui s'éloigna doucement au gré du courant. Ils s'y laissèrent glisser à leur tour.

Bien qu'on fût à la mi-mai, l'eau était froide en plus d'être noire et d'une propreté qui n'aurait pas supporté un examen attentif. Une fois les cierges noyés, on n'y voyait plus rien, hormis le vague reflet de la lune au-delà de la voûte, à la sortie du tunnel. Une lueur, apparue à l'entrée du boyau, leur confirma qu'ils ne s'étaient pas résolus à ces extrémités pour rien : un homme, dont ils aperçurent vaguement la figure patibulaire et la large carrure, brandit une lanterne pour scruter l'obscurité. Ils étaient hors de vue, aussi émit-il un grognement perplexe avant de fermer la grille.

Les fugitifs entreprirent de nager en direction de l'air libre. C'était marée basse, ce qui suggérait que le premier groupe de trafiquants s'était éclipsé en bateau. Le *rio* était néanmoins encore assez profond pour qu'ils n'aient pas pied. De toute façon, mieux valait rester à la surface plutôt que de fouler un sol boueux que les nettoyeurs de dalla Frascada n'avaient peut-être pas récemment débarrassé de ses ordures.

– Je constate avec plaisir que les ursulines de Vicence ont pris la peine de vous initier à la natation, dit dell'Oio, qui ne s'était nullement posé la question avant de la pousser dans l'eau.

– Leurs élèves reçoivent tous les enseignements susceptibles de les préparer à vivre dans cette cité lacustre, répondit-elle d'une voix que le froid rendait hésitante. Bien sûr, si elles avaient pu imaginer que j'aurais à vous suivre dans vos pérégrinations, elles auraient ajouté quelques leçons d'arts martiaux.

Flaminio dell'Oio s'abstint de souligner que c'était elle qui les jetait dans ces périls : il venait d'aviser deux boules sombres et ne pouvait présumer de la réaction de son employeuse si elle découvrait que deux gros rats nageaient placidement à leurs côtés.

Une fois qu'ils eurent débouché hors de l'arcade, il leur fallut prolonger ce bain jusqu'à ce qu'ils aient atteint les marches prévues pour les passagers des gondoles.

Ils étaient dans un état déplorable. La petite veste cintrée du courtisan et son chapeau de feutre à galon doré avaient subi des avanies dont la réparation allait peser lourd sur sa note de frais. Quand à la jeune fille, elle avait passé les bornes de la décence, avec son jupon trempé serré contre ses jambes, autour desquelles on ne pouvait manquer de voir ses jarretières dénouées et ses bas de coton blanc maculés de boue grasse. Les prostituées qui hélaient les passants dans le quartier de Castello osaient à peine en afficher autant à leurs fenêtres.

– Il faut nous hâter de trouver un véhicule, ou vous serez arrêtée par la garde avant d'avoir regagné votre chambre de Santa Giustina, prédit le courtisan.

Leonora répondit qu'il n'était pas question de se présenter chez la signora Pauli dans cette tenue.

– Où voulez-vous qu'on vous accepte, en jupons ? répliqua le jeune homme.

Par bonheur, elle connaissait un lieu où nul ne se formaliserait de la voir arriver à demi nue, en pleine nuit, accompagnée d'un homme.

Un *barcarol* qui en avait vu d'autres les déposa un peu plus tard sur le perron de Ca' Civran. Il fourra dans sa ceinture le généreux pourboire promis par ces naufragés d'un drôle de genre et se dit que les folies du carnaval reprenaient en avance, cette année.

Ce fut inutilement que Leonora pénétra dans la demeure en plaquant contre ses formes féminines ce qu'il restait de ses vêtements, de manière à cacher ce qui pouvait l'être. Elle avait vu juste : les petits bourgeois soucieux du qu'en-dira-t-on de Santa Giustina auraient crié au scandale en la voyant paraître en culotte et corset. En revanche, les nobles du Grand Canal étaient trop blasés pour se formaliser de cette excentricité. Zermanico, qu'ils croisèrent sous le *portego,* comme il arrive inévitablement chaque fois que l'on voudrait passer inaperçu, se contenta de rendre au courtisan son salut et jeta un regard dédaigneux à sa demi-sœur, qu'il prenait de toute manière pour une fille de rien depuis le premier jour. Quant à *donna* Soranza, elle était au grand salon, où elle entamait sa soirée en compagnie d'amis des deux sexes, autour d'une collation bien arrosée, avant de se rendre dans quelque salle de jeu où il n'était pas de bon ton de se montrer trop tôt.

La seule personne qui poussa les hauts cris en les voyant fut Loreta. L'autre avantage d'avoir rallié la maison Civran, c'était qu'il y avait du personnel à leur disposition pour allumer un feu dans la cheminée, leur apporter des vêtements secs et préparer un souper agrémenté d'un vin français sucré et alcoolisé, fort nécessaire pour réchauffer leurs os presque aussi glacés que ceux des défunts anonymes de Cannaregio.

XVII

La première chose que vit Leonora à son réveil, dans sa jolie chambre au troisième étage de Ca' Civran, fut sa robe posée sur une bergère, à côté de son lit. Elle sauta hors des couvertures. C'était bien la tenue qu'elle portait la veille au soir, celle-là même qu'elle avait dû ôter pour ne pas périr noyée et qu'elle avait abandonnée au fil de l'eau sous la voûte souterraine de l'église Santo Stefano. Elle était non seulement sèche, mais parfaitement propre et disposée avec soin pli à pli.

La jeune fille prit à peine le temps d'asperger son visage d'eau, elle arrangea ses cheveux et les surmonta d'un bonnet de gaze tout simple, passa une robe du matin, chaussa des pantoufles à petit talon et se rua dans la salle à manger, à la recherche d'une réponse à ce mystère. Elle y trouva Flaminio, jamais en retard pour profiter des fastes culinaires de leurs cuisines. Il avait mis la main sur l'une des tenues d'intérieur fourrées du patricien et cachait sa tignasse hirsute sous une toque tirée de la même armoire. Leonora lui exprima son ahurissement d'avoir retrouvé sa robe, qu'elle avait crue perdue.

– Vous sous-estimez l'honnêteté de nos Vénitiens, répondit péniblement le jeune homme, la bouche pleine de *pan dolce*. Il arrive qu'ils rapportent les objets trouvés, vous savez.

Elle trépignait, plantée à côté de sa chaise :

– Croyez-vous que mon nom et mon adresse soient marqués dessus ? rétorqua-t-elle, agacée par le manque de vivacité de son interlocuteur à cette heure matinale.

Loreta entra avec le café.

– Vous parlez de la robe ? Un valet l'a rapportée tout à l'heure.

Leonora s'étonna qu'elle ait eu le temps de la repasser.

– Moi ? répliqua la servante, qui venait d'entendre la meilleure plaisanterie de la semaine. Repasser à cette heure-ci ? Mademoiselle a laissé son bon sens au fond du *rio* où elle s'est baignée !

Un domestique non identifié l'avait livrée toute lavée, rafraîchie et empesée, avec la recommandation de la remettre à la demoiselle dalla Frascada. Celle-ci échangea avec son courtisan un regard affligé. Ses ennemis savaient d'où elle venait et ce qu'elle y avait vu.

– La bonne nouvelle, dit dell'Oio en se resservant de cet excellent pain au lait, c'est qu'ils n'ont pas l'intention de faire exploser votre gondole à votre prochaine sortie, ou bien ils se seraient épargné la peine du nettoyage.

Elle supposa qu'il avait raison et reporta son attention sur le déjeuner, sans parvenir à chasser la désagréable impression que leurs adversaires étaient plus retors et plus compliqués qu'elle ne l'avait imaginé.

À cause du bain inopiné dans ce vaste égout à ciel ouvert, une aventure qui ne lui était plus arrivée depuis l'adolescence, Flaminio avait peu dormi. Aussi avait-il eu du temps pour réfléchir, au coin du feu, en sirotant les alcools du propriétaire, dont la cachette hors de vue du fils cadet n'avait pas résisté à ses recherches.

– Souvenez-vous de notre premier entretien avec Robolini. Un détail ne vous frappe-t-il pas ? Vous lui avez annoncé que Lazaro Corner et son bureau d'importation des matériaux de construction trempaient dans le complot contre votre père. L'homme qui vous a recommandé cet éminent juriste ne fait-il pas justement partie de la commission sénatoriale qui chapeaute ce service ?

– Mocenigo ! s'écria la Frascadina.

– Précisément. N'est-il pas étonnant que *sior* Robolini n'ait pas tiqué en entendant vos accusations ? N'aurait-il pas dû pointer cette coïncidence, ne serait-ce que pour chercher l'aide du sénateur ? S'il ne l'a pas fait…

Leonora crut voir les enfers s'ouvrir dans le parquet :

– C'est qu'il ne veut pas réellement aider mon père… et donc qu'il est…

– Qu'il est toujours à la solde de son maître, Son Excellence Alvise Mocenigo. Voilà. Vous arrivez à tenir des raisonnements logiques, quand vous voulez. Robolini est peut-être un bon avocat, mais il n'est en aucun cas le vôtre.

La jeune fille demeura quelques instants sous le choc.

Lorsqu'elle ouvrit la bouche, dell'Oio s'attendait à s'entendre réclamer quantité de renseignements, mais non l'adresse de la courtisane connue sous le nom de « Principessa ». Ce type d'information figurait en effet dans ses tablettes, bien qu'il ne fût pas le genre de personne à avoir recours aux services de cette dame, comme il prit soin de le préciser.

– Elle ne fréquente que les riches, je sais, dit la Frascadina, que cette pensée mortifiait.

– Oui, certes, répondit le courtisan, pour qui l'aveuglement de sa patronne commençait à prendre les dimensions d'une basilique byzantine à cinq coupoles.

Ils ne purent se défendre d'un frisson lorsqu'ils mirent le pied hors de Ca' Civran pour prendre place dans une gondole, avec l'espoir qu'elle ne se changerait pas en cible sitôt quitté le Grand Canal. Leonora baissa les yeux sur ses mains, qu'elle tenait sagement croisées. Il lui sembla que c'étaient des mains de pauvre orpheline, aux ongles courts, dépourvues de bagues. Elle prit, dans sa bourse, l'anneau offert par le doge et le passa à son majeur, le seul de ses doigts où il tenait à peu près. Ainsi, elle avait un peu plus l'air d'appartenir à une grande famille et, surtout, elle avait moins l'impression de n'être qu'elle-même.

Après une traversée sans encombres mais non sans anxiété, ils se firent déposer dans Casteletto, quartier plutôt cossu et très discret où nombre de courtisanes du premier rang avaient leur domicile. Flaminio l'accompagna jusqu'à l'adresse demandée, mais la laissa en bas, car il n'estimait pas devoir lui servir de chaperon dans ces lieux de perdition. Elle hésita à soulever le heurtoir en forme de Vénus cloué sur la porte.

– J'aurais dû envoyer un mot. Peut-être refusera-t-elle de me voir à l'improviste ?

– Croyez-moi : ces femmes ont l'habitude de recevoir n'importe qui n'importe quand. L'araignée donne-t-elle un rendez-vous au moucheron quand il se prend dans sa toile ?

Incapable d'imaginer le motif de cette visite incongrue, il se demanda si elle ne s'apprêtait pas à rejoindre les rangs des disciples de Sapho. Il se trompait tout à fait quant au genre de traitement que la jeune fille était sur le point de recevoir entre ces murs.

Peu après que le bruit sonore du heurtoir eut retenti, une jeune femme à la peau aussi noire que celle des Maures qui servaient le doge vint demander ce qu'on voulait. Le sourire disparut des lèvres de la Mauresse quand elle la vit. Si Madame avait pour habitude de recevoir tous les messieurs de bonne allure qui se présentaient, elle se méfiait des visiteuses comme de la peste. Il était arrivé que des épouses jalouses envoient leurs suivantes lui demander des comptes, ou même qu'elles surgissent en personne pour l'agonir de leurs récriminations. La servante accepta du bout des lèvres de transmettre à sa maîtresse le nom de l'importune et la laissa sans façons sur le pavé.

Leonora aurait préféré ne pas devoir attendre devant un lieu dont la fréquentation ne pouvait être profitable à sa réputation. Après un tête-à-tête de plusieurs minutes avec une porte close, elle fut enfin autorisée à entrer dans le sanctuaire de Vénus.

Elle parcourut un long corridor habillé de miroirs vénitiens et fut introduite dans un boudoir orné de stucs, où la lumière entrait par de vastes fenêtres en ogive. Il était entièrement garni d'un mobilier rococo doré, dont la magnificence correspondait parfaitement au surnom de la maîtresse des lieux. La pièce n'avait rien du goût chichiteux qu'on pouvait s'attendre à découvrir dans une maison consacrée aux plaisirs de la chair. À vrai dire, la jeune fille avait davantage l'impression d'être chez une dame de haute noblesse qu'elle ne l'avait eue chez *donna* Soranza, dont les meubles étaient moins clinquants.

La femme qui la rejoignit au bout de quelques minutes devait avoir une quarantaine d'années, âge de maturité qu'elle portait avec une majestueuse sérénité. Sa grâce épanouie renvoyait la plupart des jouvencelles au rang de gamines mal dégrossies. Ses formes, enveloppées dans une superbe robe de soie gris perle brodée de fils d'argent, avaient exactement l'ampleur requise.

Leonora fut éblouie par cette réussite. Toute à son admiration, elle ne comprit pas tout de suite ce que ce résultat supposait de travail, de volonté et de courage : les heures sur l'*altana* pour éclaircir sa chevelure au soleil sans se brunir la peau, le visage caché sous les larges rebords d'un chapeau sans fond et les cheveux empoissés d'une préparation acide; le maquillage, la coiffure, qui prenaient une à deux heures chaque jour; et, par-dessus tout, le savant dosage des aliments, indispensable pour maintenir l'équilibre des chairs, appétissantes mais surtout pas adipeuses.

La femme qui se tenait devant elle avait atteint le point culminant de ce que pouvait être la carrière d'une courtisane. Leonora comprenait mieux pourquoi le doge Loredan, le patricien dalla Frascada et tout ce que Venise avait de mieux se vantaient de fréquenter l'hôtesse élégante et raffinée qui occupait ce bel appartement. Celle-ci lui demanda en quoi elle pouvait lui rendre service.

– Je suis venue rencontrer ma mère ! répondit la jeune fille, plus émue qu'elle ne l'aurait voulu.

La Principessa, en revanche, était très loin d'exprimer la joie d'une dame retrouvant la chère enfant dont le sort l'avait injustement séparée. Ses traits évoquaient plutôt la surprise de voir un petit secret éventé.

– Ainsi vous savez... Dès qu'Eritrea m'a dit votre nom, je m'en suis doutée. Agnela Immacolata... La mode était à la religion, cette année-là. La Sérénissime République venait de se réconcilier avec le Vatican, il n'y en avait que pour l'Église. On ne s'est jamais autant déguisé en cardinal au carnaval !

C'était la première fois que quelqu'un parlait à Leonora de sa naissance. Incapable de se contenir, au bord des larmes, elle se jeta aux pieds de sa mère, dont elle enserra les genoux.

– Laissez-moi embrasser la main de celle qui m'a donné le jour !

Pour la première fois, une émotion passa sur les traits de la courtisane, mais ce ne fut pas le soulagement d'une mère éplorée. Par bonheur, Leonora, le nez dans les taffetas, n'était pas en position de contempler les effets de ses épanchements. La Principessa passa une main distraite dans les cheveux de sa progéniture. Elle paraissait déçue de ce qu'elle voyait.

– Brune ! Je m'en doutais ! Ma pauvre enfant ! Ça ne va pas être facile !

Le masque de l'amabilité mondaine venait de tomber. Elle ne lui parlait déjà plus comme à une demoiselle du Grand Canal, mais comme à la fille d'une prostituée plutôt mal partie pour reprendre le commerce familial. Lorsque Leonora se fut redressée, la courtisane frappa dans ses mains.

– Eritrea ! Le thé ! clama-t-elle d'une voix qui avait perdu toute suavité.

Dès que l'Africaine eut apporté le plateau d'argent recouvert d'un service de Saxe, sa maîtresse reporta son attention sur l'invitée.

– Tu avais de si jolies boucles blondes, à trois ans ! Qui aurait dit que tu finirais brune !

Cette révélation bouleversa la jeune fille :

– Vous êtes donc venue me voir au couvent quand j'étais petite ?

– Tu manques de poitrine, en plus ! reprit sa mère, sans considération pour ses états d'âme. Rembourre ton corsage, pour l'amour du Ciel ! Tu ne voudrais pas me faire honte, n'est-ce pas ? J'ai une réputation à préserver !

Elle avait tout à fait oublié qui était la visiteuse et se comportait comme elle l'aurait fait avec une amie du même métier ou avec une apprentie dont elle aurait eu la charge. Au lieu de l'interroger sur ce qu'avait été sa vie chez les ursulines, elle se mit à parler sans cesse. De ce flot de paroles, Leonora tira un certain nombre de conclusions.

Après avoir été la principale courtisane de Venise, la Principessa avait maintenant des prétentions à l'honorabilité et affectait volontiers la bigoterie, comme l'indiquait un grand crucifix bizarrement suspendu au-dessus d'une commode en bois de rose. Les nobles, qui se disputaient autrefois ses appas, lui portaient à présent un intérêt plus réservé, teinté de nostalgie. Pour conserver un rôle social, elle avait ouvert son salon à tous les beaux esprits de la ville, qui s'y réunissaient pour des plaisirs moins charnels qu'auparavant. Elle aurait aimé s'attacher un mari fortuné, un Vendramin ou un Barbarigo, pour accéder enfin à un rang flatteur. En attendant de devenir la *nobildonna* qu'elle rêvait d'être, elle subsistait grâce aux cadeaux reçus du temps de sa splendeur, qu'elle avait fait fructifier. Une série de statuettes des Indes, qui trônait sur la commode, suggérait qu'elle avait des intérêts dans les compagnies commerciales en vogue.

Elle n'eut pas une seule question pour sa fille, qui ne semblait guère avoir de place dans ses préoccupations. Par bonheur, celle-ci était trop curieuse d'apprendre l'existence menée par sa mère pour s'apercevoir que la réciproque était inexistante.

– Enfin ! conclut la Principessa. Tu m'as l'air en bonne santé. J'ai bien fait de te retirer du couvent.

Leonora fut choquée que sa mère ait pu envisager de l'y maintenir toute sa vie sans s'être souciée de la rencontrer une seule fois depuis ses trois ans. Elle ne put s'apitoyer sur ses déconvenues, le flot des confidences ayant repris de plus belle. Entre deux tasses de thé, la courtisane expliqua qu'elle avait accepté de soutenir les projets de dalla Frascada « parce qu'avoir un doge dans la famille était un précieux atout ». Elle se serait bien vue en dogaresse, après le décès de *donna* Soranza, par exemple.

– Vous feriez une dogaresse magnifique, à quarante-cinq ans, affirma Leonora pour tâcher d'être aimable.

Elle s'était livrée à une addition toute simple : elle avait dix-huit ans et supposait que sa mère l'avait eue alors qu'elle en avait entre vingt-cinq et trente. Celle-ci se récria comme si l'on avait menacé de brûler ses bibelots en autodafé devant la basilique :

– Je n'en ai que trente-cinq !

Un rapide calcul suggéra à Leonora que sa mère lui avait donc donné le jour à l'âge de seize ans tout juste. Cela lui paraissait bien tôt pour avoir eu dans son lit tant de patriciens pleins d'avenir et pour avoir su tirer un si bon parti de sa grossesse. Elle s'en tint à son premier chiffre.

La courtisane la trouvait trop maigre, elle l'engagea à manger ses biscuits. Elle avait d'évidence pour la jeune fille des projets qui ne coïncidaient guère avec ceux du maître des Eaux, son père, et ne se priva pas d'en faire part à l'intéressée.

Tout Venise savait que Cesare logeait aux Plombs. Dans le meilleur des cas, il terminerait son existence à la campagne et ne serait plus jamais d'aucune utilité pour quiconque. Quant à épouser l'un des fils Mocenigo, il n'y fallait plus songer.

– Tu dois leur paraître aussi intéressante que si on t'avait marqué le front au fer rouge. Tu n'as plus qu'une seule voie, ma pauvre enfant : suivre les pas de ta mère. Ta grande chance, c'est que je suis là pour te conseiller. Tu as bien fait de venir me voir.

Leonora en était de moins en moins convaincue. La période des tendres épanchements était finie ; elle se raccrocha à l'autre motif de sa visite. Elle souhaitait de toutes ses forces sauver son père de la justice vénitienne, mais ne pensait pas y parvenir sans l'aide de tous ceux qui possédaient de l'influence dans cette ville. Aussi était-elle venue la voir en désespoir de cause.

La courtisane jugea cette préoccupation très amusante.

– Sauver Cesare ? Pour quoi faire ? Pourquoi te fatiguer pour un homme qui ne s'est jamais préoccupé de toi ?

Leonora songea qu'il avait au moins payé son entretien depuis le jour de sa naissance, ce qui lui donnait un avantage très net sur la personne assise en face d'elle. Bien qu'elle n'ait pas dit un mot, ses pensées furent assez limpides pour que la Principessa les reçoive en pleine figure. La courtisane en conçut de l'irritation. Outre qu'elle n'avait pas coutume de se laisser critiquer par une péronnelle élevée à grands renforts de bondieuseries d'une platitude navrante, elle jugea opportun de briser ses illusions, afin de la ramener dans le droit chemin du vice et des rapports tarifés. Elle avait une assez bonne pratique des échanges humains pour se lancer dans un accès de colère parfaitement contrôlé. Elle renversa la théière dans un geste digne des meilleures tragédiennes du théâtre San Samuele et s'emporta contre l'insolente qui osait lui résister.

– Je n'ai rien fait pour toi, c'est ça ? J'ai fait bien plus que tu ne pouvais l'espérer, idiote ! Je t'ai trouvé un protecteur riche et influent !

Après être restée un instant interloquée, Leonora hésita entre prendre la porte et exiger des éclaircissements. Se pouvait-il que Francesco Loredan soit son vrai père ? La question surgit de ses lèvres malgré elle.

La Principessa parvint à ne pas éclater de rire. Son numéro de « l'outrage fait à Marie-Madeleine » n'était pas terminé :

– Ah, celui-là ! Il se réveille *in extremis* sur son lit de mort ! Je n'avais jamais su s'il m'avait crue ou non. Ce qui est sûr, c'est qu'il a refusé de verser un seul sequin pour ton entretien. Il lui plaît de penser qu'il est ton père, maintenant qu'il n'en a plus pour très longtemps. Il doit aimer l'idée de laisser une descendance. Mais il se trompe, ne te monte pas la tête, ma petite. La fille du doge ! Et du Grand Turc, par alliance, je suppose !

Elle s'occupa de remettre de l'ordre sur sa table à thé, comme si elle avait craint, en poursuivant cette conversation, de finir par tenir malgré elle des propos blessants.

Il était impossible à Leonora d'en rester là. Elle ignorait de nouveau qui était son père et craignait de ne pouvoir se marier sans risquer de donner le jour à des enfants consanguins. Elle s'était déjà trop habituée à son rang de patricienne pour y renoncer sur un caprice de sa mère. Quoique assommée par ces allégations nébuleuses, elle fit un immense effort pour reprendre ses esprits.

– Je ne suis peut-être pas une dalla Frascada, mais j'ai cette famille pour alliée. Je ne suis pas la fille de Francesco Loredan, mais lui le croit, et il est le doge. Je vous jure que si je quitte cette maison sans connaître le nom de mon père, je n'aurai de cesse de vous faire payer votre silence un prix que vous n'imaginez même pas.

La menace laissa la Principessa pensive. La petite faisait preuve de plus de détermination qu'elle n'aurait cru. Si elle n'avait pas *a priori* les qualités d'une courtisane, elle en avait peut-être d'autres qui feraient d'elle, avec le temps, une alliée intéressante au sein de la classe dominante. Le masque d'urbanité reparut sur le visage de la courtisane, dont les lèvres carmin s'élargirent en un sourire carnassier. Pour la première fois, elle reconnaissait en cette visiteuse sa digne héritière, alors même qu'elle s'apprêtait à couper tout lien de sang avec elle.

Elle se leva pour vérifier qu'aucun domestique n'écoutait à la porte du boudoir, puis elle vint s'asseoir tout près de la jeune fille.

– Ma chère enfant, la vérité est que je suis dans la complète incapacité de te dire qui est ton père.

Leonora fut atterrée. Jamais l'idée que sa mère avait pu coucher avec trop d'hommes en même temps pour savoir qui l'avait mise enceinte ne l'avait effleurée. La Principessa comprit le quiproquo et le balaya du geste avec un petit rire cristallin.

– Je ne peux pas te dire son nom pour la simple raison que je ne l'ai jamais rencontré.

La perplexité de sa visiteuse atteignit son summum. Elle commençait à se dire que sa mère se prenait pour la Madone.

– Je n'ai pas eu le plaisir de faire sa connaissance, reprit la courtisane, parce que…

Elle chercha la façon d'exprimer le plus clairement possible une idée qu'elle s'était bien gardée de confier à quiconque durant tant d'années.

– Parce que je ne sais pas non plus qui est ta mère, conclut-elle après avoir choisi la formulation la plus simple.

Cette révélation aurait dû représenter un soulagement pour la jeune fille, si elle n'avait été abasourdie.

– Mais… Vous êtes venue me voir au couvent, à Vicence, vous l'avez dit… Vous avez raconté à deux hommes au moins que j'étais leur enfant…

Elle commençait à entrevoir un écheveau de manipulations qui ne tendait qu'à tromper des personnages en vue, et dont elle était aujourd'hui la principale victime. Celle qui n'était plus sa mère depuis quelques secondes modifia sa position, comme si elle avait été assise sur une pierre très dure.

– Je suis allée chez les ursulines quand tu avais trois ans, c'est vrai. Mais ce n'était pas pour te voir toi. Ne me prends pas pour plus vilaine que je ne suis, reprit-elle avec une moue. Bien sûr, j'ai été grosse, j'ai donné le jour à un bébé que j'ai confié aux bonnes sœurs. Je ne suis pas un monstre, tout de même !

Leonora la contemplait, bouche bée, comme si elle avait été assise à côté d'un être bizarre, tombé d'on ne savait où. La Principessa commençait à s'agacer de se sentir jugée par cette oie blanche. Après tout, c'était elle, la mère infortunée, et cette gamine n'avait eu qu'à se louer de ses pieux mensonges.

– Sais-tu combien d'enfants meurent avant d'avoir atteint l'âge de raison ? demanda-t-elle sur un ton offusqué. Je n'avais jamais eu beaucoup de chance, et là encore la mauvaise fortune s'est plu à contrecarrer mon seul bonheur. Il m'a frappée dans ce que j'avais de plus cher !

Elle refoula ses sanglots de mère courage pour lui expliquer à mi-voix comment, un soir d'hiver, une lettre de la supérieure d'alors lui avait annoncé que sa « malheureuse petite chérie » venait de succomber à une fièvre maligne. Si son caractère avait été de s'appesantir sur sa détresse, jamais elle ne serait parvenue au point où on la voyait à présent. Au lieu de s'apitoyer sur les injustices du sort, elle s'était embarquée pour la terre ferme. Là, elle avait loué une voiture rapide qui l'avait conduite à Vicence en quelques heures.

Leonora, suspendue à ses lèvres, nota la précision de ses souvenirs. Il était évident, malgré son détachement affecté, qu'elle avait ressenti un certain désespoir en apprenant la disparition de sa progéniture, même si elle n'avait guère vu l'enfant après lui avoir donné le jour. La Principessa se souvenait parfaitement du ciel bleu glacé au-dessus du couvent. Les religieuses avaient cru qu'elle venait dire adieu à la petite. Elles avaient voulu la conduire dans la crypte où l'on avait déposé le corps en attendant la mise en bière. La mère en deuil avait au contraire exigé qu'on lui montre les orphelines recueillies par charité.

Elle les avait vues. La nonne qui la conduisait avait supposé que ce spectacle était pour elle une épreuve terrible. Elle ne se trompait pas, mais les préoccupations de la visiteuse allaient bien au-delà de sa tristesse.

Après avoir acquitté les frais de l'inhumation et payé par avance un nombre de messes plus important qu'il n'était de coutume, la courtisane avait annoncé à l'abbesse qu'elle était disposée à accomplir une bonne action. Puisque sa pauvre enfant avait rejoint le Seigneur dans un monde moins cruel, elle souhaitait prendre soin d'une fillette du même âge sans famille. La pension continuerait d'être versée comme auparavant. Elle demandait seulement que l'heureuse élue prenne le nom de la disparue et que nul, jamais, ne lui révèle la vérité. Elle entendait la faire venir un jour auprès d'elle à la place de celle qu'elle avait perdue.

La supérieure, touchée par cette générosité – et peut-être aussi par la perspective de continuer à percevoir les annuités –, répondit qu'elle se ferait un plaisir de lui désigner la plus méritante des petites filles. Il apparut que la donatrice avait déjà choisi une gamine de trois ans environ, de bonne figure, blonde, bouclée, sans défaut visible. C'était l'un de ces bébés que les nonnes trouvaient de temps en temps dans leur tourniquet. En un mot, elle avait sélectionné la plus jolie pour assurer le remplacement au pied levé.

Leonora remplit d'elle-même les sous-entendus de ce récit. C'était dalla Frascada qui payait la pension. Il n'avait jamais vu la fillette. Pourquoi se priver de cet avantage ? On la lui mettrait sous le nez au moment propice. Ce jour avait fini par arriver et, comme prévu, le père n'avait pas fait la différence. D'ailleurs, que lui importait, à lui aussi ? Il l'avait prise chez lui pour la marier selon son intérêt, pas pour l'aimer comme sa chair et son sang !

– Les maladies infantiles sont le pire ennemi des mères, dit la courtisane en se tamponnant le coin de l'œil d'un geste affecté.

– Des mères aimantes, corrigea Leonora. Mais pas de vous, qui savez si bien remplacer les disparues.

Ce qui lui semblait le plus affreux, dans cette histoire, c'était qu'elle n'avait pas de raison d'en douter. Les pièces de cette horlogerie diabolique s'emboîtaient à merveille. Il n'y avait pas là de sentiment, juste des questions d'intérêt et de vilains calculs dont on la priait, en plus, de se réjouir.

Lorsque la jeune fille se leva pour quitter cet endroit où ses derniers rêves venaient de voler en éclats, les yeux de la Principessa se posèrent sur l'anneau qu'elle portait au majeur.

– C'est une belle bague que tu as là.

On pouvait penser qu'elle s'y connaissait, ayant elle-même les mains couvertes de brillants de toutes les couleurs. Son visage marquait néanmoins un intérêt plus vif que lorsqu'elle avait salué pour la première fois celle qui se croyait sa fille.

– Tu feras peut-être quelque chose d'intéressant, après tout, murmura-t-elle comme si elle la découvrait subitement.

Leonora se dirigea vers la porte à la manière mécanique d'une somnambule. Elle sortait de là sans plus avoir de mère. Par bonheur, il lui restait quelques pères qui, eux, ne la rejetteraient peut-être pas.

XVIII

LEONORA DUT SE RENDRE À L'ÉVIDENCE : plus elle cherchait ses origines, moins elle savait qui elle était. De noble demoiselle, elle était devenue fille de courtisane, et n'était plus dorénavant qu'une inconnue pêchée au hasard d'un orphelinat de province qu'elle aurait mieux fait de ne pas quitter. Trop désemparée pour affronter les habitants de Ca' Civran, elle marcha jusqu'à sa chambrette de la paroisse San Giustinian. Son identité de Leonora Pucci était après tout la moins mensongère de toutes celles qu'elle avait endossées depuis son arrivée à Venise.

Elle était encore toute à sa désillusion quand quelqu'un gratta à la porte du palier. Flaminio dell'Oio fut très surpris de la trouver à ce point déprimée après une visite dans le quartier des plaisirs.

Leonora posa sur la table dix sequins pour solde de tout compte et déclara ne plus voir l'utilité de poursuivre leur enquête.

– La liberté de votre père, l'honneur de votre nom? suggéra-t-il.

Il aurait pu l'interroger longtemps avant de lui arracher la vérité. Personne n'était au courant, elle pouvait mentir toute sa vie, ce qui lui donnerait au moins un point commun avec celle qu'elle avait crue sa mère.

Flaminio fut tenté de ramasser les dix sequins.

– Je vais faire quelque chose de surprenant, annonça-t-il. J'espère que cela suffira pour vous faire revenir à vous. Cela me coûte, mais je suis capable des plus grands sacrifices.

Il replaça les pièces dans la bourse de la jeune fille et referma soigneusement le cordon avant de reposer le tout.

– Vous me paierez quand nous aurons fait libérer le maître des Eaux. Il importe que vous vous repreniez, car je ne souhaite pas perdre mon argent à cause de caprices puérils.

Il annonça avec une joie un peu forcée qu'il avait glané un nouveau renseignement.

– Ce n'est pas Robolini qui en ferait autant ! D'ailleurs, je ne saurais trop vous recommander de ne plus lui confier vos petits secrets, à l'avenir.

Depuis la catastrophe de l'audience au Palais ducal, il soupçonnait Alvise Mocenigo de leur avoir envoyé son avocat pour les espionner. Aussi s'était-il livré à une petite enquête sur leur aimable protecteur.

– Savez-vous quel est le nom de jeune fille de la sénatrice ? Pisana Corner.

Lazaro Corner était apparenté au sénateur, il lui devait sans doute sa nomination au service des pierres placé sous l'égide de sa commission. De là à penser qu'Alvise Mocenigo était au courant des trafics, il n'y avait qu'un pas.

Leonora estima que cette affaire les dépassait. Il était temps de retourner auprès de son père pour l'informer. Flaminio vit que ses informations avaient eu un effet positif : elle avait retrouvé son ton d'autorité insupportable et recommençait à prendre des décisions *ex cathedra*.

Ils croisèrent dans l'escalier monsieur Émile qui montait chez lui.

– J'espère que vos petites activités donnent de bons résultats ? demanda-t-il sur un ton badin. Oui, reprit-il devant leurs mines d'enterrement, j'ai bien remarqué que Cesare dalla Frascada n'était toujours pas sorti des Plombs. Au fait, j'ai une nouvelle à vous transmettre !

Il avait rencontré par hasard sur la Piazza le *sior* Gotti. L'hydrologiste en avait profité pour l'informer qu'il souhaitait corriger son analyse : on lui avait rapporté une modification récente du courant marin qui traversait le centre de la cité.

– Il semble que la douceur du dernier hiver ait influencé les mouvements aquatiques, déclara le précepteur français avant de se lancer dans une tirade sur les incroyables changements du climat, source de rhumatismes et de maux innombrables, dont ils attendirent la fin en trépignant.

Par acquit de conscience, Gotti était retourné voir l'architecte Massario. Les deux hommes étaient tombés d'accord sur le fait que le lieu où les corps avaient été jetés à l'eau ne pouvait être le *Pio luogo degli Incurabili*, dans le Dorsoduro. Au grand soulagement de tous les bons Vénitiens, les morts n'étaient plus de pauvres soldats blessés dont l'hôpital avait fait disparaître les cadavres pour économiser les frais de funérailles. Leur origine redevenait mystérieuse.

– Ont-il déterminé un nouveau point sur la carte ? demanda Leonora, qui brûlait de connaître leurs conclusions.

Le Français chercha dans sa mémoire.

– Où était-ce, déjà ? Ah, oui ! Dans le *sestier* de San Marco. C'est curieux, nous y sommes passés ensemble il y a peu. Vous vous souvenez de cette église où vous nous avez emmenés, avec ce canal souterrain ? Eh bien, ils pensent que c'est dans ce *rio* que…

Sa phrase resta en suspens. Les deux jeunes gens dévalaient déjà les marches comme si l'immeuble avait été en feu.

Une heure plus tard, une dame en grand deuil, le visage masqué par une voilette impénétrable, priait avec ferveur dans la nef de l'église Santo Stefano. À côté d'elle, un jeune prêtre en petit collet lisait un livre qui avait tout l'air d'être un recueil de psaumes. Au cours de l'après-midi, entre deux génuflexions devant les différents autels, ces visiteurs lièrent conversation avec les habituées. Les dames âgées qui venaient chaque jour prier ici n'étaient pas ennemies d'un peu de nouveauté. L'apparition d'une noble personne victime d'un destin tragique était faite pour les intéresser. L'abbé retraça l'épouvantable fin d'un mari tombé dans un affrontement héroïque contre les Turcs sanguinaires, après quatre mois de mariage seulement. La veuve inconsolable gémissait avec beaucoup de grâce. À la fin de la journée, ils avaient discuté avec toutes les bigotes de la paroisse et savaient tout du voisinage. Ils eurent même l'impression que les dernières n'étaient venues là que pour écouter leur histoire.

Si l'endroit regorgeait de femmes en noir, nulle trace en revanche d'hommes entre vingt et trente ans, morts tous ensemble au cours de l'hiver, dont les corps auraient disparu sans explication. Résolus à ne pas partir bredouilles, ils se renseignèrent sur les possibilités de logement. On leur indiqua un meublé sur le *campo,* juste à côté, dont la réputation était passable, étant donné les habitudes de ces foules qui accouraient à Venise pour s'y ébattre sans règle ni mesure.

– Nous voudrions une chambre assez grande, pour ma sœur et moi, précisa le courtisan vénitien à l'aubergiste.

Celui-ci feignit de croire que ce jeune et sémillant prélat si bien de sa personne désirait réellement partager une chambre avec sa « sœur ». Ce bon dévot n'était pas le premier à se présenter en compagnie d'une belle dame qui avait besoin de ses secours jusqu'au cœur de la nuit. Ces mœurs ne dérangeaient pas le commerçant, dont les prix augmentaient seulement d'un tiers. Cependant, on approchait du carnaval de l'Ascension : sa plus belle chambre était louée. Trois voyageurs l'avaient retenue depuis des mois.

– Nous n'allons pas les jeter dehors, n'est-ce pas, dit Flaminio, résigné à ne pas tirer de ce séjour inopiné tout le confort possible.

– Oh, il n'y a personne, en fait, reprit l'aubergiste. Ils s'en sont à peine servis une semaine et n'ont plus montré leur nez.

Flaminio comprit soudain où cet homme voulait en venir. Un ducat apparut entre ses doigts et vint se poser sur le comptoir.

– Si ces messieurs n'ont pas l'usage de leur logement ces jours-ci, peut-être ne verront-ils pas d'inconvénient à ce que nous l'occupions cette nuit ?

L'aubergiste fut enchanté de louer sa chambre une deuxième fois « pour accommoder ces messieurs dames ». Il les précéda dans l'escalier, qu'ils gravirent jusqu'au dernier étage.

– C'est un peu plus fatigant, mais le coup d'œil est splendide. On domine tout le quartier. Ça vous distraira de votre peine, ma pauvre dame.

Une fois en haut, Leonora demanda qui étaient ces gens qui prenaient des chambres pour ne pas y venir. Il s'agissait de moines que l'évêché envoyait à Santo Stefano. Comme les bâtiments étaient en restauration, on les avait logés là en attendant que leurs cellules soient habitables. L'aubergiste supposait qu'ils avaient emménagé plus tôt que prévu, ou qu'ils étaient repartis en mission sur la terre ferme jusqu'à la fin des travaux, qui avançaient à un rythme vénitien.

La chambre était en fait un petit appartement fort coquet, dont toutes les fenêtres donnaient sur le vaste *campo*. On apercevait fort bien la cour carrée du cloître.

L'aubergiste avait remisé dans un coin la malle de ses invisibles locataires. Flaminio était persuadé qu'il avait déjà reloué plusieurs fois. Il glissa une pièce dans la main du logeur et le poussa dehors en affirmant que sa sœur devait se reposer de ses fatigues avant d'aller entendre les vêpres.

Dès qu'ils furent seuls, il s'attaqua à la serrure de la malle, qui était fermée. Il entreprit de la crocheter, ce qui permit à Leonora de constater que le métier de courtisan vénitien n'était pas incompatible avec certains travaux manuels.

Une fois le couvercle soulevé, ils tirèrent du coffre un grand nombre d'habits conventuels, au milieu desquels reposait un portefeuille contenant des passeports, des autorisations de sortie d'un monastère et des ordres de mission délivrés par l'évêque. Ces moines étaient venus à Venise pour commencer à reconstituer la communauté de Santo Stefano, tombée en désuétude vingt ans plus tôt. Les deux plus jeunes avaient vingt-cinq et vingt-huit ans, le troisième, la quarantaine. Leonora eut l'horrible certitude de tenir entre ses mains les frusques qu'avaient autrefois revêtues les disparus de Cannaregio. Hormis pour le plus vieux, les âges correspondaient à ce qu'avait dit l'anatomiste qui s'était penché sur les squelettes.

Lorsque la veuve et son abbé quittèrent l'hôtel pour se diriger vers l'église, l'aubergiste fut un peu surpris de voir qu'ils se rendaient effectivement aux vêpres. Dès que l'office fut terminé, ils se présentèrent à la sacristie pour voir le prêtre.

– Ah! C'est le Ciel qui vous envoie! dit celui-ci dès qu'il les vit.

C'était un vieux curé tout à fait myope qui avait besoin d'aide ne serait-ce que pour ôter ses vêtements sacerdotaux et ranger les objets du culte. Il disposait heureusement, pour l'assister, d'un bedeau en parfaite santé, mais celui-ci avait dû s'absenter pour une course. Tandis que le jeune abbé pliait avec soin la chasuble et que la veuve disposait ciboire et burettes sur une étagère, le curé leur expliqua que son assistant précédent était un poitrinaire pas bon à grand-chose. Le nouveau, en plus d'être fort comme un bûcheron, n'était pas un imbécile : il avait très vite assimilé tout ce qu'il y avait à savoir sur leur belle église.

– Voyez comme la divine providence veille à toute chose. Mon bon à rien de bedeau s'en va sans prévenir, et celui-ci se propose dès le lendemain pour un emploi ! Qui dira que le Seigneur ne protège pas ses serviteurs ?

Les deux jeunes gens se gardèrent de livrer leur opinion quant aux miracles qui se produisaient à Santo Stefano. Ils demandèrent où l'on pouvait trouver ce brave homme providentiel.

– Je crois qu'il a pris un garni chez une veuve, dans la *calle da Ponte*.

Le marchand de meubles installé au début de la rue leur indiqua la maison. En fait de garni chez une veuve, l'humble valet d'église occupait tout le premier étage d'une bâtisse cossue aux larges fenêtres en ogive. Lorsqu'ils sonnèrent, un domestique leur indiqua que son maître dînait chez un rôtisseur à l'enseigne de la « Poularde dodue ».

Flaminio n'en crut pas ses oreilles. Ce n'était pas le genre d'établissement où les bedeaux de Venise avaient leurs habitudes. Ses tarifs le rendaient même peu accessible à un courtisan vénitien pourtant en pleine réussite professionnelle.

– À cette heure-ci, il aura sans doute terminé, reprit leur informateur. Vous le trouverez en chemin pour l'église : c'est lui qui ferme.

Ils retournèrent frapper à la porte du presbytère, que leur ouvrit l'heureux clerc touché par la fortune. Ils insistèrent pour voir à nouveau le curé, qui était en train de souper d'un bouillon beaucoup moins goûteux que les mets délicats de la « Poularde dodue ». Le prêtre fut très surpris de les voir faire irruption dans sa salle à manger, et plus encore lorsqu'ils sollicitèrent la faveur de faire quelques pas avec lui dans le cloître à cette heure tardive. Le révérend père fut tellement déconcerté qu'il abandonna son jus de légumes pour les suivre, sous l'œil inquiet du bedeau.

– Mon père, il se passe des choses dans votre église ! prévint Leonora lorsqu'ils furent à l'abri des oreilles indiscrètes.

Le curé fit signe de baisser la voix et jeta un coup d'œil autour d'eux.

– Chut ! Ne dites rien à la Seigneurie, surtout ! On pourrait m'en tenir rigueur !

Ils se demandèrent s'il était gâteux.

– Il y a tout de même eu au moins trois meurtres, précisa la Frascadina, avec l'espoir que ce mot éveillerait quelque chose dans l'esprit du vieil homme.

Ce fut à lui de les regarder comme s'ils avaient perdu la tête.

– Des meurtres ? Pour des dentelles ?

Leonora fut tentée de faire remarquer à son courtisan qu'elle n'était donc pas la seule de cet avis. Il apparut très vite que le curé n'était au courant que des importations illégales. On l'avait acheté en échange de quelque argent pour ses travaux de réfection, en lui faisant croire qu'il ne s'agissait que d'une innocente contravention à des lois trop rigoureuses. Il fut abasourdi d'apprendre qu'on avait commis chez lui des actes abominables sans que son fidèle bedeau, qui s'occupait de tout, l'en ait averti. Flaminio répliqua que c'était sans doute dû au fait que ce Pietro était complice des meurtriers.

– Par saint Joseph ! s'exclama le prêtre en retournant vers son presbytère. Pietro ! appela-t-il, une fois revenu dans la salle à manger. Pietro !

Les trois petites pièces de son logement étaient vides.

Leonora lui suggéra d'aller chercher la garde. Les soldats se déplaceraient sans discussion pour boucler les lieux s'il les en priait. Il fallait à tout prix empêcher les forbans de faire disparaître les preuves susceptibles d'innocenter le maître des Eaux.

– Jamais je ne pourrai me pardonner mon aveuglement ! s'écria le vieil homme.

Il jeta une cape sur sa soutane pour aller avertir le capitaine, qu'il connaissait bien, tandis qu'eux-mêmes s'en furent surveiller l'église.

– C'est curieux, ce bedeau qui disparaît sans prévenir, dit Flaminio tandis qu'ils faisaient les cent pas près de l'abside.

– Vous n'avez pas compris ? s'étonna Leonora.

Sa conviction était faite : Pietro était l'un des trois moines disparus de l'hôtel meublé. Recruté par les trafiquants, il avait envoyé ses deux jeunes compagnons dans un piège. Les pauvres moines avaient dû être assassinés en même temps que l'ancien bedeau poitrinaire, dont l'actuel avait pris la place pour faciliter le trafic. L'anatomiste leur avait bien dit qu'il y avait un phtisique parmi les inconnus de Cannaregio !

– Nous aurions dû nous assurer du bonhomme avant de camper ici, remarqua Flaminio, que l'obscurité de cette église faisait frissonner.

Ils entendirent quelqu'un approcher d'un pas martial.

– Voilà du secours ! dit Leonora, prête à s'avancer dans la travée.

Flaminio la tira en arrière par le pan de sa capeline et se rencogna avec elle dans une chapelle d'abside. Il connaissait trop bien sa ville pour croire à ce prodige : le vieux curé pouvait-il avoir rejoint la garde si vite ? Pouvait-il convaincre en si peu de temps les soldats d'abandonner leur souper ?

Une haute silhouette coiffée d'un tricorne se profila dans la nef éclairée par de rares bougies. La Frascadina étouffa un cri en reconnaissant la carrure de Lazaro Corner. Le bedeau avait dû courir chez son véritable maître pour le prévenir de ce qui se tramait.

Les jeunes gens s'efforcèrent de retenir leur respiration. L'assassin erra un moment à travers le sanctuaire, puis il se posta devant le recoin où ils tentaient de se fondre dans la décoration murale.

– Pas de bêtises ! ordonna-t-il en pointant sur eux un couteau d'une taille à égorger les veaux. Je ne suis plus à un meurtre près, ce soir.

Les rayons de la lune, qui s'était levée derrière le vitrail translucide, découpaient assez nettement leurs formes pour qu'un œil habitué à la pénombre puisse les repérer. Il fut sur eux en deux enjambées, leva le bras ; ils crurent leur dernière heure arrivée. Lazaro Corner appuya sur le mot « nihil ». Le mécanisme de la trappe se décoinça en grinçant. Il les poussa dans l'étroit escalier qui menait à la crypte.

Il y faisait tout à fait noir. Tandis qu'ils avançaient à tâtons, ils entendirent un bruit de frottement. Corner savait où se trouvait le matériel. Il se servit d'un briquet pour enflammer une torche, qu'il planta dans l'un des supports scellés dans le mur. Ils purent enfin voir les traits de leur agresseur. Les yeux exorbités, il semblait sous le coup d'une émotion violente. Leonora se demandait d'où lui venait cet air de dément quand la lueur du flambeau éclaira la main qui tenait le coutelas. Doigts et lame étaient rouges. Elle comprit que le malheureux prêtre n'avait jamais atteint le poste de guet.

– Cette fois, vous serez damné ! s'exclama Leonora, aussi horrifiée que s'il avait occis l'une des ursulines qui l'avaient élevée.

– À qui la faute ? répliqua Lazaro Corner. Si vous n'étiez pas venue mettre le nez dans nos affaires, rien de tout cela ne serait arrivé !

Flaminio dell'Oio, qui guignait la sortie, lui fit observer que, selon ses comptes, il avait tout de même assassiné deux moines et un bedeau.

– Ces gens-là montent tout droit au ciel, il n'y a pas de préjudice, rétorqua l'assassin. Je crains que vous n'ayez davantage de difficultés avec saint Pierre.

Il fit un pas vers eux, l'arme en avant. Le courtisan vénitien se posta devant la jeune fille. Ce geste galant n'arracha qu'un ricanement à leur agresseur :

– Rassurez-vous, je n'ai pas l'intention de m'en prendre à la demoiselle. Il paraît qu'on ne doit pas toucher à un cheveu de la protégée des dalla Frascada.

Quoique surpris de cette mansuétude, les jeunes gens respirèrent.

– C'est vous que je vais tuer, reprit Corner en désignant le courtisan de la pointe de son arme.

Ce fut à la Frascadina de s'interposer.

– Je vous interdis de s'en prendre à mon employé, dit-elle en se plaçant entre eux.

Lazaro Corner fit un pas de plus. Dans un instant, il serait assez près pour l'envoyer rouler dans la poussière et n'aurait plus qu'à poignarder sa cible.

– J'ai ordre d'éliminer tout témoin gênant. Le freluquet doit y passer. Je vous avais prévenue, ma belle ! J'ai réduit votre gondole en miettes ! Je vous ai laissé un mot sur le cadavre de Brolo pour vous dire qu'il n'y avait rien à chercher ! Je suis venu vous voir en personne ! Vous êtes plus obstinée que le *vento di mar* ! J'aurais préféré m'attaquer à l'armée turque : eux, au moins, ils comprennent les coups !

Leonora tâta fébrilement les replis de sa robe de deuil, à la recherche de l'instrument dont elle s'était déjà servie contre lui lorsqu'il avait surgi dans sa *felze*.

– N'espérez pas m'intimider avec votre petit couteau ! dit-il avec un sourire qui n'avait rien d'engageant, en la regardant fouiller sa ceinture.

– Et avec ceci ? demanda le faux abbé.

Il venait de tirer de la sienne deux pistolets cachés sous sa cape de religieux.

Lazaro Corner se figea. Son arme passa de sa main droite à la gauche, tandis que la première plongeait vers sa hanche, où était fixé son propre pistolet. Flaminio ne lui laissa pas le temps de riposter : il tira au juger. L'assassin tomba à la renverse. Les jeunes gens n'attendirent pas de voir s'ils l'avaient blessé, tué ou même touché. Dell'Oio s'empara du flambeau, ils se ruèrent dans l'escalier, le gravirent à la vitesse d'une marée d'équinoxe et refermèrent derrière eux d'un coup sec la cloison au bas-relief.

– Je croyais que les duels à l'épée étaient plus élégants, parvint à articuler la Frascadina, le dos contre la paroi.

– Qui a dit que j'étais un homme élégant ? répliqua le courtisan vénitien en s'épongeant le front à l'aide d'un mouchoir de dentelle.

Ils s'enfoncèrent à petits pas dans l'église, avec l'espoir que Lazaro Corner n'avait pas posté ses hommes derrière lui. Sans doute n'avait-il pas eu le temps de les prévenir, ou bien préférait-il commettre seul ses meurtres pour ne pas risquer d'être dénoncé par un complice tombé dans les rets de la justice ; la nef était vide, sombre et silencieuse. Leonora se jeta sur le portail, dont la barre refusa de coulisser.

– Le bedeau a fermé après la messe ! lui rappela dell'Oio.

Il l'entraîna vers le presbytère. Dans la salle à manger, Pietro, la face livide, était en train de dire une prière sur le cadavre du vieux curé.

– Nous allons vous épargner deux *Requiem* de plus, lança Flaminio tandis qu'ils fonçaient sur la porte de la cure, qui n'était pas verrouillée.

Ils débouchèrent dans la petite *calle* qui longeait l'arrière du bâtiment et coururent en direction du Grand Canal. Parvenus au bord de l'eau, ils hélèrent à qui mieux mieux les *barcaroli* comme si le quartier avait été la proie des flammes. Ce ne fut qu'une fois installés sur la banquette, tandis que l'embarcation flottait au milieu de l'avenue marine, qu'ils s'autorisèrent à souffler.

Un seul fait demeurait inexplicable : pourquoi l'abominable Lazaro Corner avait-il reçu l'interdiction de s'en prendre à celle qui était à l'origine de ses ennuis ? La conclusion s'imposa au courtisan. Un seul individu pouvait souhaiter si fermement préserver la vie de la jeune fille. L'instigateur de tout cela ne pouvait être que son père, Cesare dalla Frascada.

Étouffée par l'indignation, Leonora manqua de le jeter par-dessus bord.

– Comment osez-vous salir un homme qui m'a recueillie alors que je n'étais rien ! Qui m'a donné son nom ! Qui s'apprêtait à me faire contracter un mariage magnifique...

À mieux y réfléchir, elle dut bien reconnaître que le patricien ne l'avait tirée du couvent que pour ce beau projet. Elle se souvint des propos de Lazaro Corner, à leur première rencontre, lorsqu'il avait suggéré que le maître des Eaux se servait d'elle. Se pouvait-il que dalla Frascada l'ait manipulée à ce point ? Pris au piège de ses propres malversations, ne l'avait-il pas laissée enquêter dans l'espoir qu'elle débusquerait quelqu'un à accuser à sa place ?

Elle chercha de l'aide dans les yeux du courtisan assis à côté d'elle. Mais le silence du jeune homme en disait davantage que les plus longs discours.

Elle se demanda quelle était la conduite honnête et courageuse à adopter. C'était sans aucun doute d'aller dénoncer le coupable au doge. À tout prendre, Francesco Loredan ferait toujours un meilleur père que ce noble dévoyé qui l'utilisait depuis le début.

XIX

FLAMINIO DELL'OIO DOUTAIT qu'on laisse la jeune fille accéder aux appartements privés du prince, même pour dénoncer au doge les manigances diaboliques d'un fonctionnaire véreux. Francesco Loredan n'avait plus donné d'audience publique depuis des mois, seuls ses plus proches collaborateurs le consultaient, il était inaccessible au reste des citoyens. La jeune fille s'abstint de lui rappeler qu'il l'avait pourtant bien reçue, elle. Un détail de cette entrevue lui revint en mémoire. Elle tira de sa bourse sa bague en or et saphir qu'elle y avait remisée de peur qu'elle ne glisse de ses doigts trop minces.

– Le sérénissime prince m'a confié ceci en cas de malheur. Je crois qu'il est temps d'aller le lui rendre.

Dell'Oio contempla l'objet sans en croire ses yeux.

– À quel doigt le portait-il ?

En pensée, elle revit le vieil homme ôter le bijou pour le lui remettre.

– À l'annulaire, je crois.

Le courtisan se mit à faire de petits sauts nerveux sur sa banquette :

– C'est son alliance mystique ! s'écria-t-il, aussi effaré que si la Frascadina s'était enveloppée dans le saint suaire en guise de châle. Celle qu'il est censé arborer demain, quand il jettera un anneau à l'eau pour célébrer les noces de Venise avec la mer! En aucun cas l'alliance ducale ne doit quitter le doge, il n'a pas le droit de s'en séparer et nul autre que lui ne peut la porter! Je n'ose même pas imaginer le scandale, si le peuple apprenait qu'une fillette se promène avec ce trésor!

Bien que l'expression «fillette» lui déplaise furieusement, Leonora le laissa examiner son bijou. Il l'approcha de ses yeux et discerna les lettres P. T. M. E. M. gravées dans la partie intérieure. C'était l'abréviation de la devise de Venise : «Pax Tibi Marcus Evangelista Meus.» Flaminio ne parvenait pas à comprendre de quelle folie ce vieillard avait été pris pour confier le symbole de sa puissance à une inconnue de passage.

– Il croit qu'il est mon père, avoua-t-elle dans un souffle, un peu lasse de répéter ce qui commençait à prendre l'apparence d'une circulaire des *Procuratie*.

On aurait pu croire que les patriciens de Venise s'étaient partagé des billets de loterie dont elle était le gros lot. Dell'Oio était trop ahuri pour se demander si les dirigeants de leur ville allaient la reconnaître pour leur fille l'un après l'autre.

– S'il vous a remis son anneau, c'est qu'il doit l'être effectivement!

Il jeta sur son employeuse un regard neuf à l'idée d'avoir côtoyé la véritable et unique fille du doge. Leonora, qui savait hélas à quoi s'en tenir, ressentait plutôt de la gêne à l'idée d'avoir aidé malgré elle à berner un vieillard cacochyme. Les petits complots de la Principessa lui paraissaient désormais risibles à côté de ceux de dalla Frascada. Elle se jura de faire payer au maître des Eaux tous ces morts innocents, ses entorses à la justice et, par-dessus tout, les blessures de son amour-propre d'orpheline abusée, qui ne guériraient peut-être jamais.

Elle comprenait à présent l'intention du doge. Il savait que la Seigneurie ferait tout pour étouffer le scandale de l'anneau voyageur. Loredan avait offert à sa fille l'unique moyen de pression dont elle pouvait disposer. Bien sûr, l'opération ne fonctionnerait qu'une seule fois. Le jour où elle montrerait le bijou aux fonctionnaires de la Sérénissime, il faudrait présenter en même temps la bonne requête, quelque chose qu'elle n'obtiendrait jamais sans la bague, mais que l'État pouvait se permettre de lui accorder pour étouffer l'affaire.

– Nous allons vérifier la puissance de l'anneau ! déclara-t-elle en passant le bijou à son majeur.

La piazza San Marco résonnait des derniers coups de marteau assenés par les ouvriers qui agençaient les stands de la foire annuelle. Leonora traversa ce chantier bruyant pour rejoindre l'édifice rose pâle appuyé à la basilique. À cette heure tardive, le Palais ducal était fermé aux visiteurs, plaideurs, patriciens ou officiers publics. Sur la piazzetta, deux gardes barraient l'accès à la cour d'honneur. Elle leur montra sa main, où brillait le saphir serti dans son cercle d'or. Malgré leur immense surprise, l'un des soldats s'écarta d'un pas et l'autre lui ouvrit la porte.

La cour, si populeuse dans la journée, était presque déserte, hormis quelques valets chargés de seaux et un huissier qui somnolait dans sa guérite. Lorsque ses yeux se posèrent sur le symbole de la République aux mains de la jeune fille, il crut tomber de son siège. La Frascadina s'avança jusqu'au bas de l'escalier monumental, où elle exhiba une troisième fois son inconcevable laissez-passer pour un secrétaire de la Seigneurie en habit bleu nuit. Sans poser la moindre question, l'homme s'inclina très bas devant la porteuse de l'anneau et la pria de le suivre.

Sur le palier du second, il la confia à un chambellan muni d'un candélabre, qui lui fit parcourir plusieurs salles plongées dans la pénombre. Depuis sa très longue maladie, le doge n'avait pour ainsi dire plus aucune vie sociale. Le soir, son immense demeure s'éteignait et s'assoupissait jusqu'au lendemain matin, lorsque le personnel et les magistrats revenaient prendre leur service.

Ils atteignirent la partie que la visiteuse connaissait déjà. Le chambellan la laissa à l'un de ces grands Maures qui lui avaient tant fait peur la fois précédente. Parvenu à l'autre bout de l'antichambre, l'Africain ouvrit la porte ultime, celle des appartements du sérénissime prince.

L'endroit était tel qu'elle l'avait laissé, avec son lit imposant surmonté d'un dais, le portrait posé sur un chevalet et son grand chandelier allumé. Seule différence, on avait laissé le feu s'éteindre dans la vaste cheminée, ce qu'elle attribua à la température très douce de cette mi-mai.

Les rideaux étaient ouverts et noués aux montants du baldaquin par des cordons de soie cramoisie. Allongé sur un velours de même teinte, Francesco

Loredan était vêtu de sa robe d'apparat, les pieds dans des souliers brodés de fil d'or, les mains jointes sur la poitrine. Leonora contemplait un doge mort dans sa chambre mortuaire. Elle s'approcha pour mieux voir une dernière fois cet homme qui, jusqu'à son dernier souffle, avait cru être son père. Ses traits s'étaient affaissés, ses paupières closes s'étaient renfoncées dans les orbites, un fin ruban passé sous le menton maintenait sa mâchoire fermée.

– C'est dommage, vous l'avez manqué de peu, dit une voix dans son dos. Il nous a quittés ce matin.

Elle se retourna d'un bond.

Son futur beau-père portait sa longue et ample robe noire de sénateur. Seules ses très larges manches indiquaient son rang élevé. Un bonnet assorti surmontait sa perruque à marteaux.

– Vous cachez sa mort au peuple ? s'écria-t-elle. Comment osez-vous !

– Vous ne connaissez vraiment rien à Venise, dit Alvise Mocenigo avec un sourire en coin.

La foire de l'Ascension, la Sensa, débutait le lendemain, et avec elle le carnaval de printemps, deux événements très courus par les étrangers. Ses pairs, inquisiteurs d'État ou membres du Conseil des Dix, qui avaient en charge les finances de la République, étaient tout de suite tombés d'accord sur la nécessité de préserver le commerce de la cité. Un deuil public les forcerait à tout suspendre et mettrait en péril les comptes de la Dominante.

Le sénateur lui saisit la main comme on attrape une mouche au vol :

– Vous permettez ? Il sera bientôt à moi et je n'aime pas laisser traîner mes affaires.

Il fit glisser l'anneau ducal hors du majeur de la Frascadina et le passa à son propre annulaire, comme s'il avait été d'ores et déjà le nouveau doge. Il contempla l'effet avec satisfaction.

Le plan de Mocenigo apparut subitement à Leonora. Il utilisait ce répit pour pousser son avantage dans la course au trône. Le secret lui donnait du temps pour acheter quelques voix supplémentaires au Grand Conseil, qui se réunirait bientôt pour élire le remplaçant de Loredan.

Cesare dalla Frascada n'était donc pas le seul à tout tenter pour accéder à la dignité suprême. Son adversaire se tenait devant elle. Elle sut alors qui était à la source de ces malversations et de ces assassinats. Sous prétexte de chapeauter le service des restaurations, Alvise Mocenigo avait organisé des importations illégales dans le même but que le maître des Eaux : recueillir des fonds pour son élection. Mais, lui, il était allé jusqu'au meurtre pour couvrir ses méfaits. Elle connaissait à présent le coupable, mais n'avait plus personne à qui le dénoncer. Le sénateur était bien plus puissant qu'elle. Jamais elle ne réunirait les preuves indiscutables qu'exigeraient les juges pour accepter une plainte contre un si haut personnage.

Le futur doge lut sur son visage qu'elle avait deviné. Curieusement, elle eut l'impression qu'il hésitait entre contrariété et fierté.

– Je vais vous prier de bien vouloir rester au Palais jusqu'au procès de dalla Frascada, annonça-t-il. Vous sortirez discrètement dès sa condamnation. Vous connaissez déjà les Plombs, je crois ? On y fréquente le meilleur monde, cette saison.

Une fois enfermée là-haut, Leonora ne pourrait plus rien pour son père. Elle chercha désespérément une idée. Le sénateur n'avait sans doute pas le pouvoir de la faire tuer à l'intérieur même de ce bâtiment, au milieu de serviteurs qui n'étaient pas encore à son service. Peut-être serait-il enclin à négocier.

– J'ai les preuves qu'il me faut pour innocenter mon père ! déclara-t-elle.

Cette affirmation très exagérée ne suscita chez Mocenigo aucune réaction particulière.

– Ce sera une réhabilitation posthume, alors : le Conseil des Dix l'aura fait exécuter avant que vous ne puissiez les lui présenter.

Il s'apprêtait à frapper dans ses mains pour faire revenir le Maure enturbanné. À cet instant seulement la solution de leur problème apparut à la jeune fille. Elle était limpide, simple, évidente. Elle posa une main sur le bras recouvert d'*ormesino* du sénateur :

– Un instant. Je crois que Votre Excellence illustrissime devrait avoir un beau geste envers le malheureux dalla Frascada, dont les fautes ne sont pas si grandes, quand on y regarde de plus près.

Alvise Mocenigo haussa le sourcil, surpris du ton résolu adopté par la jeune fille. Il arrêta son geste.

– Et pourquoi ferais-je preuve d'une telle mansuétude ?

Leonora sut qu'elle était sur la bonne voie.

– Parce que vous en tireriez un grand profit, répondit-elle.

Quelques minutes plus tard, la Frascadina, la tête pleine de doutes et de regrets, montait à pas lents l'escalier étroit qui menait aux Plombs, la prison des détenus en attente de procès. Le garde qui l'escortait lui ouvrit l'une de ces cellules sans fenêtre au plafond bas, dans lesquelles elle ne se sentait pas la force de demeurer même une journée.

Assis dans un fauteuil, près de la table où il avait pris son souper, Cesare dalla Frascada était plongé dans la lecture d'un volume dont la plupart des pages n'étaient pas encore coupées.

– Mon enfant ! s'exclama-t-il, tandis que la lourde porte se refermait derrière sa fille. Quelle bonne surprise !

Il reposa son livre, le traité d'un ascète connu pour avoir passé la plus grande partie de sa vie sans parler à quiconque.

– J'avais cet ouvrage dans ma bibliothèque, mais je n'avais jamais pris le temps de l'ouvrir. L'auteur assure que seules les dix premières années de réclusion sont pénibles. Ta conversation sera plus encourageante, j'en suis sûr.

– Pas moi, hélas, répondit Leonora, qui n'avait à l'esprit que la triste nouvelle dont elle était porteuse.

Avant d'aborder ce pénible sujet, elle avait une question à lui poser.

– Puis-je vous demander pourquoi vous m'avez retirée du couvent ?

Le patricien fut surpris de la voir revenir sur ce sujet. Ayant eu vent par les religieuses de ce qu'elle était intelligente, pas vilaine et dotée d'un certain caractère, il s'était dit qu'il pourrait en faire autre chose qu'une bonne sœur. Ses péchés ne pesaient pas sur sa conscience au point d'obliger sa fille unique à les racheter par une vie de prières.

– J'ai donc eu l'idée de te marier à l'un des fils Mocenigo. Je t'avais demandé le plus beau, je poussais mon pion vers le trône, tout le monde était content !

« Sauf moi », songea Leonora, à qui cette idée répugnait au plus haut point.

– Je devrais donc me marier parce que mon père joue une partie d'échecs avec son destin !

– Mais l'enjeu de cette partie, c'est ce palais ! Imagines-tu ce que ça serait, d'être la fille du doge ?

Elle l'imaginait bien mieux qu'il ne pouvait s'en douter.

– Il est interdit au doge de mettre un de ses fils en position de lui succéder, insista-t-il. Mais pour son gendre, en revanche, tout est possible. Avec ce Lunardo, tu pourrais fort bien devenir un jour dogaresse. Venise ne serait plus seulement à tes pieds : elle t'appartiendrait.

– Comme je serais heureuse si j'avais les mêmes sentiments que ma mère… C'est une criminelle. Le saviez-vous ?

Le maître des Eaux leva les bras au ciel.

– Grande nouvelle ! Et alors ? Moi aussi ! Les honnêtes gens ne font pas de brillantes carrières, à Venise !

– Vous étiez faits l'un pour l'autre ! conclut-elle avec un profond soupir.

Plus elle posait de questions, moins elle aimait les réponses. Lorsque son abattement fut dissipé, elle lui expliqua par quel moyen elle venait de lui sauver la vie. Cesare dalla Frascada comprit immédiatement quel serait le prix à payer. Il pâlit.

– Mais, dans ce cas, dit-il, je ne pourrai jamais…

– Mieux vaut renoncer à être doge que renoncer à la vie, dit-elle avec l'espoir qu'il se tiendrait le même raisonnement.

Ce fut Loreta qui la tira du lit, le lendemain matin, jour de l'Ascension. La servante ouvrit les volets de bois et ôta les couvertures d'un geste brusque.

– Levez-vous ! C'est carnaval ! Tout le monde doit s'amuser ! Il ne faut pas en perdre une miette !

La jeune fille en déduisit que le décès du doge n'avait toujours pas filtré hors des appartements ducaux. Elle jeta un châle sur ses épaules et descendit prendre sa collation matinale.

Les membres de la famille qui ne logeaient pas aux Plombs étaient réunis autour de la table, y compris Flaminio dell'Oio, qui avait dormi là pour la deuxième nuit consécutive. Zermanico, le demi-frère, affecta de s'en offusquer :

– Mère, n'êtes-vous pas scandalisée de voir cette fille faire coucher ici son chevalier servant, comme s'ils étaient mariés ou que sais-je ?

Il venait de prononcer ces mots lorsque entra Roberto, le sigisbée, vêtu de la jolie robe d'intérieur qu'il s'était fait confectionner par le tailleur de sa patronne. Un silence embarrassé tomba sur les convives.

– Il n'y a sûrement pas de mal, grommela Zermanico avant de piquer du nez sur sa tasse de lait chaud, sous le regard courroucé de *donna* Soranza.

Leonora et son courtisan se retrouvèrent un peu plus tard dans le *portego*. Un petit tas de masques en cuir bouilli tout simples attendait sur une console rococo. Flaminio en prit un et noua le cordon derrière sa tête. Ils étaient sur le point de sortir quand Loreta se précipita :

– Que faites-vous donc !

Leonora, peu au fait des coutumes, avait omis de couvrir son visage.

– Voulez-vous être la seule fille noble de Venise à déambuler sans masque ? Pourquoi ne pas vous promener toute nue, tant que vous y êtes !

Elle ne la laissa pas quitter Ca' Civran sans emporter au moins une *moretta*, un petit masque ovale recouvert de satin blanc.

C'était une belle journée de mai, tout à fait propice aux cérémonies qui allaient se dérouler selon un rite établi plusieurs siècles plus tôt. Ils profitèrent de la traversée du canal pour faire le point sur leur enquête. Au fond, Alvise Mocenigo avait mené le même genre de trafics que dalla Frascada, mais sur une plus grande échelle et sans aucune limite morale. Et, surtout, sans se faire prendre.

– Je suis étonné que nous soyons encore vivants, dit Flaminio. Vous lui aurez tapé dans l'œil. Le sénateur doit avoir un faible pour les gamines effrontées.

Une foule compacte de navires en tout genre était réunie sur le *bassino di San Marco* pour assister aux épousailles de la mer. Les plus gros appartenaient aux opulentes confréries de marchands et d'artisans, dont les *scuole* étaient couvertes de chefs-d'œuvre peints par

Véronèse ou le Tintoret. La Seigneurie avait maintenu les noces mystiques malgré l'indisposition du doge, d'abord parce qu'il était communément établi que s'en abstenir portait malheur à la cité, ensuite parce que ce malheur se traduirait immédiatement par le départ des innombrables étrangers venus dépenser leur bel argent à cette occasion.

Les autorités civiles, religieuses et militaires quittèrent le Palais ducal en procession pour monter sur le *Bucentaure*. Cette magnifique galère de trente-cinq mètres dépassait les huit mètres de hauteur. Elle était décorée de statues et de hauts-reliefs dorés dont le thème emprunté à la mythologie célébrait la justice, la puissance et l'harmonieuse entente entre les citoyens. Mû par des rames que l'on voyait monter et descendre, le navire vogua lentement jusqu'à l'embouchure du port de Saint-Nicolas-du-Lido.

Le procurateur de Saint-Marc, deuxième personnage de l'État, eut l'honneur de jeter l'anneau en prononçant la formule consacrée : « Desponsamus te, mare nostrum, in signum veri perpetuique domini. » Leonora eut un pincement au cœur lorsque les flots engloutirent l'alliance. Nul ne se souciait du malheureux vieillard, dont le corps était caché au fond de ses appartements. Elle éprouva de la colère envers cette troupe de menteurs emperruqués qui paradaient sur leur bateau doré.

Les embarcations se dirigèrent vers la côte du Lido, où les officiels allaient assister à une messe solennelle suivie d'un banquet. La mer que Venise venait d'épouser pour la millième fois avait disparu sous cette foule de navires. La ville avait doublé de surface.

Le *Bucentaure* était une cathédrale au milieu de ce désordre de voiles, de godilles et de rames. Nul autre jour de l'année, il n'était aussi évident que les Vénitiens habitaient des vaisseaux de pierre posés sur un sol liquide.

Le lendemain, vendredi 21 mai 1762, Leonora revêtit la robe noire qu'elle s'était procurée pour jouer les veuves à Santo Stefano. Il était temps de conduire un célèbre anonyme à sa dernière demeure.

Le secret le mieux gardé de Venise était toujours la disparition de Francesco Loredan. La Seigneurie avait organisé une inhumation discrète en l'église Saint-Jean-et-Saint-Paul, surnommée « Zanipolo ». La Frascadina suivit les funérailles au milieu de la liesse populaire, des chansons et des rondes. Le cercueil avait quitté le Palais en toute discrétion au cours de la nuit, à l'image des cendres de saint Marc enlevée d'Alexandrie. Une gondole funèbre, que seule sa taille différenciait des autres, le mena jusqu'au débarcadère. Au son de trois tambours, de simples gardes soulevèrent la boîte oblongue, qui traversa le campo de Zanipolo, accompagnée d'une longue file de masques. Le cortège passa sous la majestueuse statue équestre du « Colleone » sculptée par Verrochio. Flaminio en résuma tout bas l'histoire à Leonora : Bartolomeo Colleoni, richissime général de Bergame, avait légué par testament ses biens à la République, à condition que celle-ci érigerait sa statue devant Saint-Marc. Peu désireux de voir quiconque trôner devant leur basilique, mais incapables de renoncer à cette manne, les Vénitiens avaient eu l'idée d'installer la statue devant la *scuola* de Saint-Marc, dont la belle façade en marbre se dressait ici. « Encore un qui s'est fait avoir par la Seigneurie ! » songea la Frascadina.

La procession passa tout près d'un théâtre ambulant de marionnettes. Des figurines de papier mâché mimaient une scène chère au petit peuple : un doge miniature bastonnait avec énergie de vilains sénateurs en robe noire, au visage grimaçant et à la perruque effilochée. Ce curieux spectacle mit mal à l'aise ces grands serviteurs de l'État qui se débarrassaient du premier d'entre eux en catimini. Leonora surprit des bribes de conversations :

– S'il voulait un enterrement en grande pompe, il ne fallait pas mourir la veille du carnaval !

– Nous devons penser aux vivants !

Les réjouissances populaires facilitaient l'incognito. Nul ne pouvait se douter que, sous ces faux nez de cuir, de velours ou de carton peint, se cachaient les principales autorités de la Dominante. Alvise Mocenigo était sûrement là, quelque part, comptant les derniers jours qui le séparaient de son triomphe.

Ils pénétrèrent enfin dans le lumineux sanctuaire teinté de rose par les briques et le marbre. Là reposait déjà une vingtaine de doges parmi la centaine qu'avait comptée la République. Étant donné l'absence de cérémonial officiel, Leonora eut réellement l'impression d'enterrer son père, un sentiment que les éclats de rire et les chansons dont ils étaient environnés rendaient encore plus difficile à supporter.

Les trois jours suivants, elle se plongea dans l'ambiance extraordinaire de la Sensa et visita la foire annuelle qui se tenait sur la Piazza. Les pavillons des exposants constituaient un décor architectural grandiose et éphémère. Les acheteurs de toute l'Europe s'y pressaient en foule, attirés par la qualité de l'artisanat vénitien. Le soir, comme le reste de la population, riche ou pauvre, elle alla entendre des opéras, les théâtres de la lagune n'ouvrant qu'à l'occasion des fêtes. Elle vit des Hercule pousser des cris de colère par le truchement des castrats très maquillés qui interprétaient la plupart des rôles masculins, et des Médée outragées brandir des dagues en égrenant des vocalises à donner le tournis.

Le dimanche 23 mai, elle assista pour la première fois à une séance du Grand Conseil. Le millier de nobles du sexe masculin, âgés de plus de vingt-cinq ans, qui seuls pouvaient y siéger, avait quelques représentants à élire aux charges publiques. L'ambiance était pesante, comme si une partie de la salle s'était apprêtée à accomplir un acte à son corps défendant.

À chaque vote, les électeurs jetaient une boule blanche pour le « oui » ou verte pour le « non » dans l'une des trois boîtes qu'on leur proposait. S'ils jetaient leur boule dans la boîte rouge et que celle-ci recueillait la majorité, la proposition devait être reformulée et présentée ultérieurement.

Leonora attendit avec anxiété dans le vestibule l'issue d'un vote qui requérait la majorité confirmée. Par une porte entrouverte, elle apercevait l'arsenal d'épées et de fusils entassé dans la pièce contiguë. Le Grand Conseil devait être en mesure de se défendre au cas où ses décisions provoqueraient un soulèvement.

Un ami de son père quitta la salle des délibérations et se pencha vers elle.

– Il est élu, lui glissa-t-il à l'oreille.

Leonora éprouva un profond soulagement. Elle avait réussi. La victoire avait pourtant un goût amer.

Le mardi 25, elle se rendit avec son courtisan au procès du maître des Eaux, qui devait se tenir devant le Conseil des Dix. Lorsqu'elle quitta sa chambre pour aller au Palais, elle s'étonna de trouver *donna* Soranza toujours en *vestito di confidenza*.

– Vous ne nous accompagnez pas, mère ?

– Oh, j'irai demain, pour son exécution. Inutile de se déplacer plusieurs fois, n'est-ce pas ?

Ils rencontrèrent monsieur Émile sur la piazzetta. À force de retourner l'affaire dans tous les sens, le Français était parvenu à une conclusion :

– Il n'y a qu'un moyen de sauver votre père. J'ai mis un moment à le trouver : les institutions de Venise sont faites pour que personne ne les comprenne ! Il faut qu'un *avogador di comun* s'interpose entre ses juges et lui !

Les deux jeunes gens poussèrent un profond soupir.

– Nous y avons déjà pensé, répondit Flaminio dell'Oio. Outre qu'aucun ne lui est favorable, il faudrait que cet homme réunisse sur son nom les principaux partis pour avoir suffisamment de poids face au Conseil des Dix. En connaissez-vous un qui réponde à ce critère ?

Monsieur de Rofiniac admit qu'il n'y en avait pas. Il hocha la tête avec découragement. Leur dernier espoir s'envolait.

Les curieux se tenaient sur deux rangs dans le vestibule, debout près de la porte. Comme la moitié d'entre eux portaient des masques, on avait l'impression qu'il allait se jouer une pièce de théâtre pour agrémenter les festivités. Avant qu'on ne referme la salle, les débats se tenant là aussi à huis clos, Leonora eut le temps d'apercevoir les magistrats sur leurs fauteuils. Les Dix étaient en réalité seize, répartis autour du trône vide où aurait dû être assis le doge, excusé pour cause de maladie alors qu'il reposait déjà sous une dalle, à Zanipolo.

Le procès s'annonçait féroce. On percevait à peine, à travers le battant, la voix puissante d'un des conseillers qui donnait lecture de l'acte d'accusation. Les échanges ne pouvaient se faire que sur la base de textes écrits et sans avocat. Cesare dalla Frascada lui opposa donc lui-même la lecture de ses arguments. Il réclamait un renvoi censé lui permettre de présenter les preuves de son innocence, mais n'avait guère de chances d'être exaucé.

Il se fit tout à coup un brouhaha dans le vestibule.

– Faites place à l'*avogador di comun* ! cria un huissier.

Il frappa à la porte du cénacle, tandis qu'une personne fendait la foule dans un mouvement impérial. Des murmures stupéfaits s'élevèrent de tous côtés : c'était Alvise Mocenigo, revêtu de la robe et de l'étole des *avogadori di comun*.

– Comment est ce possible ? s'étonna monsieur Émile. Je croyais que les tenues officielles étaient exclues des déguisements de carnaval ?

– Il a été élu avant-hier, répondit Flaminio dell'Oio, aussi impassible que le « Colleone » sur son cheval de bronze.

Sa nomination était passée inaperçue au milieu des réjouissances.

On rouvrit la salle pour le laisser passer. À la surprise générale, l'ancien sénateur se dirigea tout droit sur l'estrade où se tenaient les membres du Très Haut Conseil. Son premier acte depuis son accession à ce poste convoité fut de pointer un vice de forme. L'affaire devait être renvoyée devant une juridiction ordinaire. Dalla Frascada n'aurait pas à s'expliquer devant l'instance la plus sévère de la République, il aurait tout loisir de réunir ses preuves, d'utiliser les services des meilleurs défenseurs et de présenter des témoignages en sa faveur. En outre, la comparution devant les tribunaux civils pouvait se faire sans emprisonnement préalable. Mocenigo mit sous le nez des conseillers un document estampillé par le sceau personnel du doge, qui décrétait l'élargissement immédiat de l'accusé.

Ce papier intrigua particulièrement les Dix, qui avaient tous suivi les funérailles secrètes, la semaine précédente. Ils se demandèrent qui avait eu le culot de s'attribuer l'emblème du sérénissime prince, mais ne purent contester sa validité sans révéler l'origine de leurs doutes.

Le maître des Eaux avait demandé à ses alliés d'élire Mocenigo, afin que le nouvel *avogador di comun* soit soutenu par le plus grand nombre possible de votants. Le hic était que cette charge prestigieuse et populaire menait tout droit à l'élection ducale.

Le Conseil des Dix entérina la mise en liberté du prévenu, et les portes se rouvrirent pour le laisser sortir. Les hourras retentirent jusque dans l'escalier d'honneur.

– Les jeux sont faits, murmura dalla Frascada avec une tête d'enterrement.

– Peut-être pas, père, répondit la Frascadina sans quitter des yeux l'*avogador*, qui s'expliquait avec des conseillers mécontents, à l'autre bout de la salle.

La liesse de la Sensa semblait toute à la gloire de leur rival. Leonora jugea opportun de rétablir l'équilibre entre les deux adversaires. L'ambiance allait devenir aussi funèbre que son humeur. Elle chuchota quelques mots à l'oreille de Flaminio, qui disparut dans l'assistance, à la recherche de quelques bavards impénitents.

Le bruit des conversations changea de nature. Petit à petit, les clameurs de joie furent remplacées par des exclamations perplexes ou scandalisées. Après avoir reçu les congratulations de ses amis, le provéditeur des Eaux était sur le point de quitter la salle avec sa fille quand l'un de ses collègues l'aborda :

– Savez-vous la nouvelle ? Le doge est mort !

Flaminio dell'Oio avait fait de la belle ouvrage. Répandue chez les Quarante, la rumeur était passée chez les sénateurs, elle avait sauté d'un cercle du pouvoir à l'autre, toujours plus larges, jusqu'à atteindre l'ensemble des nobles. Une fois parvenue dans les demeures seigneuriales, elle s'en échapperait pour courir jusque dans les plus humbles ruelles. Une heure suffirait pour que les citoyens de Venise soient tous au courant. Quand tout le monde ne parlerait plus que de cela, il faudrait bien annoncer officiellement le décès et suspendre les festivités. Le triomphe d'Alvise

Mocenigo prit dès cet instant une tonalité sinistre qui n'allait plus le quitter.

Les partisans de dalla Frascada s'agglutinèrent autour de lui pour connaître sa stratégie en vue de l'élection, le grand projet de toute sa vie. Leonora regarda son père leur mentir pour cacher son dépit. Il ne pouvait se résoudre à leur apprendre que son retrait était la condition exigée par Alvise Mocenigo pour l'exhumer de sa prison. Incapable de soutenir plus longtemps ce spectacle, elle partit en avant pour préparer la chère épouse à cette heureuse issue tout à fait inespérée.

Elle la trouva en bonne compagnie, dans le salon vert, où un petit groupe de ses affidés s'était réuni autour d'une table à jouer.

– Le doge est mort, annonça-t-elle pour voir quel effet cet événement leur ferait.

Nul ne marqua la moindre émotion.

– Comme c'est triste, dit l'hôtesse sans quitter ses cartes des yeux. Voilà un bon moment qu'il n'était plus très bien, je crois.

– Votre mari est libre, ajouta la Frascadina. Il sera ici dans un instant.

Si l'assistance se figea, *donna* Soranza se contenta de faire la grimace.

– Encore une de tes farces d'un goût douteux, ma fille ! C'est moins drôle la deuxième fois, tu sais !

– Si vous ne mettez pas un peu d'ordre avant son arrivée, vous ne la trouverez pas drôle du tout, prévint Leonora.

Déconcertée par le sérieux de l'impertinente, la patricienne ne savait encore que croire lorsqu'un de ses amis, de retour du Palais, apparut en haut de l'escalier, essoufflé. Le maître des Eaux approchait, entouré de ses partisans, sur une flottille qui remontait le canal.

– Quel bonheur, parvint à articuler *donna* Soranza avec autant de joie que si la façade de Ca' Civran s'était ouverte en deux.

Elle paraissait sur le point d'avoir un malaise. Alors seulement les convives eurent l'air d'être en deuil. Ils s'éclipsèrent par la porte donnant sur la *calle,* tandis que la tendre épouse du prisonnier libéré sortait sur le balcon. Elle lui fit signe du plus loin qu'elle le vit, avec un mouchoir de dentelle qu'elle aurait plus volontiers utilisé pour sécher ses larmes. Cesare dalla Frascada avait parcouru un bon tiers du Grand Canal, depuis la Piazza, debout au milieu d'une frêle embarcation, sous les vivats de Vénitiens contents de voir quelqu'un échapper au terrible Conseil des Dix.

Roberto la rejoignit après avoir troqué en toute hâte ses nouveaux habits brodés pour la tenue sobre et terne qui convenait à un humble sigisbée.

– Cette fois, il est là, conclut-il d'une voix sombre.

– Qui sait? La gondole peut encore se renverser, répondit *donna* Soranza sans cesser d'agiter avec grâce son mouchoir en direction du miraculé.

XX

TOUTE LA SOIRÉE, Cesare dalla Frascada fêta sa libération au milieu de ses amis, dont le *piano nobile* de sa maison s'était de nouveau rempli comme par miracle. Plusieurs fois, il fit porter des biscuits, des alcools, et même des demi-ducats d'argent aux gens du peuple qui l'acclamaient en barque sous ses fenêtres.

Le lendemain, Leonora le trouva dans son cabinet, où il venait d'occuper une heure à parapher des cartes de visite à l'intention des admirateurs qui lui avaient fait porter les leurs. Autant il y avait eu peu de monde pour le soutenir dans son épreuve, autant les mots de félicitations s'empilaient sur son secrétaire. Telle était Venise, qui ne voulait penser qu'à la joie et tournait le dos aux contrariétés petites ou grandes, ce qui n'allait pas sans mal quand elle appliquait ce même principe à l'exercice de la politique. Dalla Frascada pardonnait d'autant plus facilement à ses amis qu'il avait bien conscience d'être exactement comme eux.

Debout devant le miroir de la cheminée, il rectifiait la position d'un curieux chapeau. C'était un *corno*, ce bonnet ducal brodé d'or qui tenait lieu de couronne aux sérénissimes princes. La scène surprit sa fille. Elle pensait que les couvre-chefs réservés aux doges étaient tous chez le doge ; de plus, son père, à sa connaissance, avait renoncé à briguer cette charge. Il se tourna vers elle, plus satisfait que sa femme au dernier essayage de sa robe de printemps :

– Ne me va-t-il pas bien ? N'ai-je pas un profil à graver ?

À l'en croire, tous les hommes des grandes familles possédaient ce chapeau au fond de leurs coffres, même si nul ne l'aurait jamais avoué. Une anecdote courait à ce sujet :

– On raconte que Giovanni Dolfin avait une grosse tête. Le jour de son élection, le personnel du Palais ne parvenait pas à trouver de *corno* à sa taille, il avait l'air d'une citrouille coiffée d'un bol. Il se pencha vers son valet, qui réapparut une demi-heure plus tard avec un bonnet ducal parfaitement ajusté. Où crois-tu qu'il était allé le prendre ?

Le maître des Eaux était incollable sur ce sujet. Les dalla Frascada avaient tenté en vain leur chance à toutes les élections qui s'étaient déroulées depuis l'an 1400. Une semaine après avoir juré d'abandonner le rêve de toute sa vie, l'héritier de cette longue lignée de perdants était torturé par l'envie de revenir sur son serment. Son dernier espoir reposait dans le choix des quarante et un grands électeurs, qui se ferait au hasard. Selon ses calculs, il possédait une petite chance qu'il ne se trouve pas parmi eux de majorité en faveur de son rival.

Pour son malheur, ce dernier avait déjà fait en sorte de l'aider à respecter sa parole. Un fâcheux bruit leur parvint dans la journée : les patriciens se disaient peu disposés à élire un homme qui venait à peine de quitter sa cellule. Sauter des Plombs aux appartements ducaux leur semblait indécent. L'ancien détenu devait cette gentillesse au nouvel *avogador di comun*, qui avait usé de toute son influence pour répandre cette idée, d'une rigueur morale inusitée dans la lagune.

Pour faire bonne mesure, à la première assemblée du patriciat de Venise, Cesare dalla Frascada eut le bonheur tout à fait inattendu de se voir élire sénateur et, dans la foulée, membre du Conseil des Dix, une façon de le dédommager de l'injuste détention dont il avait été l'objet. L'ennuyeux, c'était que cet emploi l'excluait du nombre des candidats à toute autre charge pour la durée de son exercice, qui était de douze mois. Or, nul ne pouvait refuser une nomination décrétée par le Grand Conseil : tout refus était sanctionné d'une lourde amende et d'un exil en terre ferme de même longueur que le mandat rejeté par le réfractaire.

– Dieu ne voudra pas qu'un assassin monte sur le trône, dit Leonora.

– Hum, fit son père. Il faudra que tu te penches un peu sur l'histoire de notre nation, ma fille.

Sa véritable consolation, le patricien la trouva ailleurs. Alvise Mocenigo avait oublié un détail en ce qui concernait le choix du doge : l'argent n'était pas tout.

Lorsqu'il eut sous les yeux la liste des votants qui s'étaient déplacés pour l'élire au Très Haut Conseil, l'ancien maître des Eaux nota l'absence d'un nom, celui d'un noble sans grande ambition, connu pour ses ouvrages d'érudition, qu'une santé chancelante avait cloué au lit toute la journée. Il sut alors ce qu'il devait faire.

– On va voir ce qu'on va voir ! dit-il en se frottant les mains.

Les jours suivants, il fit le tour de ses partisans pour leur exprimer sa joie d'avoir été nommé à cette prestigieuse institution, « ce couronnement inespéré de sa carrière ». Les fatigues endurées durant sa réclusion l'obligeaient de toute manière à renoncer à briguer le trône.

– Qui sait ? Dans un an ou deux… suggéra celui qui ne pouvait plus mettre ses espoirs que dans la mort prochaine de son concurrent.

Il avait déjà pris des dispositions à ce sujet.

Le lundi 31 mai 1762, six jours après l'annonce officielle du décès du doge, les « Mille », en robe noire et perruque grise, se réunirent au Palais ducal, sous les fresques du Tintoret, pour la désignation des quarante et un grands électeurs. Une fois tout le monde assis devant l'estrade où siégeaient, de part et d'autre du trône vide, les conseillers ducaux et les procurateurs, seuls à jouir du privilège de la robe écarlate, la session débuta par l'annonce des candidatures.

La liste ne comptait qu'un seul nom. Dans la salle pleine à craquer, l'assemblée médusée se mit à échanger des commentaires à voix basse.

– Qu'y a-t-il ? demanda l'un des assistants, qui n'avait pas prêté attention aux paroles du président de session.

– Il paraît que Marco Foscarini est le seul postulant !

– Mais c'est moi! s'écria le petit bonhomme qui avait posé la question.

Dalla Frascada avait déployé toute sa persuasion, tout son entregent, toute la diplomatie dont il était capable pour se faire son porte-parole officieux. Il avait convaincu ses propres partisans de reporter leurs votes sur un écrivain respecté pour sa culture, discret, d'une excellente famille…

– Et surtout de constitution fragile, remarqua sa fille à la vue du personnage aux joues creuses cloué sur son banc, plus surpris que ceux qui se pressaient déjà pour le complimenter.

La perspective d'élire un être falot avait séduit tout le monde. Le sénateur Mocenigo était trop habile, il faisait peur. L'argent prévu pour la campagne du maître des Eaux, cette grosse somme mal acquise, le patricien l'avait distribuée aux nobles démunis en la présentant comme une grâce accordée par «le généreux Marco Foscarini». Dès lors, les comptes étaient faits. Dès son arrivée au Palais, Alvise Mocenigo avait fait biffer son propre nom, afin de ne pas essuyer un échec qui l'eût ridiculisé. Marco Foscarini était le seul candidat parce qu'il était le seul à devoir mourir bientôt. Admirable et valétudinaire, c'était le doge idéal.

Malgré l'absence d'équivoque, il convenait de respecter les formes. Le cérémonial dura toute la journée. Il était compliqué à l'extrême, afin de brouiller les pistes, d'éviter les manœuvres, d'empêcher les manigances. Les membres du Grand Conseil défilèrent devant le *ballotino*, un enfant de dix ans qui puisait des boules dans une urne. Trente d'entre elles étaient en or, les autres en cuivre. Sitôt qu'un électeur se voyait pourvu d'une boule en or, les huissiers criaient son nom pour inviter les membres de sa famille à se retirer de la salle et du vote.

Un nouveau tirage au sort réduisit ces trente hommes à neuf, lesquels proposèrent quarante autres noms par le biais d'un bulletin secret. Pour être confirmé, chacun des quarante devait obtenir sept des neuf voix. À l'issue d'un nouveau suffrage, ces quarante passèrent à douze. Ces douze en élirent vingt-cinq, qui furent une nouvelle fois réduits à neuf. Ces neuf en désignèrent quarante-cinq, ramenés à onze par un second tirage de boules d'or, que le *ballotino* comptait à l'aide d'une petite main en bois. À ces onze revint la charge de nommer les électeurs du doge, qu'il fallait choisir parmi ceux qui n'avaient figuré dans aucun des choix précédents !

Le conclave put alors débuter. Les quarante et un s'isolèrent pour voter, le candidat élu devant recueillir une majorité de vingt-cinq voix.

En fin d'après-midi, le peuple se pressait en masse devant le palais de brique rose et de marbre blanc, non pour entendre nommer leur nouveau maître, mais parce que cette déclaration sonnerait le début d'une fête prévue pour durer trois jours. Dès la proclamation du résultat, Marco Foscarini fut conduit en haut de l'escalier des Géants pour son couronnement. À vrai dire, il avait déjà l'air tout à fait remis de ses émotions.

– La dignité suprême est un baume, nota Leonora. Elle guérit de tout.

– Elle l'écrasera sous son poids ! prédit son père, dont l'œil brillait de convoitise à la vue du *corno* un peu trop grand que l'on posait sur la tête du lauréat, ce voleur d'élection.

L'acte le plus important de l'investiture était le serment de la « promission ». On énuméra au nouveau doge les nombreuses lois qui définissaient – et surtout limitaient – ses prérogatives.

– Sentez-vous le côté biblique de ce qui arrive ? dit monsieur Émile pendant cet effrayant pensum. Loredan est mort la veille de l'Ascension de Notre Seigneur Jésus-Christ. Son remplaçant monte sur le trône à la Pentecôte, pour la révélation du Saint-Esprit. Je me demande ce qui va nous arriver à la Noël !

Dalla Frascada espérait que ce serait un bel enterrement en présence d'une foule émue.

Le nouveau prince fut présenté au peuple dans la basilique Saint-Marc. « Questo xe missier lo doxe », annonça un orateur d'une voix forte : « Voici le seigneur doge. » Avant le XVe siècle, on ajoutait « s'il vous agrée ». Depuis lors, on se passait de l'agrément du peuple.

Il était d'usage que l'heureux élu fasse le tour de la place sur le *pozzetto*, un siège en forme de margelle de puits, porté au pas de charge par les ouvriers de l'Arsenal.

– Pensez-vous qu'il sera assez solide pour y tenir ? s'inquiétèrent les membres de la Seigneurie. S'il mourait tout de suite, de quoi aurions-nous l'air ?

Mais Foscarini semblait aller très bien et riait aux éclats de son bonheur. La présentation se conclut par un lancer de pièces sur la foule en liesse. Le carnaval interrompu pour les funérailles reprit aussitôt. Les masques quittèrent poches et tiroirs pour parer les visages des Vénitiens et des curieux venus de toute l'Europe.

Alvise Mocenigo tâchait de faire bonne figure après avoir assisté à l'épuisant triomphe d'un homme qui ne s'était même pas donné le mal d'assassiner quiconque pour parvenir. Avant de quitter le Palais, il fit un arrêt devant l'autre perdant du jour, entouré de ses partisans.

– Je félicite le nouveau membre du Conseil des Dix, déclara-t-il avec acidité.

– Je félicite le nouvel *avogador di comun*, répondit son adversaire sur le même ton.

Il était évident que le véritable vainqueur du jour serait celui qui, le premier, pourrait éventrer l'autre. Alors qu'il passait prèsd'elle, Mocenigo souffla quelques mots à l'oreille de Leonora :

– Vous ne serez pas la fille du doge, finalement.

Elle regarda l'*avogador* s'éloigner. Cette phrase commença de hanter son esprit. Elle crut d'abord qu'il faisait allusion au fait que dalla Frascada avait manqué son but. Mais pourquoi prendre la peine de souligner pareille évidence ? L'ancien sénateur était trop fin pour qu'il n'y ait pas un sens caché dans sa formule. Or, celle-ci ne pouvait avoir qu'une seule autre signification. La logique si chère à la Frascadina lui donna subitement le tournis.

Elle se rendit tout droit à Ca' Mocenigo, cette immense demeure de la Renaissance qui se dressait sur le Grand Canal. Elle fit le trajet à pied, au milieu des masques, des joueurs de flûte et des rondes, nul gondolier n'étant disposé à quitter les cafés, les auberges ou les stands de la foire pour prendre un passager.

Pour ce qu'elle pouvait en voir, la maison était déserte. Très peu de fenêtres étaient éclairées, aucun lustre n'illuminait les salons de réception. L'épouse et les six fils étaient sortis célébrer sans vergogne la réussite de leur adversaire avec le reste de la ville. Ce n'était pas l'élection, qu'on fêtait : c'était le bonheur de vivre dans la lagune.

Prise d'une intuition, elle bifurqua vers la maisonnette du bout de la rue. La porte branlante était ouverte. L'endroit était plongé dans l'obscurité, mais une faible lueur brillait dans le petit jardin.

L'*avogador* était assis sur un banc de pierre, seul, près d'une simple chandelle, dans le jardinet en friche. Il ne fit aucun mouvement quand elle s'approcha, comme s'il lui était impossible d'imaginer qu'un autre qu'elle se présente dans ce lieu désolé, en ce jour de joie.

– Si pénible cela soit-il, je dois vous poser une question, dit-elle.

– La réponse est oui, répondit sans hésitation l'ancien sénateur.

L'aveu ne fit que confirmer ce dont Leonora avait la quasi-certitude depuis une heure. C'était la seule façon d'expliquer qu'il ne l'ait pas fait tuer dès le début.

– Je te jure que j'ignorais ton existence, reprit l'*avogador*. Il a fallu que ta mère apprenne tes fiançailles pour qu'elle se décide à me prévenir. J'ai failli marier mon fils à sa demi-sœur ! conclut-il, la tête dans ses mains.

Il avait dû trouver très vite un biais pour empêcher cette abomination. La dénonciation du futur beau-père par l'intermédiaire de la *bocca del leone* lui avait fourni un excellent prétexte pour rompre les fiançailles. Leonora comprit que ce n'était pas la course à l'élection, qui avait causé la chute du maître des Eaux. C'était elle.

Ce qui la dégoûtait le plus était qu'Alvise Mocenigo ait fait jeter un rocher sur sa gondole. La tuer était une manière très simple d'éviter l'union consanguine avec son fils.

Il lui assura qu'on l'avait vue quitter l'embarcation avant. L'attentat n'était qu'une mesure d'intimidation qui aurait suffi à n'importe qui.

– À n'importe qui, mais pas à ma fille, je suppose, conclut l'*avogador* avec un soupir, regret de comploteur ou orgueil paternel.

L'identité de son géniteur n'étant pas une excellente nouvelle, elle voulut savoir qui était sa mère. La question arracha au patricien un petit rire amer.

– La première fois que je t'ai amenée ici, je t'ai menti, Leonora Agnela Immacolata : je n'ai pas toujours été animé par le seul amour de ma patrie. J'ai succombé, moi aussi, au charme de la Principessa. J'étais alors un homme plein d'avenir, à mille lieues de me douter que l'enfant née de cette aventure réduirait un jour mes ambitions à néant.

Elle hocha négativement la tête. C'était elle, cette fois, qui avait un coup d'avance.

– Que vous ayez reçu des gourgandines dans votre garçonnière, je n'en doute pas. Que vous ayez fait un enfant à cette femme, pourquoi pas ? Mais que vous soyez mon père, c'est tout à fait impossible.

Elle lui répéta ce que la courtisane lui avait lancé à la figure : il y avait eu échange de fillettes, au couvent. Elle était une enfant trouvée.

– Si cette femme vous a dit que j'étais votre fille, elle vous a menti ! Quelqu'un est-il capable de dire la vérité sans qu'on le menace de mort, dans cette ville ?

Curieusement, cette révélation ne modifia nullement l'humeur de l'*avogador*, comme si ce qu'elle venait de dire ne revêtait aucune importance. Le silence du magistrat était insupportable.

– Il semble que je t'aie laissée détruire ma vie pour rien, dans ce cas, répondit-il enfin d'une voix morne.

– Vous pouviez douter de cette paternité.

– Oh, non.

– Pourquoi ?

Comme il s'obstinait à se taire, elle s'exclama :

– Je suis la fille du diable !

Et tout à coup, elle sut.

– Connaissez-vous Vicence ? demanda-t-elle.

Il vit qu'elle entrevoyait la vérité. Elle était intelligente, bien davantage qu'aucun des six bons à rien que lui avait donnés Pisana Corner. Il la conjura de quitter cet imbécile de dalla Frascada et de prendre la place qui lui revenait à ses côtés. Elle répondit qu'elle avait quelqu'un à aller voir et quitta la maisonnette sans se retourner.

Le soleil se levait à peine, le lendemain matin, lorsque la Frascadina ferma doucement derrière elle la porte de sa chambre pour ne pas faire grincer les gonds. Elle s'était entendue avec le *barcarol* de son père, qui l'attendait devant le porche du canal, et n'avait mis personne d'autre dans la confidence. Elle laissait sur la commode une lettre par laquelle elle annonçait son désir de retourner au couvent.

Par un curieux hasard, elle rencontra *donna* Soranza au bout du couloir, en tenue de soirée, comme si l'épouse du patricien venait tout juste de rentrer. L'énorme baluchon que transportait la jeune fille ne laissait aucun doute sur son intention.

– Vous devriez rester, dit sa mère d'emprunt, sur un ton faussement détaché. Je m'étais bien habituée à vous voir tenir notre maison.

La Frascadina la remercia de ses bontés et s'enfuit dans l'escalier. Ce fut pour tomber sur Cesare dalla Frascada, sur le palier du premier. Il avait dû s'assoupir sur un sofa jusqu'à ce qu'un valet le prévienne qu'elle était levée. Son pourpoint froissé et ses cheveux ébouriffés lui ôtaient beaucoup de sa splendeur de conseiller ducal. Il paraissait embarrassé.

– J'aimerais que tu m'assistes dans mes nouvelles fonctions. Sais-tu qu'il y a une femme derrière chaque grand homme qu'a connu Venise ? On dit qu'Elisabeth Corner, la maîtresse de Foscarini, a déjà reçu le corps diplomatique. Je voudrais pouvoir compter sur toi pour l'année qui vient. La bataille s'annonce épique.

La jeune fille le remercia lui aussi et reprit sa descente avant d'être tentée.

Devant les communs, elle trouva Loreta. La servante avait elle aussi des projets pour la fuyarde :

– Puisque vos noces sont à l'eau, au lieu d'entrer au couvent, vous devriez vous lancer dans une carrière de courtisane. Vous me prendriez comme suivante. La vie serait plus excitante qu'ici !

« Et mieux payée », compléta intérieurement Leonora avant de repousser la suggestion.

– C'est bien dommage, tout de même, dit la domestique avant de déposer un baiser sur sa joue, aucune barrière de caste n'empêchant d'embrasser une bonne sœur.

Leonora reprit son chemin en se demandant quel membre de cette maisonnée allait encore lui barrer la route. La rencontre suivante fut la plus inattendue. Dans le *portego* du rez-de-chaussée se tenait Zermanico. Trop heureux de la voir vider les lieux, il lui remit une bourse qui contenait sa contribution à sa prise de voile et lui souhaita un bon mariage avec Dieu. Elle empocha ses ducats et promit de le placer dans ses prières pour que le Seigneur lui accorde la force de ne plus boire. Ils se quittèrent sans regret.

Le *barcarol* s'empressa d'aider la jeune fille à s'installer dans sa gondole. Elle se dit qu'il devait disposer d'un bon petit *tringuelte* après avoir vendu son secret à tant de monde. Il la conduisit au quai des Esclavons, d'où le *burchiello* partait pour Padoue.

Dès qu'on eut dénoué les amarres de la grosse nef dorée, elle jeta à l'eau sa *moretta* de carnaval et la regarda flotter au gré des vagues sur le *bassino* de Saint-Marc.

Dans le ballottement du navire qui l'emmenait loin de cette ville resplendissante et cruelle, la Frascadina pensa à celui qui se disait son père, cet *avogador* sans scrupules ni moralité ; elle pensa à celle qui s'était dite sa mère, la terrible Principessa, prostituée et intrigante à la froideur sans égale ; elle pensa aux dalla Frascada qui, malgré leurs défauts, leurs travers et leurs obsessions, étaient peut-être les personnes les plus franches qu'elle ait rencontrées sur le Grand Canal. Elle pensa à Flaminio dell'Oio, ce jeune homme si attachant, dont elle commençait à croire qu'il ne s'intéresserait jamais à elle. Non, vraiment, rien ne la retenait ici. Elle ne pouvait imaginer de passer le reste de son existence parmi ces marbres et ces dorures, dans ce décor qu'on disait le plus beau du monde, mais devant lequel se jouaient tant de farces tragiques. Elle savait où trouver la paix de l'âme et souhaitait y retourner aussi vite que pourraient l'y conduire les bateliers de la Brenta.

Son arrivée au couvent causa un vif émoi. Elle avait troqué la robe bleue des orphelines pour ces tenues à la mode que portaient les demoiselles de la Dominante. Un cri retentit dès que la portière l'eut introduite dans le vestibule :

– Pucci est revenue !

Ses anciennes camarades surgirent de tous côtés pour la contempler, la toucher, l'embrasser, et surtout la cribler de questions :

– On nous a dit que tu étais fiancée à l'un des plus grands seigneurs de Venise !

– Que tu vivais dans un palais !

– Que ton père aurait pu être doge !

Elle leur affirma que rien de tout cela n'était vrai. Elle n'avait pas d'autre désir que de vivre à nouveau parmi elles.

La tourière l'avertit que la supérieure ne pouvait pas la recevoir tout de suite :

– Elle est au *palazzo vescovile*. Tu n'as qu'à l'attendre dans son cabinet.

Elle laissa Leonora dans cette pièce remplie de livres où la jeune fille était si souvent venue en tremblant se faire morigéner. L'endroit lui parut plus exigu que dans son souvenir. Dix années semblaient s'être écoulées. C'était à présent la colère qui l'animait. Elle était déterminée à arracher à cette institution tout ce qu'elle pouvait apprendre sur ses origines. Vicence n'était pas une très grande ville ; peut-être y avait-il moyen de retrouver sa mère ? Peut-être celle-ci s'était-elle fait connaître un jour ? Leonora voulait à présent venir en aide à cette malheureuse, soulager ses souffrances, partager avec elle les fruits de l'éducation qu'elle avait eu la chance de recevoir.

Un obstacle s'élevait entre elle et la réalisation de ce beau projet. La supérieure accepterait-elle de la renseigner ? Leonora avait-elle laissé à Venise la gangue de mensonges et d'hypocrisie dans laquelle elle s'était débattue au long de ces derniers mois ?

Le meuble contenant les dossiers des pensionnaires était de l'autre côté du secrétaire. Elle transgressa l'interdiction et franchit les deux mètres qui séparaient l'espace autorisé aux pensionnaires de celui réservé à l'administration.

Chaque boîte en carton portait une étiquette où les numéros des dossiers avaient été inscrits d'une belle écriture ourlée. Comme toutes ses camarades, Leonora connaissait le sien par cœur. Elle sépara aisément des autres la chemise en papier fort qui la concernait. On n'y parlait que d'une gamine née de la courtisane connue sous le nom de « Principessa », depuis son entrée, à l'âge d'un an, jusqu'à sa sortie, deux mois plus tôt. Nulle mention de sa mort ou même d'une maladie grave qui l'aurait frappée dans sa petite enfance.

Leonora fouilla les dossiers des fillettes confiées à ce couvent la même année. Elle n'y vit rien de particulier et passa aux bébés recueillis l'année précédente.

Tout à coup, elle sut qu'elle tenait entre ses mains le bon rapport. Il y était question d'un nouveau-né âgé de quelques jours, trouvé dans le tourniquet, sans lettre ni couffin, plus pauvre que les plus pauvres puisqu'il était posé à même le bois. Le commentaire s'achevait quatre ans plus tard sur le décès officiel de la malheureuse gamine, qui avait succombé à une fièvre maligne. De nombreuses messes avaient été dites pour son âme – Leonora savait que c'était avec l'argent versé par la Principessa pour l'échange des enfants. Aucun nom ne figurait dans ces fiches, hormis le prénom de « Marianna » sous lequel les ursulines l'avaient fait baptiser par le révérend père, le lendemain de son arrivée.

Puisque les archives des pensionnaires ne lui avaient rien appris de tangible, sa dernière chance était d'interroger les religieuses qui vivaient déjà là à l'époque. Sur une autre étagère se trouvaient les boîtes relatives aux nonnes. Leonora jeta un œil à la liste des bonnes sœurs, qui étaient environ une cinquantaine à s'être succédé entre ces murs en dix-huit ans. L'un des noms lui sauta aux yeux. Elle fut prise d'un étourdissement.

Les papiers lui échappèrent des mains et se répandirent en pluie sur le dallage.

Tout était rentré dans l'ordre à l'entrée de la mère abbesse, quelques minutes plus tard. Son élève, sagement assise sur une chaise, se leva pour la saluer. Mère Silvana parut quelque peu intéressée par les transformations apparues chez son ancienne protégée, mais elle était surtout intriguée par les raisons de ce retour inopiné.

Après l'avoir remerciée de lui avoir prodigué une éducation grâce à laquelle elle avait réussi à se faire apprécier de ses chers parents, Leonora voulut savoir qui avait payé son entretien tout au long de ces années. La supérieure n'eut pas besoin de consulter ses comptes. Le seigneur dalla Frascada leur avait envoyé chaque année trois cents ducats depuis le jour de son admission, alors qu'elle n'était qu'un gros nourrisson tout juste sorti des bras de sa nourrice. La Frascadina sut désormais qui elle considérerait comme son père, quelle que soit la réalité.

La mère abbesse, qui ne vivait pas assez retirée pour être à l'abri de la rumeur publique, lui demanda des nouvelles de ses fiançailles avec le fils de l'illustrissime Alvise Mocenigo. Leonora dut lui avouer que ce projet n'était hélas plus d'actualité. Un fâcheux contretemps s'était produit :

– Quelqu'un a informé le sénateur que j'étais sa fille. Il s'est arrangé pour faire jeter dalla Frascada en prison. L'homme qui se dit mon père a brisé la vie de celui qui a dépensé son argent pour moi alors que je ne lui étais rien.

– Comme c'est triste, compatit la supérieure, que les horreurs du monde extérieur n'émouvaient plus depuis longtemps.

– Je crois qu'il l'a appris par une lettre venue de ce couvent, ajouta sèchement sa pupille.

Comme l'abbesse restait sans réaction, Leonora lui révéla ce qu'elle venait de découvrir. Le petit nom par lequel ses camarades venaient de l'accueillir, ce surnom qu'elle avait porté toute son enfance, « Pucci », était le patronyme d'une des ursulines qui vivaient là au moment de sa naissance.

– Voyez-vous de qui il peut s'agir, ma mère ?

La supérieure s'abstint de répondre à cette question qui, d'évidence, n'en était pas une. Elle avait tant lutté pour enfouir au plus profond d'elle-même ses sentiments, durant dix-huit longues années, qu'il lui était presque impossible de se départir de sa froideur, devenue une façon d'être.

– Je suis désolée que cette regrettable vérité t'ait finalement été révélée, mon enfant, dit-elle avec autant de simplicité que si elle avait déploré le deuil d'un cousin éloigné.

– Oh, vous n'imaginez pas combien de vérités désagréables m'ont été révélées, depuis trois mois, répondit la Frascadina. Je suis la fille d'une religieuse d'ici, qui a jugé commode de m'élever dans sa propre institution. Elle a tu son secret toute sa vie pour ne pas mettre en péril sa position au sein de ce couvent. Comment est-ce possible, dites-moi ?

Le regard de l'abbesse se perdit dans le vague alors que les souvenirs de sa jeunesse lui revenaient. Alvise

Mocenigo, ce bel homme aux yeux noisette, à l'esprit vif et brillant, était à l'époque le podestat de Vicence. Il lui arrivait de rendre visite à l'une de ses cousines, chez les ursulines. Les couvents de Vénétie n'avaient jamais été des bastions imprenables, les sœurs qui s'occupaient des demoiselles n'étaient pas cloîtrées, et la vocation d'une simple novice pas aussi ferme que celle d'une abbesse parvenue à la maturité.

Leonora comprenait que sa mère ait jalousement gardé pareil secret ; elle pouvait admettre que sœur Silvana ait laissé une courtisane sans vergogne s'attribuer sa progéniture, car c'était une chance pour la petite ; elle pouvait imaginer, à la rigueur, que l'on passe sa vie à côté d'une fillette qui se croit orpheline sans lui avouer qu'on est sa mère ; ce qu'il lui était impossible d'accepter, c'était que celle-ci ait éventé le mystère au moment même où cette révélation faisait voler en éclats le destin de son enfant.

– Cet inceste nous aurait tous envoyés en enfer ! se défendit la supérieure.

– Vous avez préféré m'y plonger de mon vivant ! conclut la Frascadina.

Elle laissa l'abbesse assise sur son fauteuil, pétrifiée par un flux d'émotions que le remords rendait acides. Elle quitta le cabinet aux dossiers, descendit l'escalier, traversa le corridor. Toutes les pensionnaires étaient réunies dans la chapelle pour l'angélus. Elle s'assit dans le cloître désert. Ce bel endroit sobre et paisible, où elle avait passé toute son existence, ne lui était plus rien. Non seulement il était marqué par un mensonge plus terrible que tous ceux qu'on lui avait dits à Venise, mais il lui manquait un petit quelque chose d'indéfinissable, sur lequel elle eut du mal à mettre un nom. À bien y réfléchir, elle regrettait les clapotis, les chants zézayants, les parfums iodés apportés par la mer, les cris des mouettes et des bateliers, le ressac des vagues contre les quais. Elle ressentit pour la première fois cette nostalgie dont lui avait parlé le maître des Eaux, qui empêchait les Vénitiens de se sentir chez eux sur la terre ferme.

Leonora sortait de cette aventure comme un jardin dévasté par un orage de grêle. La famille à laquelle elle appartenait était la plus bizarre que l'on puisse imaginer : pour parents, on lui avait donné un homme malhonnête et arriviste, marié à une femme à la vie déréglée. Avant cela, elle avait été adoptée par une courtisane calculatrice. Elle devait le jour à un assassin et à une religieuse qui l'avait élevée en la traitant comme une étrangère. Toutes ses certitudes s'étaient effondrées une à une. Son esprit était un champ de ruines.

Pourtant, elle savait qu'elle ne serait plus jamais chez elle hors de la lagune. La Cité des Doges était tout ce qu'il lui restait dans l'univers entier. Elle appartenait à ce monde étrange, incompréhensible et magnifique. Il lui avait donné le jour, l'avait libérée. Elle était à présent, elle aussi, un élément de ce paysage improbable, mélange d'eau verte, de pierre effritée et de peinture écaillée, où, en quelques instants, un taudis pouvait se changer en palais et le palais redevenir taudis.

Elle sut qu'elle allait retourner à Venise et y accomplir de grandes choses.

La vie des Vénitiens au XVIIIe siècle

Le quai principal de Venise, celui des Esclavons, qui va de la Piazzetta aux Giardini Pubblici, n'était pas cet endroit à peu près vide de bateaux que nous connaissons aujourd'hui, d'où l'on aperçoit sans peine quelques îles et le Lido. Une profusion de navires de toutes sortes y était amarrée à la place des gondoles et des vaporetti d'aujourd'hui. Il y en avait tant que certains n'avaient pas d'accès au quai ; on s'y rendait en barque. Les capitaines recevaient à leur bord, l'équipage rangé en haie d'honneur, et saluaient leurs invités au son des canons.

L'ancienne machine à balancier dont les Vénitiens se servaient pour curer leurs canaux a bien existé. Au début du XVIe siècle, on voulut freiner le développement de la végétation d'eau douce qui encombrait la lagune. On détourna donc les rivières les plus proches. On s'aperçut trop tard que leur courant emportait le sable, d'où la nécessité de désensabler. Les canaux, par ailleurs, n'ont jamais servi d'égout à ciel ouvert. Les riverains avaient l'obligation de participer à leur entretien. L'eau était propre, au point que les enfants s'y baignaient couramment.

Le Rialto étant alors l'unique pont sur le Grand Canal, de gros bateaux pouvaient s'amarrer devant la riche demeure des armateurs ou devant les *fondaci*, ces comptoirs commerciaux des nations étrangères.

Le *burchiello* était, en l'absence de digue ou de train, le cordon ombilical de Venise, le lien principal avec la terre ferme. Cette élégante embarcation permettait de se rendre jusqu'à Padoue par le canal de la Brenta. C'était une salle flottante couverte, en bois, surmontée d'une balustrade, éclairée des deux côtés, ornée de glaces, de peintures, de sculptures, d'armoires, de bancs et de chaises ; en quelque sorte, un condensé de l'art de vivre vénitien.

On se déplaçait aisément de nuit par les rues grâce à un éclairage public très en avance sur son temps. Les commerces restaient ouverts fort tard, sinon toute la nuit. On trouvait toujours à se nourrir, les cabarets étaient nombreux, et des soupers tout prêts attendaient les convives dans les auberges et les hôtels garnis. Les Vénitiens préféraient improviser des repas à l'extérieur plutôt que donner à dîner chez eux. En été, la place Saint-Marc et ses environs étaient populeux quelle que soit l'heure.

Les *botteghe da caffè* étaient toujours remplies de toutes sortes de gens. L'engouement pour ces lieux de rencontres où l'on vendait toutes sortes de boissons non alcoolisées les avait fait proliférer. Selon Goldoni, on prenait déjà à l'époque, en Italie, dix tasses de café par jour.

Le carnaval faisait vivre toute une économie d'aubergistes, de restaurateurs, de gondoliers, de domestiques, de négociants, de tailleurs et de fabricants de masques. Les étrangers arrivaient avec des caisses de monnaie sonnante et trébuchante. Aussi la Seigneurie cacha-t-elle plusieurs fois la mort du doge, survenue au moment des festivités : il ne fallait pas porter atteinte aux milliers de citadins dont la recette dépendait des réjouissances. Le tourisme était, au XVIIIe siècle comme aujourd'hui, la dernière industrie vraiment fructueuse qu'il restait à Venise.

Il y avait un second carnaval de quinze jours à l'Ascension, de sorte que l'on pouvait compter presque six mois pendant lesquels les citadins ne se déplaçaient qu'avec un masque, y compris les prêtres. Les gens allaient masqués, du doge à la servante, c'est masqué que l'on expédiait ses affaires, que l'on plaidait ses procès, que l'on achetait son poisson, que l'on rendait ses visites. Le carnaval recommençait le jour de la Saint-Marc, à chaque élection de doge ou de procurateur, qui donnaient en général des fêtes à leurs frais, au moindre prétexte, à la moindre occasion. Le masque n'était pas un déguisement mais un « incognito ». On ne changeait que rarement d'habit et tout le monde se connaissait. Ainsi, le nonce du pape étant masqué, on vit un homme se mettre à genoux pour lui demander sa bénédiction.

Le Conseil des Dix était l'organe de haute police, la pierre angulaire de la République. Certains de ses membres étaient élus par le Grand Conseil. S'y ajoutaient le doge et ses propres conseillers. La protection de l'État, mission essentielle de ce Très Haut Conseil, autorisait maints abus et lui conférait son importance. Il jugeait les infractions, délits et crimes commis par les patriciens. Il se montrait plus sévère que les autres tribunaux vénitiens, s'entourait d'une discrétion scrupuleuse et n'admettait pas d'interférences. Il recevait les dénonciations déposées dans les *bocche del leone*. Cependant, aucune procédure des Dix n'était valide si n'était présent au moins l'un des trois *avogadori* de la Commune, qui avaient le pouvoir de « s'opposer », c'est-à-dire de suspendre un jugement ou d'interjeter appel.

La famille de Leonora, les dalla Frascada, fut bien inscrite au Livre d'or, mais s'éteignit malheureusement dans le courant du XIVe siècle. J'ai souhaité la ressusciter afin d'être libre de lui prêter des péripéties à ma guise, sans déformer l'histoire d'une famille encore représentée à l'époque où se déroule le récit. J'ai choisi ce nom, parmi le grand nombre de maisons vénitiennes disparues, pour sa sonorité typique des patronymes vénitiens, qui convient à l'oreille des Français comme à celle des Italiens.

Les courtisanes telles que la Principessa étaient l'attrait le plus couru de la cité. Les voyageurs, souvent des hommes seuls, vouaient un culte à leurs chères Zulietta, Angeletta, Caltina ou Agatina, plus jolies les unes que les autres. Venise était le seul endroit au monde où l'on pouvait voir un prêtre, dans un spectacle, en présence de quatre mille personnes, badiner d'une loge à l'autre et se faire donner des coups d'éventail sur le nez par la plus fameuse prostituée de la ville. On jouissait ici d'une liberté inconnue ailleurs. On allait voir les filles de joie en plein jour, on pouvait omettre de faire ses pâques et préserver en toute chose son « incognito ». Il n'était pas honteux, même chez ceux qui avaient occupé les charges les plus en vue, d'épouser sa favorite. Au reste, ces demoiselles étaient très utiles, car elles poussaient les hommes à la dépense et faisaient marcher le commerce. Preuve de la tolérance qui régnait entre ces murs, le quartier de San Polo possède un pont au nom étonnant : *ponte de le tete*, le « pont des seins ». Au XVIe siècle, inquiètes de l'augmentation du nombre d'homosexuels, les autorités avaient autorisé ces dames à s'exhiber à leurs fenêtres, la poitrine dénudée, dans l'espoir que ce spectacle ramènerait les jeunes gens dans le « droit chemin ».

Les « courtisans », tel Flaminio dell'Oio, étaient des marchands, des artistes, des religieux, adroits et respectés, connaissant tout le monde, très appréciés, qui faisaient profession de s'entremettre dans les disputes privées. Le type en a été popularisé par Goldoni dans sa comédie *Momolo courtisan*. Selon lui, ce terme dérive de l'adjectif « courtois ». Le courtisan vénitien est un homme fiable, serviable, plein de bon sens, affable avec tout le monde, fidèle et bon ami. Outre qu'il est tout à fait représentatif de la vie vénitienne, c'est un personnage fait pour séduire le romancier autant que l'auteur de théâtre.

On désignait en revanche sous le nom de « sales trombines » les fiers-à-bras qui se chargeaient, contre espèces sonnantes, des vilaines besognes ou d'actes d'intimidation pour le compte des aristocrates non vénitiens. Quant à Lazaro Corner, il fait partie de ce que les Vénitiens appelaient les *signorotti*, de petits tyrans de la noblesse qui se croyaient tout permis, aidés de *bravi*, leurs hommes de main.

La mode du chevalier servant, importée d'Espagne, s'était répandue à travers l'Italie. À l'image de *donna* Soranza, toute femme mariée se faisait accompagner d'un sigisbée, « cicisbeo » en vénitien. Poudrés, élégants, rutilants, fidèles conseillers de leur protectrice depuis sa toilette du matin jusqu'à sa loge d'opéra, prévenants, attentifs, ces hommes tenaient du valet de chambre, du confident et du secrétaire. Ils parfumaient, cajolaient, assistaient, baisaient les mains et donnaient le bras. Un noble sur deux restant célibataire, la ville regorgeait de jeunes gens parmi lesquels les dames riches avaient tout loisir de se choisir un sigisbée. Il leur arrivait même d'être recrutés par la famille de la promise et inscrits au contrat de mariage. Cette coutume, encouragée par l'État, libérait les maris des soucis conjugaux, les rendait plus disponibles pour le service de la République, et occupait les nobles oisifs ou désargentés. Il aurait paru terriblement bourgeois et du dernier commun pour un haut personnage d'être cousu aux jupes de sa femme. C'était au sigisbée de porter ses gants, son mouchoir, son ombrelle, son manteau, son *scaldino*, c'est-à-dire son caniche. Sur le pas de sa porte, il hélait le *barcarol*. À l'église, il lui présentait l'eau bénite et recevait son livre d'heures. Si quelqu'un s'avisait de lui manquer de respect, il remettait le malotru à sa place. La femme mariée étant délaissée, il lui revenait de l'entourer, de chasser les mouches, d'écarter les soucis, d'entretenir sa bonne humeur et de la divertir par son bavardage.

Telle était la société vénitienne, dont l'originalité et la fraîcheur offrent un champ d'exploration passionnant et infini à l'écrivain.

Du même auteur :

LA NUIT DE SAN MARCO, Fayard, 2009.
CONFESSIONS D'UN MASQUE VÉNITIEN, Fayard, 2010.

Achevé d'imprimer en mars 2010, en France sur Presse Offset par
Maury-Imprimeur - 45330 Malesherbes
N° d'imprimeur : 153357
Dépôt légal 1re publication : avril 2010
LIBRAIRIE GÉNÉRALE FRANÇAISE - 31, rue de Fleurus - 75278 Paris Cedex 06

31/2973/1